松風の人
吉田松陰とその門下

津本　陽

幻冬舎時代小説文庫

松風の人　吉田松陰とその門下

目次

樹々亭 7
兵学師範 27
脱藩 47
東北遊歴 67
遊学の旅 87
海外脱出ならず 108
下田踏海 128
雄図挫折す 150
入獄 171
野山獄 192
火を点じる者 213

杉家の日々　233
国士養成　253
皇天后土　273
獅子の心　294
獅子の道　314
死ぬべきとき　334
涙松　354
評定所　374
露の命　395
志士の魂　416

参考文献　437
解説　菊池　仁　438

樹々亭

吉田松陰の生家《せいか》跡は、萩市の東寄りにある毛利家菩提寺、東光寺のある小山の南側、団子岩と呼ばれる丘の片隅にある。

いまも礎石《そせき》が残っており、本宅、離れ、井戸などの配置がわかる。

松陰が生れたのは天保元年（一八三〇）八月四日である。萩藩士杉百合之助《ゆりのすけ》の次男、幼名は虎之助であった。母は藩主一門の阿川領主志摩凞徳《ひろのり》の家来村田右中の三女瀧《たき》である。

杉家は二十六石であるが、松陰の曾祖父の代に官金を借用したため、実収は二十三石であった。祖父七兵衛は貧しかったが薄粥《うすがゆ》をすすり空腹に堪《た》えながら、朗々と詩を吟じ、明るく篤実《とくじつ》な性格で、親戚知己の面倒をよく見た。

百合之助が六、七歳になった頃からは、藩の役に就き、ほとんど家にいるときがなく、家事はすべて妻の岸田氏にゆだねた。このため百合之助は母を扶《たす》け、家事にあたり遊ぶ余暇もなかった。

文化十年（一八一三）三月、萩城下の大火に際し、屋敷は家財とともに焼燼《しょうじん》し、その後十余年間は親戚などの縁を頼り、転々と諸所に寄寓し、困窮のきわみに達した。そのような生活難のうちにも弟妹の教育、自分の勉学をおろそかにしなかった。杉氏は好学の家で、二人の弟、大助と文之進《ぶんのしん》を励まし、読書に親しませた。米をつくときも、田畑ではたらくときも、かならず身辺に書物を置いていた。

文政七年（一八二四）百合之助が二十一歳のとき、父七兵衛が病没《びょうぼつ》した。翌年ようやく萩城の東一里ほどの東光寺山団子岩に住居を建てた。新築したものではなく、古家を買い、移築したものであった。家はもとの名の樹々亭《じゅじゅてい》をそのままに呼ぶことにした。岸田氏はいった。

「こんなうれしいことはありませぬ。ようやく一家の者ばかりで暮らせるのですから」

樹々亭の名の通り、山の中腹で南面した庭先からは松本川のむこうにひろがる、城下の町並みをひと眼に見晴らすことができる。

城下町のむこうには、指月山《しづきやま》を背にした萩城の天守閣が甍《いらか》を光らせている。遠く六島《ろくとう》をのぞむ、城内の西の浜の辺りは風光がおだやかで、藤の花房の垂れる季節は、極楽にいるのかと思えるほど、こころよくさわやかな風が吹き通う。

杉家は林に囲まれた百坪ほどの敷地にある。庭からの眺めは絶景といえようが、家は三畳の玄関に六畳二間。このうちに床の間、押入が含まれる。ほかに三畳二間、狭い台所。別棟は厩《うまや》と納屋を兼ねている。

瀧が百合之助の妻となったのは、樹々亭に杉家一族がようやく住みなれた翌文政九年（一八二六）であった。

松陰が生れた天保元年、祖母岸田氏は五十三歳くらいの年齢であった。父は二十七歳、母は二十四歳、兄梅太郎は三歳、叔父である二十四歳の吉田大助と二十一歳の玉木文之進は、それぞれ他家の養子となっていたが同居しており、叔母乙女は十七歳であった。

狭い陋屋《ろうおく》に八人が暮らしており、松陰の生れたのち二年目に妹千代、六年目に寿《ひさ》、ついで艶、文、敏三郎と四妹一弟が生れた。叔父二人はその間に独立して一家を構えたが、松陰が三、四歳の頃、祖母の妹が舅《しゅうと》と一児を連れ、樹々亭を頼ってきた。

夫に先立たれた彼女は、貧窮の暮らしをささえるうち、病を得て病床に臥《ふ》すようになったので、家族とともに杉家で養われるようになった。

樹々亭に十四人が暮らすようになれば、当然、一室に何人かが同居することになる。瀧は貧困のうちに大家族を養わねばならないため、夜明け前から深夜まで休む間もなくはたらいたが、病人の汚物を洗うことを厭《いと》わず、親切に看護した。

岸田氏は嫁に泣いて感謝した。

「そなたの日頃の苦労を知りつつ、そのうえに三人も養う重荷を負わせた私は、鬼のような婆《ばば》じゃと自分を責めていたが、あわれな妹らのために、嫌な顔ひとつせず、なんとよく尽してくれることか。心からお礼を申しますえ」

瀧は笑顔で応じた。

「なにをおっしゃいます。私は体だけは丈夫ゆえ、はたらくことを厭いはいたしませぬ。どうぞお気遣い遊ばしますな」

瀧は、このほかにも親戚の病人を引きとり看護してやった。

彼女は夫とともに近所の畑を耕し、山へ柴を刈りにゆく。田圃《たんぼ》を耕すため、女手では無理とされていた馬を使うようになった。

松陰は兄の梅太郎とともに、父にともなわれ、山仕事に出かけ、畑も耕す。父百合之助は畑の畦《あぜ》に本を置き、はたらきつつ二人の息子に声をかける。

「さあ、始めるぞ。よく聞いて暗誦《あんしょう》いたせ」

百合之助は鍬《くわ》をつかいながら、『大学』『論語』『孟子』の文章を、一句ずつ声高く朗誦《ろうしょう》した。梅太郎が父の言葉をなぞって大声でくりかえし、松陰も意味もわからない言葉を、まわらない舌で暗誦した。

二人の声が低くなると、百合之助は励ました。

「もっと大きな声で唱えよ。お前たちは男じゃきに、いかなるときでも元気でおらにゃあいかんのじゃ」

百合之助は文政十年（一八二七）二月に仁孝《にんこう》天皇が徳川将軍に下された詔勅《しょうちょく》、阿波出身の神官玉田永教《ながのり》の書いた『神国由来』を、しばしば朗読して聞かせたので、松陰たちもいつのまにか覚えてしまった。

松陰は二歳年下の千代をかわいがり、裏山へ椎の実を拾いにゆき、松茸、椎茸などを採りにゆくときも手をひいて妹をかならず伴った。

千代は大正十三年（一九二四）九十三歳まで長命したが、兄にかわいがられた記憶を常になつかしんでいた。

松陰たちが幼時、意味もわからないままに暗誦した仁孝天皇の詔勅とは、天皇が十一代将軍家斉《いえなり》の功を思召《おぼしめ》され、太政大臣に任ぜられ、世子家慶《いえよし》を従一位に叙し、優渥《ゆうあく》なる勅語を賜《たまわ》ったが、その全文である。

当時、朝野に徳川氏の栄誉を祝う声が満ちたが、家斉父子は坐《ざ》してこれを受け、家臣を上京させ御礼を言上《ごんじょう》させたにとどまった。

百合之助は当時二十四歳であったが、このことを伝え聞くと、沐浴《もくよく》して衣服をあらため、はるかに皇居の方を拝し、泣いて皇室の式微《しきび》を嘆き、嘆息していった。

「徳川将軍家の無礼なること、ついにここに至れるか。われらは坐視《ざし》するに忍びず。いつかは皇朝のために力を尽くさねばならぬ」

彼はこの詔勅をのちに松陰兄弟のために謹写して暗誦させ、大義名分を重んずべきことを教えた。

また当時京都賀茂神社の神官玉田永教が、一時安芸厳島《あきいつくしま》神社に滞在し、神道講演をして巡遊したことがあった。百合之助は玉田の著した『神国由来』という冊子を熟読し、それを松陰兄弟に暗誦させたのである。

人の可塑性《かそせい》は七歳頃までに定まるといわれるが、その期間に松陰は父の尊皇精神を魂のなかにうけついだのである。

松陰は田畑の耕作をするあいだに、百合之助から四書五経、歴史書の素読など基礎的教養を口授された。杉一家の労働の場ではかならず朗誦の声がおこり、頼山陽《らいさんよう》、菅茶山《かんちゃざん》らの詩を長吟する声が附近にひびきわたった。

松陰の叔父玉木文之進は、きわめて峻厳《しゅんげん》な性格で、容易に人を褒《ほ》めなかったが、瀧の性格を激賞していった。

「お瀧殿のふるまいは、常に男子の及ぶあたわざるところじゃ」

松陰はのちに妹千代にあてた書簡のうちに、杉家の家法として記している。

「第一には先祖を尊び給い、第二に神明を崇《あが》め給い、第三に親族をむつまじくし給い、第四に文学を好み給い、第五に仏法に惑い給わず、第六に田畠の事を親《みずか》らし給うの類」

松陰はそれを「世に及びがたき美事」といい、「昔山宅《さんたく》にて父様母様の昼夜御苦労なされたことを、忘れまじく」と妹に諭《さと》した。

松陰は幼児として遊ぶことも少なく、父母の教導に従い、心身を発育させていった。

尊皇精神は、日本を封建時代から現代へ導いた原動力になったものであるといわれるが、百合之助の教導によって、松陰の身内に独特の批判精神を生ぜしめることとなった。

天保十四年（一八四三）、百合之助は百人中間頭《ちゅうげんがしら》兼盗賊《とうぞく》改方《あらためがた》に任ぜられ、長女千代を伴い城内の役宅に住むこととなった。

瀧は留守宅を守り、家事農耕のことは自分が主となっておこなわざるをえなくなった。

この間にも、子女の教育には特に心をくばり、子供たちに家事を手伝わせ学業をおろそかにさせることはなかった。

百合之助と瀧のほかに、松陰の教育に力を貸したのは、叔父の玉木文之進であった。文之進は玉木氏第六代の養子となったが、天保九年（一八三八）までは杉家に同居していた。杉家と玉木家は以前から姻戚《いんせき》関係にあった。剛毅《ごうき》峻厳な性格で、保守的な思想の持主であったが、きわめて廉潔《れんけつ》で節義を重んじ、その印鑑には、つぎのように刻んでいた。

「百術不如一清《ひゃくじゅつはいっせいにしかず》」

玉木家はすでに杉家と二度縁組をした姻戚であった。

松陰は天保五年（一八三四）、父の弟大助が七代目を継いでいた吉田家の仮養子となり、翌六年六月、大助病没のあと吉田姓を名乗るようになり、通称を大次郎とあらためた。

吉田家は一条天皇の御代に朝勤した藤原行成《ゆきなり》から出て、のちに織田信長に仕えた松野平介《へいすけ》が出た。吉田家の始祖友之進重矩《しげのり》は、平介の曾孫で、元禄十三年（一七〇〇）和漢の兵法学者として毛利吉広《よしひろ》に仕えた。平介はのちに山鹿素行《やまがそこう》の後嗣高基に師事し、極秘三重伝を許された。

彼の子孫は代々山鹿流兵学により毛利氏に仕えることとなった。家禄は五十七石六斗で、松陰は養父と同様に大番組に属した。彼は杉家と二度婚姻を重ねた吉田家の八代当主となった。

吉田家は多田、大西両家とならび、それぞれ藩校明倫館で家伝の兵学を講じなければならない。吉田家では、松陰が六歳であるので、教授は先代、先々代の高弟に代理させることになった。

松陰はこのとき家学を研究し、兵学師範となるべき運命を与えられた。彼は叔父の玉木文之進によって教導をうけた。

長州藩では徂徠《そらい》学派の学者を用い、藩士の多くがその素養をひく学問をしていたが、文之進はそれをかえりみず朱子学派の経説を研究し、大義名分を重んじるとともに、学問をなすにとどまらず実践躬行《きゅうこう》を重んじた。松陰がのちにあらわす革命家としての資質は、文之進によって磨かれたものであった。

文之進の教えかたは、きわめて厳格であった。本の読みかたや、勉学の姿勢についてもわずかでも崩すことを許さなかった。

このような教授方針は、旧日本陸軍幼年学校でもおこなわれていた。『グラフィックカラー昭和史　第五巻　帝国軍隊』（研秀出版）に、大阪幼年学校の自習室で本を読む生徒の写真が掲載され、説明がつぎのように記されている。

「どの本も置く位置が規定されていた。生徒の姿勢は写真をとるために正したのではない。ふだんからページをめくるとき以外は、手は膝の上に置く。足など組んでいたらたいへんなことになる」

このように読書姿勢まできびしく規定することは、人格を鋳型《いがた》にはめて形成してゆくことになる。その結果はおなじような物の考えかたをする大人を生み出すことになると、現代の教育家たちはいう。

勝海舟は読書したり、考えごとをするとき、茣蓙《ござ》のうえに寝そべったといわれる。人さまざまであるが、海舟は直心影流《じきしんかげりゅう》の免許皆伝者で、座禅修行を積んだ人である。彼の場合、剣術修行の道程を経て、円転滑脱の境地に至ったのである。

剣術には「守、破、離」という言葉がある。初心者はただひたすら師の教導に従い、剣の遣《つか》いようを覚える。これは鋳型教育そのものである。師の教えに従い稽古に励むうち、自得するところがあって、教示の枠内から外へ飛び出すのが破、やがて師匠とまったく異なる境地へ発展してゆくのが離である。

最初は師の教導にひたすら従い、基本動作、心の持ちようを学んだうえで、その基礎のうえに立ち、自在な活動をはじめるのが剣術修得の正しい段階である。

最初から弟子を自由な姿勢で勉学させると、才能を発揮するための活力が失われるというのが、松陰の生きた時代の教育方針であった。

あるとき、松陰が本から眼をそらしたのを見た文之進は、現代でいえば小学校一年生ぐらいの甥の襟《えり》がみをつかみ、縁側から庭へ突き落した。随分乱暴な教えかたであったが、松陰は文之進の心を読み、黙って立ちあがり、机にむかった。

松陰の胸中には、兵学家の後継者となる自分の立場を考え、気をひきしめなければならぬという、反省の思いがあったのであろう。

文之進は天保九年（一八三八）に杉家を出て家を構えたので、松陰は兄の梅太郎とともに毎日玉木家へ通学するようになった。

ある年、元旦に梅太郎が松陰にいった。

「今日だけは休もう」

だが松陰は兄をはげました。

「今日もまた、一生のうちの一日です」

梅太郎も思いなおし、二人で文之進の家へむかった。松陰は他家の子供たちが晴着を着て遊ぶ姿に、眼をくれなかった。松陰は九歳になった天保九年十一月、はじめて家学教授見習として明倫館に出仕した。二年後には藩主の面前で家学の講義をすることが決っていた。

天保十年（一八三九）十一月松陰は明倫館の教授をおこなうこととなり、高弟たちが後見を仰せつけられた。松陰はいかに利発であってもまだ十歳の少年であり、師範として単独で教授できるはずもなかった。

後見人たちが講義の原案をつくり、松陰を扶けて講義をすることもあった。後見人として尽力した人は、玉木文之進以下十人ほどであった。

その一人に、松陰の実父百合之助の親友である林真人《まひと》がいた。壮年でわけがあって隠居していたが、兵学は山鹿流極秘の奥伝《おくでん》を許された学者である。書画に巧みで多芸の人であった。

松陰は家学についての専門分野についてのみ教えられたが、林は酒を好み人と交わることがすくない、偏屈な画家といわれた反面、尊皇家としての見識をそなえていた。彼は常に松陰に教えた。

「わが毛利家は遠く皇統に源を発し、往古は文学をもって天朝にお仕えしたんじゃ。大江匡房《まさふさ》公に至って、兵法を源義家に伝えた人よ。後三年の役に義家はこれを用いて皇威を北辺に振わせた。

しからば文武をもって天朝を輔佐《ほさ》し奉るは、実にわが殿が歴世《れきせい》うけついでこられた任務にして、すなわちまたわれら臣子《しんし》の責務となるんよ」

松陰は彼の志を胸中にとどめた。

先代吉田大助の門下であった山田宇右衛門頼毅は、藩政に参与する実力者で、ふだんは寡黙であったが、家中の相談の席で口をひらけば、堂々たる議論を開陳し、人の胆《きも》を奪うほどの気迫に満ちていた。

山田は松陰に兵学指導をおこなった。

「戦法論疑、護民策、賊船に攀《よじのぼ》る説、槍鈀説、長槍論」などの内容は、阿片《あへん》戦争によって清国《しんこく》が西欧列強のもとに屈し、日本にも外寇《がいこう》の名残がいつ及ぶかも知れない時代の不安に直面して、いかに対処すべきかを述べたものである。

山田は西洋兵学に充分な知識を持てないまま、在来の日本兵学と武器をいかに活用し改善すべきかを真剣に研究した。

彼は弘化三年（一八四六）、松陰十七歳のとき、江戸出張から帰国して、前年に出版された箕作《みつくり》省吾の『坤輿《こんよ》図識』という世界地理書を松陰に贈り、おおいに海外情勢に注意するよううながした。

また養父吉田大助の朋友《ほうゆう》であった山田亦介《またすけ》も長沼流兵法の免許皆伝者で、極東における英仏露三国の侵略政策を説き、彼らの侵略を防衛する消極策は、わが国体にそうものではなく、神功皇后《じんぐうこうごう》、北条時宗、豊臣秀吉のような英傑の出現を待望していた。

松陰は弘化二年（一八四五）十六歳のとき『外夷小記』という本を著述した。その内容は、外船渡来の風聞書五通をあつめたものであるが、表紙に「秘而蔵《ひしてぞうす》」と書かれ、当時、このような情報は公表されないものであったことがわかる。

松陰がひそかにこれを秘蔵したことは、兵学者として世界の変化に遅れまいとする意思があったことを裏づけるものである。

このほか、佐藤寛作、飯田猪之助らの諸先輩にも、西洋陣法を学んだ。

これらの松陰の幼年時から彼を教育した人々は、いずれも兵学を通じ尊皇の大義をあきらかにして、世界の大勢を知らせようとした。

松陰は十一歳のとき萩藩十三代藩主、毛利敬親《たかちか》の前で兵書の講義をすることになった。現代の小学校五年生にあたる少年が、御前講義をするのである。

親族、門人たちは、松陰が御前講義を無事に修められるよう尽力し、やり損じのないよう、当日まで懸命に要点を教えることをくりかえした。もし失敗すれば、武士の面目をつぶすことになる。

当日の朝、吉田大次郎（松陰）は、裃《かみしも》をつけ、上段の間に坐《すわ》る藩主の前に出て、平伏した。広間の両側に威儀を正した藩の重臣が居並び、大次郎がどのような手際で講義をおこなうのかと、静まりかえって彼の動作を見つめていた。

大次郎は緊張しきっていた。書見台には、『山鹿流武教全書戦法篇』のうち三戦の節を記した本がひろげ置かれている。彼は本の文字をみつめるうち、藩主をはじめ、周囲の人々の好奇の視線を忘れ去った。

大次郎は実父百合之助に教えこまれた気合のこもった高声で、講義をはじめた。

「三戦は、先《せん》をとること、後の勝ちと、横を用うとの三つなり」

大次郎は一度声を発すると、とどこおることなく脳中から言葉が溢《あふ》れ出てくる。前夜までくりかえし覚えた三戦の節は、書を読むこともなくそらんじていた。

説き去り説ききたる講義の巧妙さに、藩主敬親は思わず聞き入る。講義を終えると、敬親は通例を無視して大次郎に声をかけた。

「そのほう、若年なるにまことに見事でありしよ」

大次郎が退出していったあと、敬親は近臣にたずねた。

「大次郎は誰について勉学いたせしか」

家来は答えた。

「叔父の玉木文之進にござりまする」

敬親はうなずき、左右の家来にいった。

「吉田大次郎は成人いたさば、出色《しゆつしよく》の人物になり、きっと国のためにおおいにはたらきをあらわしてくれるにちがいなし」

大次郎は、藩主に才幹を認められた。将来の出世が約束されたのである。

三戦の節の内容は、さほど難解ではなく、およそ次のようなものである。
一、先をとること。
味方の備《そなえ》を万全にしておき、敵が襲撃をはじめようとするのを見て、ただちにこれを討つことである。

備をよくするとは、軍勢の組織、配置、合図の約束、進退作法そのほか、すべて理にかない、進んで戦い、引き揚げて退くときのいずれにも、混乱のないことである。

このようにして味方から浮き足立たず、じっと機を待ち、敵が総立ちになるのを見て、そのときを見逃さず、攻撃するのである。戦いをはじめる前に勝機をはずさないことである。

孫子軍形の編には、まず勝ちてのちに戦うという。その意味は敵に勝つには

うとい
まずその手段を考え、戦う前に勝機を見きわめておいて、その後に戦うということである。それゆえ百戦して百勝できる。だが戦いようが愚《おろか》であれば、勝敗の道理もわきまえないで、何の成算もないままに戦闘をはじめてしまい、多くは敗れてしまう。そのためにまず勝機をつかみ、そののちに戦うのがいいというのである。また、まず地の利を得て布陣し、敵のくるのを待ち、あとから疲れて戦場に到着する敵を討てば、苦労なく勝てる。

一、敵の状況もよく偵察できるので、こちらの望むように敵をおびき寄せ、思うがままに討ちとれる。これが先をとることである。

一、後の勝ちとは、敵が強く、陣形も堅固であるとき、先を取っても一の備だけでは勝てない。そのとき先手の一の備で敵勢と交戦し、二の備、三の備を別の方角から襲いかからせて勝つことである。一の備で敵をおびき出し、足並みを浮き立たせておいて、自然に敵に疲れの出るときを見はからい、二、三の備を打ちかからせれば、頑強な敵にも勝つことができる。

一、横を用いるとは、正兵を敵にむかわせ合戦をするあいだに奇兵を用い、敵の思いがけない横合いへ突き入らせることである。このほかにも、敵の不意をつき、虚に乗じること。敵が勝ち誇って油断したときに、これを討つことも、横を用いるという。

敵のいきおいが強いときは、しばらく思うがままにさせておき、横を用いる戦機を待つのがよい。いったん敵と和睦《わぼく》して、へりくだって敵に傲《おご》りたかぶる心をおこさせる。そうなれば隙《すき》が出るので、そのとき敵の油断に乗じ、一気に攻めかけ、討ちやぶる。

そうすればかならず勝つ。

大次郎はこのような内容の講義をおこない、質疑にも答えて、無事に大役を済ませたのである。

松陰は儒学の経典の研究も怠らなかった。

彼は自分の学問の態度につき、明倫館主宰平田新右衛門にあてた書簡のなかに語っている。それは弘化四年（一八四七）十八歳のときの述懐である。

「書を読み道を学ぶ志を立てれば、成功を見ず中途で挫《くじ》けてはならない。学問をなすときは虚を去り実に就き、無駄をはぶき肝要な事柄を学ばねばならない。

しかしいまの学者は詩文書画を重んじ、この趣味のない者は俗物であるという。

しかし松陰は才力下劣で到底そんなことをしている暇はない。物をもてあそび志を失うことに手を染めることはできない。身を処するに仁を忘れず、志を練るために義を重んじる。

平和な時代には国を守るますらおを心がけ、乱が起れば主君の爪牙《そうが》となる。この志において書を読み、時勢に通じるのである」

松陰は天保十三年（一八四二）十三歳のとき、ふたたび明倫館で兵学講義をおこなった。

つづいて弘化元年（一八四四）九月に藩主の御前で『武教全書』を講義したところ、かさねて藩主の命により、孫子の虚実篇の講義をおこなった。

藩主は側近の者に感想を告げた。

「儒者が道学を説けば、つまらぬ言葉をつみかさねるばかりで、眠気を誘われてしまう。だが矩方《のりかた》（松陰）が兵学を講ずるときは、時のたつのを忘れさせられるわ。あれがやがて大器に育つのが楽しみじゃわえ」

兵学師範

吉田大次郎が十五歳になった弘化元年（一八四四）三月、フランス・インドシナ艦隊所属の軍艦アルクメーヌ号（乗員二三〇人）が、琉球《りゅうきゅう》那覇に来航した。

艦長デュブランは、通信、交易、布教を強硬に要求してきた。

「阿片《あへん》戦争で清国《しんこく》が敗北し、償金と領地をイギリスに取られた。清国と同様の運命を辿《たど》らないために、フランスと友好・通商条約を結ぶべきである」

琉球政府はかげの実権者である薩摩藩在番奉行、汾陽《かわなみ》光明の指示により、拒絶した。

「琉球は国土が狭隘《きょうあい》で、物産がすくないので、交易に応じる資力がない」

アルクメーヌ号は八日後に出帆したが、フランス人神父フォルカードと清国人通訳を残留させた。再度の外交交渉にそなえ、フォルカードに言語を習得させるためである。

二人は那覇・天久《あめく》の聖現寺に柵を設けて住まわされ、昼夜番人に見張られて生活した。

フォルカードは、琉球の役人に布教、通信、交易を許すようくりかえしすすめた。

「まもなくイギリス艦隊司令官が、大艦隊を率い来航するだろう。イギリスは以前から、琉球を極東の根拠地としたい願望がある。やがてかならず艦隊をさしむけ、武力占領をするだろう。そのまえにフランスと和平条約を結び、保護を受けたほうが安全だ」

フランス艦隊の動向についての報告は、琉球の使者により鹿児島に届けられた。

薩摩藩は江戸へ急使を向わせ、七月初旬に幕府老中首座阿部正弘に、事件について詳細に陳述させた。その結果、琉球在番の警備兵を側用人《そばようにん》二階行健以下、百二十余人増加する措置をとった。

琉球政府は薩摩藩在番奉行の指示により、清国政府福建布教司に使者を送り、フランス人の退去につき請願したが、何の回答もなかった。江戸在住の薩摩藩世子斉《なり》彬《あきら》は、長崎在住の薩摩藩聞役《ききやく》を通じ、幕府通詞によってオランダ商館長に情勢を問いあわさせ、つぎの回答を得た。

「フランスの主な目的は通商にある。先方からつけいる隙《すき》をつくらないよう、おだやかに礼儀をつくし、交渉するのがよい」

琉球では、フランス軍艦が来航する前年の天保十四年（一八四三）十月十日にイギリス船（乗員二六〇人）が来航し、ボートで海岸に上陸し、テントを張り、遠眼鏡で山野、海辺、近海の離島まで測量し、十一月二十九日に出航する事件があった。

弘化元年（一八四四）十一月、中国福州駐在の英国領事は、同地の琉球館を通じ、イギリスと琉球の和好、貿易、測量実施を求めてきた。フランスの進出に遅れまいとしているのである。

翌弘化二年（一八四五）五月、イギリス測量船サマラング号が那覇にあらわれた。同船は那覇、石垣島に十八日間滞在し、測量をおこない、水、薪、食料を求めた。

大次郎が十七歳になった弘化三年（一八四六）、英、仏の艦船は競いあうように琉球に来航し、開港を迫り測量をおこない、キリスト教伝道師の居留を強行した。

この年五月、アメリカ東インド艦隊長官ビッドルが、軍艦二隻を率い、浦賀に来航して、通商を求めた。同年四月五日、英海軍琉球宣教協会から派遣されたイギリス宣教師で、医師、言語学者であるベッテルハイムが、家族三人、広東人通訳とともに那覇に上陸、寄留することを申し出た。料理人二人がついているので、計七人である。

琉球政府は退去を求めたが、ベッテルハイムは応じなかった。

「これは英国王の命令であるので、私は当地でキリスト新教の伝道をしなければならない。許してくれなければ、イギリス軍艦を呼び寄せよう」

琉球政府はやむなく波之上《なみのうえ》の護国寺に柵をつくって住まわせ、番所を数カ所に置き見張らせた。

ベッテルハイムは役人の制止を無視して市中に出る。医療をしてやるといい患者を集めた。眼の不自由な者を連れてきて治療し、人家に入りこんで種痘をほどこそうとする。街頭で伝道書を配り、説教をした。

ベッテルハイムより前に居留していたフランス人のフォルカードも、以前よりも積極的に市中を歩きまわる。那覇、首里の民家に入りこみ、商品を買い求め、女中の雇い入れなどを自由におこなおうとする。

ベッテルハイムを保護するため、イギリス軍艦がしばしば那覇にあらわれ、居留者の待遇改善を強要した。もし那覇の住民、役人にベッテルハイムが危害を加えられたときは、それを理由に琉球を占領するかも知れない危険があらわに感じとれる、緊迫した情勢であった。

松陰は、兵学、経書を学ぶとき、西欧の影響がしだいに及んでくる時世に、自分のなすべき役割を念頭に置いていた。彼はわが志をいう。

「私は仁義の志において勉学し、自分を磨くのが真の学問であると思っている。人は、詩文は花のようで、経学は秋の五穀のようなもので、いずれか一方にかたよるのはいけないというが、五穀さえあれば、桃李《とうり》の花などはいらない」

長州藩校明倫館は、城内三の曲輪《くるわ》にあったが、弘化三年十一月、萩の中心地である江向《えむかい》に一万四千余坪の新明倫館の建築がはじまり、嘉永二年（一八四九）によやく完成した。松陰が十七歳から十九歳にかけてのときである。

学規によれば、経学（儒学）、歴史、制度、兵学、博学、文章の六科に分れていた。職員は約三十名。学生は藩士の子弟で、授業料は不要である。松陰がはじめて独立の兵学師範となったのは、嘉永元年（一八四八）一月、藩をあげて教学振興の機運がたかまったときであった。

嘉永三年（一八五〇）松陰二十一歳のとき、藩主親視の御前講義をおこない、

『武教全書』の守城篇、籠城の大将心定の条を講じた。

このとき、藩主毛利敬親《たかちか》が四方を敵に包囲され、籠城するに至った場合を想定したので、大将心定めというところを、「御心定め」と敬語を加え講じた。

「城を枕に討死との覚悟がなければ、早々に敵に降るよりほかはござりませぬ」

松陰の力説するところに、藩主は、おおいに感動した。

家中では松陰の名声が喧伝《けんでん》された。

「大殿さまは、大次郎の才幹をことのほかお気に入りのご様子じゃ」

親戚知人は、松陰の父百合之助《ゆりのすけ》に会うと、世間の噂をよろこぶ。

「そなたは、よき子息を持ちしものよ。いまにめざましき出世をいたすじゃろうで」

百合之助はいった。

「あれは兵学家の養子となったものじゃ。いささか講述がすぐれておりしとて、あたりまえのことじゃろうが」

兵学入門者は、試験を課せられ、年次を追い、卒業を認められて学業を終えるというのではない。入門してもいっこうに教場に出てこない者がある。目録、大星大事兵法目録の免許、あるいは允可《いんか》三重極秘の伝を得ている高弟が出席してくることもある。

講義は松陰のほか、先代、先々代の高弟がすることがある。教場は自由な雰囲気で、かたくるしいところがなく、毎月三と八の日が稽古日で、毎回多いときで七、八人、すくないときは四、五人が出席していた。

稽古日のほか、嘉永二年（一八四九）二月まで自宅で教授した。

明倫館門人のうち、兄の杉梅太郎、安田辰之助（山県半蔵）、高須為之進、佐々木亀之助、口羽寿次郎、久保清太郎、中村道太郎、井上壮太郎、赤川直次郎、桂小五郎、益田幾三郎（益田右衛門介《うえもんのすけ》）、斎藤弥九郎などは松陰と長い交流のあった人物で、松陰が野山獄にいたとき、松下村塾においても教えを乞い、兄事《けいじ》した人々である。

松陰と彼らとの関係は、兵学の勉強にとどまらず、人格のうえでの結合、同志としての固い絆《きずな》で結ばれていたものであった。

松陰は兵学教授にとどまらず、時代の変遷に対応すべき藩の方針について、常に研究するところがあった。

彼は嘉永二年三月『水陸戦略』一篇をあらわし、藩の外寇御手当方《がいこうおてあてがた》に提出した。

その内容は、つぎのようなものである。

「英仏露三国の勢力が日本に及び、こちらの隙をうかがう形勢になったが、長州はその地形と位置から見て、防禦《ぼうぎょ》の支度《したく》を怠ってはならない。和洋の兵学者の長短を講究して、とるべき長所は取らねばならぬ。

武備については問題が多い。第一は藩士がそれぞれの石高《こくだか》によって定められている小者、若党を召し抱えていることである。

第二は彼らに武芸を修練させ、第三に兵器を充実させねばならない。

この三点のうち、第一がもっとも問題である。太平の時代が続いていたため、防備の根本が崩壊している。藩士は然るべき数の小者、若党を抱えておらず、武芸に熱心な者もすくない。

外寇を防ぐには、あらかじめ地勢を調査し、大砲の防備をなすべきところを定め、海戦になれば、巨艦に対し小舟を多数出撃させて攻める。海岸島嶼《とうしょ》の守備は、大小砲をもってするほかはない。

賊を上陸させ、陸上戦闘をしかけ、地勢を利用して攻めるのも一策である。白兵戦はわが国民性に合致することである。鉄砲を頼みすぎると士気が鈍る。

しかし国防の第一は政治が仁より発することであり、ついで士気をはげまし、兵器をそなえ、その操法を訓練することである。この順序を逆にすれば、戦うまえに力つき、戦費も使いはたすであろう」


松陰は『水陸戦略』を認められ、この月に海防御手当御用掛を命ぜられ、六月下旬から七月二十三日までのあいだ、二回にわたり長門の北海岸、石州境界から西海岸馬関（下関市）までの海岸防備の実状視察の旅に出た。家を離れ、領内を巡廻する最初の長旅であった。

松陰は旅行中、日記をつけている。『廻浦紀略』と表題をつけた内容には、詳しく見聞が記されている。

嘉永二年七月四日、五日と松陰は船倉で過ごした。海が荒れ、船が出ないので、本を読み、まどろんで時を過ごす。

六日未明、乗船した。船は二隻、一隻は和布苅《めかり》通といい、一隻は御用丸という。松陰は藩士三人とともに和布苅通に乗った。

関船（軍船）で、櫓《ろ》は二十挺《ちょう》である。船室の広さは幅一間半、長さ六間、十一畳であった。船頭は二人、水手《かこ》八人であった。

この日は快晴で、海は畳を敷きのべたように波がなかった。

松陰たちは海岸の地形を巡視し、砲台を築くべき場所を見定める。松陰は日本で鋳造する青銅砲の射程が、外国艦隊の鋳鋼製の砲に遠く及ばないのを知っていたのであろうか。

壇浦台場で狼煙《のろし》場、旧台場を見て船に戻り、戸数七百軒の瀬戸崎浦の宿に泊った。

松陰の日記には、沿岸各所の地形、集落、台場の備砲、火薬庫などについての見聞が的確な表現で綴《つづ》られている。今後砲台を置くべき場所の選定もおこなっているが、きわめて謹直な叙述で、彼の内心の動き、感情をうかがわせるところが、きわめてすくない。

このときの藩内海岸巡視の旅により、それまでの兵学の秀才の身内に、外部からの風が吹きこんできた。萩城下で藩主に才幹を認められ、兵学者としての出世を約束されていた松陰が、欧米列強の圧迫を身近に感じたのである。

彼は『操習総論』に記した。

「近時の兵学及び砲術は、西洋の制に学ぶ傾向がある。西洋の下風に立つのを嫌う者は、しきりにこれに反対する。

彼我の優劣は実験してみなければ、比較できない。兵法が異れば、陣形も兵の運用も異ってくるが、法は理から生ずるものである。

わが甲越の軍学の理を採り、縦横に活用すれば、決して彼に敗れることはないはずである」

松陰は鉄砲の発達を認めながら、甲越流五層陣法の理を生かした操練を実際におこなおうとした。

彼は十月十日午前五時、松本村明安寺に門人らを集め、大砲四門十二名、小銃三十挺三十名、槍、弓、銃を持つ歩兵三十名を整列させ、門人で家老の益田右衛門介を大将として、城の東方羽賀台にむかった。

途中行軍の隊形をとり、羽賀台で諸隊の進退分合の演習をおこなった。このとき松陰が藩に提出した借用書には、百目玉筒六挺と六貫目炮烙《ほうろく》玉筒一挺の借用を申し出ている。

松陰が門人を動員して、実際に英仏露と戦う場合を想定して、本格的な演習を実行したことは、海岸巡視を終えてのち、海防を急がねばならないという、やむにやまれぬ願望に焦っている内心をあらわす事実である。

松陰の内部にひそんでいた革命家の資質がにわかにめざめ、それまでの学究生活から抜け出そうとする衝動が、彼を行動に駆りたてようとしはじめた。

徳富蘇峰《とくとみそほう》は著書『吉田松陰』に革命家の何たるかを記している。

「彼らは眼の人たるのみならず、手の人たるのみならず、眼に見るところ、ただちに手にも行うの人なり。時の緩急をはからず、事の難易を問わず、理想をただちに実行せんとするは急進家なり。しかして革命家なるものは、それ急進家中の最急進家にあらずして何ぞや」

嘉永三年(一八五〇)八月二十五日、二十一歳の松陰は、鎮西《ちんぜい》遊歴の旅に出た。

藩庁に提出した願書には、肥前平戸藩の兵学家葉山左内《はやまさない》が山鹿《やまが》流の先達であるので、彼のもとで勉学したいという事情が記されている。平戸には山鹿流宗家山鹿万助がいたので彼にも教えを乞うつもりであった。

松陰は平戸への旅を『西遊日記』に書きとめている。その序文に記す。

「心は本来活物であり、その活動にはかならず機がある。周遊の益は、発動の機を与えられるものである」

萩城下より外に出ることなく、読書と弟子の教育、独居沈思の日を送っていた松陰が、領内海岸巡視の旅を経験したのち、他郷に遊歴したならば、精神がさまざまの刺戟《しげき》をうけ、あらたな思考を発展させる端緒をつかめることを知った。

そうなると、彼は願望をおさえることができない。新たな見聞で思考の領域を伸張させたいのである。

松陰は萩を出立し、翌朝馬関に到着した。体が丈夫ではないので、早くも発熱し、馬関で二日間静養した。二十九日に船で九州に渡り、小倉から黒崎を経て佐賀に至り、武富文之助をたずねたが留守であった。九月五日、長崎に着いた。

松陰は従者新助を七日に帰国させ、自分は十一日まで滞在した。

長崎では長州藩長崎藩邸に入った。

松陰は砲術稽古に長崎にきている藩士とともに、唐船の碇泊《ていはく》する港内を、小舟で見物してまわった。

若い松陰は、外国のにおいのする長崎の風光がめずらしくてならない。

「唐船の艫《とも》に吉利の二字あり。いかがの訳にや」

などと心を躍らせている。

唐寺の崇福寺に詣で、清人《しんじん》の墓を見たあと、山の高みに登り、市街と深く入りこんだ長崎湊の全景を眺め、諏訪神社に参詣する。

九日には唐人屋敷とオランダ商館を訪問した。長州藩士、御用達商人に案内され、オランダ商館に出向き、白砂糖、生薬などの倉庫を見物する。

十一日にはオランダ商船に乗ることができた。浮城といわれる通りの、巨大な船体である。上層と第二層を見ると、上層には砲六門があり、二層には銅箱などを多く積みこんでいた。

オランダ人が酒肴を出し、もてなしてくれた。脚船（ボート）が二隻あり、一隻は船上に架しており、一隻は水上に浮いていた。松陰ははじめて洋酒、スープ、パンを口にした。

十二日に長崎を離れ、十四日に平戸に到着した。平戸で葉山左内、山鹿万助につき、五十余日間、山鹿流兵法の勉学をおこなった。

山鹿万助は平戸藩の家老格で、藩士たちの尊敬を集めていた。彼の屋敷の玄関には小銃十挺が立て並べられ、牧場には馬六十頭が飼われていた。

松陰は十一月八日、ふたたび長崎に至り、十二月一日まで滞在した。後藤亦次郎《またじろう》の蔵書を読み、砲術家高島浅五郎、訳官鄭幹輔《ていみきすけ》を数回訪問する。十二月二日に長崎を出発し、富岡城、原城の旧址《きゅうし》を見物し、温泉嶽に登る。十二月九日に島原城下から熊本に渡り、熊本城の壮大な威容におどろく。同地で池部啓太、宮部鼎蔵《みやべていぞう》らと交りをむすんだ。

十四日に柳河へ出て佐賀に立ち寄り、武富文之助、草場佩川《はいせん》、千住大之助に会い、長楽庵の詩会に出席し、久留米から小倉へ出て、萩に帰ったのは十二月二十九日であった。

はじめて長州を出て百二十余日の長旅を終えた松陰は、出立するまえには知らなかった天下の形勢についての見聞を、おおいにひろめていた。

松陰は旅行のあいだに、碩学《せきがく》、志士といわれる人物三十余人に会い、懇談を交した。萩を出立するとき彼らのすべてに紹介状をもらっていったわけではない。

旅先で紹介者を探し、会えば初対面の挨拶をしたのち、ただちに議論をはじめたのである。松陰は佐賀で、接見の諸君に呈する詩のなかで、自らの感懐を記している。

「あにはからんや漂然と漫遊してきた客が、たまたま酒をくみかわし詩を吟じる。天涯から吹き寄せられた自分が、まるで隣人のようにあなた方と話しあっている」

佐賀の武富文之助をはじめてたずねたのは、長崎へ向う途中で、そのときは留守で会えなかった。

帰途にたずねると武富は藩の用務で忙しいというので、旅館で三日間待ち、面会した。

長崎で訳官鄭幹輔に、中国の俗語官話を質問するため、八回訪問した。砲術家高島浅五郎のもとへも連日通い、砲術について納得するまで問いただした。

学問に対する意欲の激しさは、狂気のようであった。松陰は、今後自分の進む道について、暗中模索をくりかえしていたので、指針になる知識は、渇いた者が水を求めるように吸収しようとした。

旅先で書物を借りうけると、一夜のうちにその要点を抜き書きする。平戸で勉学していたとき、五十余日の滞在中、葉山左内、山鹿万助から六十一冊の書物を借用、読破し、要点を抄記した。

松陰の燃えるような知識欲は、中国の書物を通じて世界の大勢を理解することにむけられていたようである。毛利藩のみならず、日本の前途を憂い、外圧に対抗するにはどうすればよいか、考えを重ねていたのである。

鎮西遊歴の旅から帰った松陰は、父母とともに嘉永四年（一八五一）の正月を祝い、二十二歳となった。

正月十五日、藩主毛利敬親が松陰から山鹿流の奥義を学び、皆伝を受けた。松陰はその褒美として御紋の裃《かみしも》と銀十枚を賜《たま》わった。二月十二日には特に召し出され、孫子の進講をおこなった。

松陰はこのまま順調に勤めを果たせば、諸人にうらやまれるほどの手厚い待遇をうけ、家中の碩学として波瀾《はらん》のない生涯を送ることができたであろう。

同月二十日、松陰は藩内の旧弊を指摘する「文武稽古万世不朽之策」を藩主に上呈した。藩主敬親は松陰の意見をうけいれ、兵学振興の方針をとるようになった。

藩主は三月になれば江戸へ参勤する。そのとき松陰を伴い、江戸で勉学させることにして、正月二十八日付で、「軍学稽古のため、江戸へ差しのぼされ候」という辞令を発した。

松陰は江戸へ出て諸国の秀才と会い、見聞をひろめたいと望んでいたので、眼前の薄闇がにわかに晴れるような気分になった。

松陰は藩主の行列に供侍《ともざむらい》として加わるわけではなく、「冷飯《ひやめし》」となって江戸にむかうのである。「冷飯」とは藩主の供をせず、藩吏の誰かの食客となる形式をとって、同行する若侍のことである。

三月五日の藩主発駕のとき、松陰と同時に「冷飯」として江戸へむかう若侍は幾人かいた。「冷飯」は自由行動を許されず、藩主の行列にわずかに先行して、定められた旅程を進む。

宿籠の宿泊料などの路銀は藩から与えられるので、気楽な旅であった。松陰はこの旅行の日記を『東遊日記』として綴った。

江戸方手元役中谷市左衛門の「冷飯」となって江戸へ出府する若者は、松陰のほかに井上壮太郎、中谷松三郎、中井次郎右衛門の三人であった。

途中の宿泊地は三十一カ所、伏見と石部《いしべ》（滋賀県）に二泊したので、三十三泊の旅であった。

三月二十七日、岡崎宿に泊った際、恒例により藩主から御供衆に酒を賜わったが、「冷飯」の松陰たちにまでおなじ饗応《きょうおう》がなされたので、意外のよろこびを兄梅太郎への手紙に記した。松陰はこのとき憂国の志を抱いていたが、波瀾に満ちた運命が前途に待っているとは思ってもいなかった。

四月九日、松陰は桜田の毛利藩邸に入った。彼はひたすら勉学に専心することにした。

五月二十日付の兄にあてた書状には、藩邸での日常について、つぎのように記している。

一、馬術はじめ候事、付、剣も折り折りつかい申し候
一、会事の多きに当惑つかまつり候

一の日、艮斎《ごんさい》（安積《あさか》）書経講師口義聴聞
三の日、武教全書、はじめの方、御屋敷内の部、有備館（藩邸内学校）にて
四の日、中庸、同前、はじめの方、中村牛荘《ぎゅうそう》を講師として
五の日、朝、艮斎易会繋辞上伝、午後、荘原文助中庸会、中程
七の日、呉子　林寿之進、藤井熊之進外

九の日、艮斎論語　郷党篇
十二日、廿三日、御前会、過ぐる十二日、作戦篇すむ
二日隔、三日隔ぐらい、大学会、中谷松、馬来《まぎ》小五郎、井上壮太

過ぐる十七日より宦官《かんがん》会はじまる。これは太宗《たいそう》問対講、非番の面々残らず聴聞いたし候。右の通り

ひと月三十度ばかりの会にござ候。（中略）なにぶん会を減じ候わでは、さばけ申さず候。

松陰は多忙な日課を果すうえに、七月二十日に佐久間象山《しょうざん》塾に入門し、さらに江戸に出ていた宮部鼎蔵らと、兵書会読をおこなうようになったので、眠る暇もろくになくなってしまった。

脱藩

松陰が江戸遊学中、藩邸に起居している四月から八月までのあいだの諸費用を記した『費用録』が残されている。

「口腹《こうふく》の欲、感に応じて発す。この録に見る也《なり》。泯然沮喪《びんぜんそそう》」

泯然沮喪は、がっかりして気落ちするという意か。

安積艮斎《あさかごんさい》、山鹿流宗家山鹿素水《やまがそすい》、佐久間象山《しょうざん》に納める束脩《そくしゅう》（月謝）はそれぞれ一歩（千文）である。ほかにまとまった毎月の支払いは、月毎の木銭というのがある。米は藩から支給されるが、自炊の薪は買っていたのである。代金は四月が百五十文、五月四百文、六月三百文、七月四百文、八月分二百文である。風呂銭は毎月百文ときまっている。八月にはなぜか風呂銭の記載はない。

風呂銭は一回入浴するのに、天保期に大坂で八文であった（守貞漫稿）。江戸ではそれよりも高かったと見られるので、一回十文ぐらいと見ると、月十回、三日置きの入浴である。

新暦にすると五月から九月までの期間にあたるので、風呂屋へゆかない日は、井戸端で水浴みをしたのかも知れない。

口腹の欲というが、食物についやしたのは餅八文、梅実八文、煮豆四文、うどん四十文、塩四文、大根漬物四文、鰯十六文、酢三文、煎豆二十二文、ソバ四十八文、茄子漬四文、豆腐十五文、西瓜五十二文、砂糖百文、ラッキョウ八文など、きわめて質素な買いものばかりである。

桜田の毛利藩邸から各学塾へゆくのに、片道一里はかかる。松陰は汗にまみれて講義を聴きに出向き、輪講（ゼミナール）に出席し、藩邸の同輩のために大学、論語註の会読をおこなう。

そのあいだに月二回、藩主に進講をした。このような繁忙をきわめる勉学にはげむあいだ、松陰は日本文化の中心地である江戸において、眼を洗われるような思いをさせてくれる良師についていたか。

経学においては、幕府儒官の安積艮斎は世上の第一人者といわれている。兵学の山鹿素水は兵学を『武教全書』で縦横自在に説くが、元来文学の素養がない。文字を知らぬことおどろくばかりで、素水が兵書を著述するとき、弟子の松陰、宮部鼎《てい》蔵《ぞう》らが手をいれて文章を直し、序文も書いてやらねばならない。

ただ素水は性格がきわめておおらかであるという美点があった。度量がきわめて大きく、弟子の忠言し指摘するところにすべて従った。

素水はもはや兵学の師とすべき人物ではなかったが、宮部との交流で得るところがあった。国元への書状にしるす。

「宮部は大議論者で、意見を交《かわ》すうちに得るべきところが多々ある。彼はまことに好敵手である」

砲術の師佐久間象山は、経書と砲術を教えた。松陰は萩にいた当時、蘭法医田原玄周《げんしゅう》から教わっていた蘭学を、江戸出府ののち、五月二十八日から習いはじめたが、この師匠は誰か分らない。

松陰は当時まだ佐久間に傾倒するまでの魅力を見出していなかった。佐久間塾にあまり足を運んでいない。

十月二十三日付で叔父玉木文之進《ぶんのしん》に送った書信には、つぎのように記している。

「佐久間はすこぶる豪傑卓偉の人で、佐藤一斎門下として経学をおさめ、安積艮斎よりも学力は勝っています。西洋学も大分できるようで、原書の講釈を一度聞いたことがあります」

松陰は江戸に出て、自分の蒙《もう》をひらいてくれたとよろこぶほどの良師にめぐりあわない落胆を、かくせなかった。

五、六月頃、郷里の友人中村道太郎に送った書信のなかに、つぎのくだりがある。

「考えてみれば、江戸の地に師とすべきほどの人はいない。都下の文人儒者は講義をおこない、生計をたてているのみである。武士が自分の信じる道をゆく志がない。

山鹿素水は学問がないが、才覚にすぐれ、よく家学を講義している。艮斎は経学文章が余人にぬきんでた大家で、諄々《じゅんじゅん》と説くところは人に耳を傾けさせる力がある。だが自分の学識をもって世に立つのみである」

おなじ頃、父百合之助《ゆりのすけ》にも内心をうちあけた書信を送っている。

「いま私は江戸で学業を修めています。書籍を読み、議論をしています。有名な儒者、すぐれた師の門をたずね、講義を聞かないわけでもありません。

しかし、学問の規模綱領がはたしていかなるものであり、着実に教わるところを実践に移すにはどうすべきかを示してくれる師はいないのです」

兵学者である松陰は、自分の学ぶところを、国家のために役立てねばならないと焦っている。

役立ててこそ着実に成果が得られるのである。阿片《あへん》戦争で、清国は英仏に屈服した。英仏に加うるに、ロシア、アメリカの干渉は、極東のわが国に、すでに及んできている。

幕府は要路海防をとなえ、沿岸巡視、砲台設置をおこなうが、そのようなことで日を過ごしておれば、欧米の侵略に対処しうる国家の対策が実施できるわけがない。

兵学者の松陰は、他の学者のように学問の切り売りをして、おだやかな生活の場に安住していられない。彼の体内にある侍としての筋を立てねば生きているのさえ恥ずかしいとする魂が、わがゆく道を求めてやまないのである。

長州沿岸巡視から平戸、長崎遊学によって、自分のとるべき立場を確認し、国難を見て見ぬふりをする卑劣なふるまいをしたくないという松陰の願いは、日を経るにしたがい、しだいにふくれあがってくる。

松陰が江戸に出たのは、かならず先覚の人にめぐりあい、わがゆくべき道を教えてくれるだろうと期待したためであったが、いたのは何事も実行しない口舌《くぜつ》の徒ばかりである。やがて宮部鼎蔵が松陰の盟友として、大きな存在となってくる。

のちに池田屋騒動で新選組と戦い憤死する宮部は、このとき松陰より十歳年長の三十二歳であった。彼は国学にあかるく、山鹿流兵法の奥義をきわめていた。

六月十三日、松陰は宮部とともに鎌倉瑞泉寺におもむき、母方の叔父竹院禅師を訪問したのち、相模、安房の沿岸を十日間にわたり視察した。二人は兵学者として、外国軍艦が大砲の筒先をそろえ、迫ってきたときはどうすればよいか、さまざま論じあった。

彼らは長崎から安房に至るまでの国防上重要な海岸線を、おおよそ踏破したが、東北地方はまったく未知の土地であった。彼らは東北遊歴を思い立つ。

松陰は七月十六日、東北地方へ十カ月間、自力遊歴を藩邸に願い出て二十三日付で許可された。松陰は東北遊歴日記の序文に、旅行の目的を記している。

「有志の士は、平時には経国の大計を論じ、古今の得失を議しているが、いったん事変がおこったときは戦場に出て、敵情をうかがいたがいの交りを密にして、前途をはるかに見通す策を立て、国家を利すべきである。

平生からこの志を抱いていなければならない。天下の形勢にうといときは、志をたてることができない」

松陰は未知の東北地方の地形を知っておかなければ、変事にのぞみ国策を立てておくことができないという。

「東山《とうさん》、北陸は、土地は広く山は険しい。昔から英雄割拠し、奸宄の徒が巣窟をいとなんだ。東は満洲につらなり（原文のまま）北はロシヤに隣している。これはもっとも経国の大計をはかるうえで重要な地である」

東北地方への旅行計画は、その後十カ月の期間を四カ月に変更した。旅費が不足したようである。

同行するのは宮部鼎蔵のほかに、奥州人江幡《えはた》五郎である。出発は十二月十五日となった。その日は元禄十五年（一七〇二）、赤穂浪士らが本懐を遂げた日であった。同行する江幡は文政十年（一八二七）出羽国大館《おおだて》（秋田県大館市）藩の医師道俊の次男として生まれた。

やがて道俊が南部藩に仕えるようになったので、盛岡に移住した。江幡五郎は十八歳で藩主の近習《きんじゅ》にとりたてられたが、まもなく脱藩して江戸に出て、安積艮斎、東条一堂らの門人となり、博覧強記の才を発揮したが、さらに大和五条へおもむき、森田節斎《せっさい》に教えを乞い、勤王論を学んだ。

五郎は大和に数年間滞在ののち、広島に遊学、同地に滞在中、嘉永二年（一八四九）、南部藩で藩主擁立の騒動がおこり、兄の春菴《しゅんあん》が、藩重職田鎖左膳《たくさりさぜん》一味の策動に反対したため投獄され、獄中で死亡したという知らせが届いた。

江幡は広島の坂井虎山《こざん》塾で同学の土屋矢之助（蕭海《しょうかい》）と相談した。矢之助は萩藩佐世仁蔵の陪臣土屋孝包の長男で、松陰より一歳年上の彼は萩にいたとき、松陰の親友であった。

江幡はいったん大和五条の森田節斎をたずね、兄の仇討《あだうち》について策を練り、しばらく大坂にいて剣術を学んだ。

彼は嘉永四年（一八五一）の秋に江戸へ出て、旧知の鳥山新三郎という儒者の塾に身を寄せた。土屋矢之助が弟恭平を伴い、江戸に出たのは、江幡と前後しており、彼が寓居としたのもまた鳥山塾であったので、たがいに手紙でうちあわせていたのであろう。

鳥山は安房の人で、東条塾出身の儒者である。鍛冶橋に近い桶町に私塾をひらいていた。義侠心にあつい人物であった。鳥山塾に土屋兄弟が滞在するようになると、長州藩士来原《くりはら》良蔵、中村百合蔵、井上壮太郎らが、逢いにゆくようになった。

松陰も宮部鼎蔵とともに土屋をたずね、江幡と知りあい、江幡の親友、出羽出身の村上寛斎とも交流するようになった。

松陰は、彼らとともに議論をたたかわす楽しい一夕《いっせき》について、つぎのように記している。

「皆が会うたびに酒を飲んだ。酒宴がたけなわになり、話が古今の忠臣義士、姦猾《かんかつ》で悪謀をめぐらした悪人のことに及ぶと、江幡がまず泣いた。つづいて寛斎、鼎蔵も泣き、つられて坐中の者皆泣いた。

そうなると大声で世情を談じ、過激の議論をあたりはばからずたたかわせた」

兄の仇討を志す江幡は、松陰と宮部が東北遊歴に出ることを知ると、内情を訴え同行を頼んだ。松陰らは彼の願いをいれた。出発の日を十二月十五日としたのも、江幡の希望に従ったものであった。

十二月十五日は、三人の青年のあいだで変更できない唯一の出発すべき日と決った。だが、出発の数日前に、突然松陰の旅行に妨《さまた》げとなる問題がおこった。

松陰は藩から旅行の許可を得ていたが、過書《かしょ》の交附を受けていなかった。過書は、他藩の領地を通過するとき、関所などで必要あるときは提示する通行手形である。

松陰はただちに江戸藩邸の役人に、過書を発行してほしいと頼んだ。藩邸の手元《てもと》役人らは、誠実な松陰の人柄に好意をもっていたので、いろいろと奔走してくれたが、過書発行は藩の規則によって藩主の決裁がなければ下附できないことが分った。

役人たちは松陰に告げた。

「江戸に逗留いたす藩士の過書を出すために、国元まで伺い出ねばならぬとは、あまりに聞えがたきことなれども、藩規なればやむをえぬ。しばらく出立《しゅったつ》を日延べしてくれぬか」

松陰は友人との約束を守るために、ついに脱藩を決意した。

兄の仇討をする江幡五郎の志をないがしろにはできない。松陰は誰も同意してくれぬ不忠不孝のことと知りながら、十二月十四日巳《み》の上刻（午前十時）頃、藩邸を出奔した。

藩士来原良蔵は松陰を励ました。

「あとのことを気にするな。俺は藩邸の役人たちに、おぬしがどうしても脱藩しなければならなかった理由を説き聞かせてやる」

来原は、松陰が宮部、江幡と同行しなければ、長州人が優柔不断であるといわれ、国家の恥になると考えていた。

　脱藩は国の法規に反する行為であるが、罪をわが身に受けても、長州人の恥辱となるようなことをしてはならないというのである。松陰は脱藩するに至った心境を、のちに水戸から兄の梅太郎に送った書信に、つぎのように記している。

「矩方《のりかた》（松陰）は、たとえ路上で野垂れ死にをしても、国家へのご奉公については、余人に恥じることがないと思っています。

　これはもちろん、年少客気、書生の空論と恥じてはおりますが、太平が久しく、武士の義気が地におちているいま、読書人にあらずして、真実の道を知ることはできません。義気をつらぬくことは、天下万世に関係し、至大至重、一身の禍福栄達は至小至軽であります」

　松陰は藩吏に追跡されるのを懸念し、宮部、江幡と水戸で落ちあうことにして、名を松野他三郎と変え、独行した。

　日本橋から千住、綾瀬、松戸と水戸街道を辿《たど》ってゆく。「松戸では人家がすこぶる多かったが、私が亡命者であると知っているのか、あるいは一人旅であるためか、どの家でも私を泊めてくれなかった」と松陰は日記にしるしているが、旅籠《はたご》でも怪しまれるような身なりをしていたのだろうか。

その夜は山中の寺院に泊めてもらい、翌朝小金原から手賀沼を右手に見て、土浦を過ぎ、街道を避け、裏道を辿りながら水海道宿に泊った。

十二月十七日、松陰は筑波山の男体《なんたい》、女体《にょたい》の二嶺に登った。日記にしるす。

「この日は天気晴朗、眺望はとくによろしい。関八州の地勢は歴々として眼下にひろがる。山は富士、日光、那須、川は利根、那珂《なか》、すべて目前にある」

松陰は長州藩兵学師範の地位をなげうち、筑波の山嶺で風に吹かれるわが身を、心細く思わざるをえない。

彼は筑波山を下り、笠間藩の時習館教授森田哲之進に会った。

翌十八日、学館番頭《ばんがしら》加茂多十郎以下、目付役、長沼流兵法学者守岡善八郎ら二十五人が居並ぶ前で、孟子の首章を講義した。

十九日、水戸城下に到着した松陰は、江戸の剣客斎藤弥九郎の長男新太郎の紹介状によって、藩士永井政助をたずねた。

松陰は政助の家に寄留し、二十四日に水戸に着いた宮部、江幡と合流した。

江幡は仇敵田鎖左膳が主君参勤の帰途に供として水戸を通過するのを待っている

あいだに、先祖の那珂彦五郎が常陸《ひたち》国那珂郡の出身であったので、祖先の政事を探ろうとしていた。

松陰は宮部、江幡とともに、永井政助宅で自炊して嘉永五年（一八五二）正月二十日まで滞在した。

松陰は水戸で会沢正志斎《あいざわせいしさい》、松岡亮らすぐれた学者たちから、つよい刺戟《しげき》をうけた。

正月十八日の、兄梅太郎への書信に、つぎのように述べている。

「水戸で逢った人々は、皆さる者である。永井政助、会沢憩斎（正志斎）、豊田彦次郎（松岡亮）、桑原幾太郎、宮本庄一郎。藤田虎之助（東湖《とうこ》）、戸田銀次郎はいまだ禁錮中で、逢えませんでした」

『東征稿』に、松陰が水戸の学識者との交遊につき述べているくだりがある。

「水府の諸才子は、われら三人が永井の宅にいるのを聞き、しばしば訪れてきて深夜まで辺りはばからず歓談し、夜が明けるのも忘れた」

松陰たちがもっとも注目したのは、会沢正志斎と松岡亮であった。三人は会沢のもとへ六回、松岡のもとへ三回訪問した。

会えばたがいに胸襟《きょうきん》をひらき、何のかくしだてもなく、本心を語りあった。

会沢は藤田幽谷《ゆうこく》の門人で、幽谷の子東湖と並び立つ水戸学の権威であった。四百五十石の禄を受け、水戸斉昭《なりあき》が五歳のときから十七年間、傅役《もりやく》であった。

そののち郡奉行、通事、調役、彰考館総裁の要職を歴任していた。年齢は七十一歳、著書『新論』は、国体論の傑作として全国有志者に愛読されている。松陰も平戸に遊学の際、彼の英名を知り、『新論』を読んでいた。

松岡亮は大日本史編纂にあたり、国史志表編集頭取に任ぜられた精鋭の学者で、四十七歳であった。

松陰が来原良蔵に送った書信のうちに、会沢らと何事を語りあったかを述べているくだりがある。

「はじめて会沢、豊田（松岡）ら諸子に会い、その語るところを聞いた。彼らは嘆息していった。わが身が皇国に生れてきて、皇国の皇国たる所以《ゆえん》を知らなければ、なにを心のよりどころとして天地の間に立っていられようかと」

松陰たちは、水戸学の国体論学者が、外国艦船の来航がしきりである世情のなかで、わが身をいかに処すべきかの時務策についての意見に、耳を傾けたのである。

嘉永四年の歳末、水戸城下の永井政助宅に滞在していると、新年の繁忙の邪魔になると気づかい、大晦日《おおみそか》に永井家を出て、瑞龍山の水戸家歴代藩主の墓を拝したのち、常陸太田宿にむかった。

新年元旦に、西山の水戸光圀《みつくに》の遺蹟をおとずれるため、太田宿に足をとどめたのである。嘉永五年（一八五二）正月、松陰は二十三歳、宮部は三十三歳、江幡は二十六歳となった。

正月二日に永井家に戻った松陰らは、四月に永井の子息芳之助を連れ、鹿島神宮に参詣したのち、さらに西へむかい、銚子湊《みなと》に至った。延々と松林のつづく九十九里浜の沖には、三本マストで舷《ふなべり》の高い浮城のような捕鯨船がつらなり、姿をあらわしている。

「あやつらは、年じゅうこの辺りの沖におるのか」

芳之助が答える。

「ここから仙台石巻《いしのまき》の沖まで、常時往来して、鯨油を獲っておりまする」

「その数はどれほどじゃ」

「千艘ほどといわれておりまする。大きさは二千石から三千石積みで、鯨がおれば船上から五、六人乗りの小舟を降し、破裂銛《もり》という火薬を仕込んだ銛を、鯨の胴へ投げつけまする。銛が体内で破裂すれば、いかなる大鯨にても死に、毛唐どもは轆《ろく》轤《ろ》で船上へ引き揚げ、油を絞り、体はそのまま海へ投げ棄てまする」

水戸藩に攘夷《じょうい》論をとなえる志士が続出するのは、海上に異国船が絶えず航行しているためであるといわれるが、いかにもうなずけることであると松陰は思った。

銚子は諸国廻米、水産物を、利根川の水運によって江戸へ運ぶ繁華な湊であったが、犬吠埼《いぬぼうさき》に登ると、やはり沖合には外国船が幾艘か見えていた。

十一日に水戸へ帰った松陰たちは多くの知友に訣別《けつべつ》の挨拶をして二十日に奥州白河へむけ出立した。

永井芳之助が青柳の渡船場まで送ってきて、声を放って泣き、別れを惜しんだ。手綱《たづな》、磯原と知己を訪ねて日をかさね、二十三日に勿来関《なこそのせき》を越え奥州に入った。二十五日、降雪のなか白河城下に着き、二十八日まで滞在していた。

江幡五郎は松陰たちにうちあけた。

「俺は先侯を復位させ、亡兄の志を継ごうと考えたが、形勢はよくないようだ。このうえは俺一人で田鎖左膳を要撃するよりほかはない。聞けば田鎖は四月に帰国するそうだ。この機を失えば仇討はできない。ここで君たちと永訣《えいけつ》しなければならない」

　松陰と宮部はいった。

「ここで別れるわけにはゆかない。生死をともにしよう」

　五郎はつよく拒み、松陰たちと別れることにきめた。

　松陰と宮部は、会津、秋田、津軽を経て盛岡へゆく。五郎は奥州路で田鎖を待ちうけることになった。宮部鼎蔵は懐を探り、金十両を取り出し、五郎に与えた。五郎は辞退した。

「丈夫《ますらお》が事をなすに、金など必要はない」

　鼎蔵は五郎にいい聞かせた。

「金がなければ策を全《まっと》うすることもできない。大行《たいこう》は細瑾《さいきん》をかえりみずというではないか。なにを区々たることにこだわるのか」

　五郎は金を受けとった。

　宮部のような尊攘浪士は、松陰のように囊中《のうちゅう》が乏しくなかったようである。資金融通の径路を持っていたのであろう。

　翌日、白河を出た三人は、ちいさな坂を越え、しばらくゆくと、会津道と奥州道の分岐点に至った。去ってゆく五郎を見送る宮部は、「五蔵、五蔵（江幡五郎の変名）」と幾度か呼びかけ、泣いた。松陰も嗚咽《おえつ》して言葉が出なかった。

五郎はふりかえらないまま去っていった。

「注視すること久しく、姿が見えなくなってから足を運びはじめた」と松陰は日記にしるした。

一月二十九日、会津若松に到着。上士（五五〇石）の井深蔵人をたずねたが、すでに亡くなっており、その子茂松とあった。会津若松には二月六日まで滞在し、家中の儒者らと交り、藩校日新館で、会津藩の学制、学風を聞いた。

松陰らは二月七日、会津を出発して深雪《みゆき》のなかを越後への国境を越え、新発田《しばた》に出て、新潟に至った。「この間の艱難《かんなん》いうに堪《た》えず」と松陰はしるしている。吹雪のなかで立ち往生しかねない、危険な目に遭ったのである。

新潟では学者日野三九郎、医師中川立菴《りゅうあん》の家に泊り、松前へ航行する船便を待とうとしたが、かなりの日数がかかるので、そのあいだに佐渡へ渡ることとした。

だが春先の海は荒れており、出雲崎で十数日間待たされ、二月二十七日にようやく佐渡小木港へ渡ることができた。

翌日順徳天皇の御陵に参拝し、

「万乗の尊をもって孤島の中に幸《みゆき》したまう。何すれば奸賊すなわちこの事をなす」

と悲憤して、二人はともに詩をつくった。

順徳上皇は承久三年（一二二一）の政変により、鎌倉幕府によって佐渡に移された、非運の王者であった。

二人は相川に出て金山の坑内を見学し、閏《うるう》二月一日、春日崎砲台を見学、八幡の順徳天皇行在所《あんざいしょ》を拝し、三日に小木港に帰ったが烈風吹きすさぶ悪天候がつづき、十日にようやく海を渡り、新潟に引き返した。

七日後、ようやく松前へむかう北前船が入港したが、船頭たちはなぜか士分の者が同行するのを嫌い、ひたすら辞退する。

「これだけ申してもわれらを乗船させまいとするのは、何らかの訳があるのだろう。やむをえぬ。陸行してゆけるところまで歩こうではないか」

新潟で松前行きの船を待つこと三十七日。むなしく時日を消費してしまった。

二人は深い雪のなかを、雹《ひょう》、雨、吹雪に苦しみながら、海沿いにひたすら北へむかい、二十四日に久保田（現在の秋田）に到着した。久保田では敦賀屋新六、熊谷恒次をたずね、羽州の国事について聞く。

二十六日に久保田を出て、八郎潟に沿い北上し、能代《のしろ》川を遡《さかのぼ》って大館から矢立峠を越え、閏二月晦日《みそか》に弘前に着いた。

弘前では津軽藩の有志に国情を聞く。さらに松前から七里の海上をへだてる小泊、三厩《みんまや》に至り、外国船が海峡を自由に通行している事情を知り、幕府が警固をかえりみず放置しているのに憤慨した。

松陰たちは冬期から春先にかけて、悪天候を冒し、東北地方を旅行し、海辺の防備が皆無にひとしい実情に触れ、日本の前途を危ぶまざるをえなかった。

東北遊歴

津軽の海岸線は五十里。その間に砲台は九カ所に置かれているのみであった。外国船が海岸に碇泊《ていはく》し、乗組みの者が小船を操って上陸し、附近の住民から薪水、牛馬を買い求めようとしても、砲台を守る兵は一カ所につきわずか十余人で、さえぎることはできない。

津軽、松前の間を通過しようとする外国船が海岸の入江に一泊し、夜が明けてから去ってゆくことはめずらしくないという。

三月二日に弘前を離れ、五所川原、金木《かなぎ》を経て、十三《とさ》潟附近を通過する。海岸の集落は戸数百三、四十。たまに三百ほどの大きな村があった。

宿場を出て海沿いに北上すると、松前の連山が手にとるように見える。海沿いにゆくと砲台があった。砲が二門置かれていたが、守兵の姿はなく、積雪のなか、粗末な板屋根の兵舎のなかは森閑としていた。大砲の口径、砲身の長さを調べようとしたが、入口に施錠されており、毀《こわ》すのもはばかられるので、そのまま通り過ぎる。

津軽藩は旅人がこの辺りを通行することを厳禁しているので、道路の補修がまったくおこなわれておらず、積雪は数尺、足を踏みこめば膝を没するばかりで、松陰と宮部は困苦に堪えて足を運んだ。

俗諺《ぞくげん》によれば、三厩《みんまや》という戸数百余の湊《みなと》は義経が松前に渡るのに用いたところであるという。松前侯が江戸へ参勤のとき、まず海峡を越えてここに上陸することになっているそうである。

津軽領の竜飛崎《たつぴざき》と松前の白神鼻《しらがみのはな》は三里の距離で、その間の狭い海面を外国船が堂々と往来している。

松陰は三月六日青森にむかい、日記につぎのようにしるす。

「青森に入るとき、雪や霰《あられ》が吹きつけてきて、われわれは八里余を船でむかったので、船中の寒気ははげしく、じっとしていられないほどであった。七日の夜明けがたに青森に達し、浜辺の船宿に入ってようやく眠ることができた。

飛雪をすかして見ると、青森は一大港湾で、軍艦数十艘を碇泊させ、非常時に備うべきであると思った」

松陰たちは八日に風雪のなか、青森をあとに盛岡へむかった。七戸《しちのへ》へむかう途中、松陰は銃をたずさえ、犬をひき、獣毛《じゅうもう》の外套《がいとう》を着た四人の猟師に出会った。

彼らは熊を狩る猟師で、去年はこの季節に五、六頭を獲っていたが、今年はまだ一頭も獲っていないといった。冬眠から醒《さ》める頃の熊を狩る猟師たちを、松陰はめずらしく見た。

五戸《ごのへ》を過ぎ、八戸《はちのへ》におもむく。さらに三戸《さんのへ》を過ぎ、一戸《いちのへ》宿に泊った。

盛岡に到着したのは、十一日であった。南部藩二十万石の城下町である。翌日、江幡春菴《しゅんあん》の門人である坂本春汀《しゅんてい》をたずねた。春汀はかつてともに春菴に学んだ同門の士を呼び集める。

春菴の死後、春汀は城外山陰村の農家に江幡五郎の母と春菴の妻、その子文虎をかくまっていたので、松陰と宮部鼎蔵《ていぞう》は春汀に案内され、隠れがを訪問した。

五郎の老母は病床についており、春菴未亡人がつきそい、松陰たちと面会した。

松陰と宮部は、江幡五郎と江戸から奥州白河まで旅をともにして、二月二十八日、田鎖左膳を討つため袂《たもと》を分つに至った事情を、老母と寡婦《かふ》に語った。

「五郎君は五蔵と変名して、きわめて意気さかんに、つつがなくいまも白河近辺にいて、敵《かたき》のきたるを待ちおるであろうと存じます」

老母はおおいによろこんだ。

「五郎はなお五体堅固にて、世にありまするかや。私はあなたがたにお眼にかかり、堅弥（五郎の幼名）を見たような気がいたします」

春菴の遺族と松陰、鼎蔵はともに涕泣《ていきゅう》した。江幡五郎は水戸滞在中に、同族斎藤権兵衛が城下にいると聞き、その家をたずね、江幡家の系譜を書写させてもらった。

それを白河滞在のあいだに清書し、一書をつけて甥の文虎に送り、「これをいましめとし、本藩に恨を含んではいけない」と諭《さと》していた。

この日、松陰たちは遺族と別れたのち、春菴の墓のある香殿寺をたずねた。墓へ詣りたいというと、墓守りは意外な事実を語った。墓がないというのである。

「春菴殿が獄死されたあと、ここに仮埋めされ、葬式はおこなわれませんでした。でもその夜は大勢の人々が花を供え、丘のように積ったのです」

松陰たちは嘆息するばかりであった。

松陰は鼎蔵とともに、春菴の事件に連坐し、自宅に禁錮されている山田斎宮、瀬山命助をたずね、五郎の動静について知るところを聞こうとしたが、両人とも藩庁の意向をはばかったのであろう、会おうとしなかった。

松陰たちは未《ひつじ》の下刻（午後三時）盛岡を出発し、北上川を渡り、奥州道中を南下し、花巻から黒沢尻に到着した。戸数三百ほどの宿場で、この日はじめて梅花が爛《らん》漫《まん》と咲き誇っているのを見た。

仙台藩領に入ると、地形はますます平坦になり、見渡すかぎり田圃《たんぼ》がつらなっている。渡船で川を渡り、水沢に到着すると、伊達将《しょうげん》監一万五千石の知行所である。さらに南へむかうと、三沢頼母《たのも》三千石の知行所前沢であった。

中尊寺は街道を五、六町離れたところにあった。十八坊が現存し、鬱蒼《うっそう》と茂った杉林に囲まれた広大な寺域に大伽藍《だいがらん》があった。松陰はいう。

「かようにして、諸国の地形、遺跡を眼の辺りにしつつ旅をすれば、いままで学んだ国史の文章が、生きているもののようによみがえって参る思いがいたす」

宮部鼎蔵は応じた。

「まことにその通りじゃ。国じゅうを踏破してはじめて、秋津洲《あきつしま》の国人《くにびと》のこののち進むべき道が分って参るのじゃ。百聞は一見にしかずというは、まことよのう」

三月十四日は一関《いちのせき》に泊った。田村右京大夫三万石の陣屋があった。

松陰たちは十六日に川舟で北上川を下り、石巻《いしのまき》に到着した。湊にはおよそ四百戸の民家が軒をつらね、七、八十隻の巨船が碇泊している。この湊から江戸へ積みだす米は、年間七、八十万石とも三、四十万石ともいう。どちらが正しいのであろうか。

河口には番所が二十余カ所につらなり、仙台藩、南部藩、一関藩の米蔵、会所が置かれていた。松陰たちは日和山《ひよりやま》という、旧葛西城址に登り、地形を眺める。

十七日、松島に至り、塩釜《しおがま》へ船でむかった。

一帯の平野は眼をさえぎる山もなく、道の左右は皆美田になしうるであろう、湿りけを含んだ土質であるが、あまり耕されていなかった。

十八日、松陰たちは塩釜明神《みようじん》別当の鈴木隼人の案内をうけ、法蓮寺という高所にある寺院の庭前から、松島を眺めた。

未の下刻（午後三時すぎ）塩釜から仙台へむかう。市川というところで、多賀城の碑を見た。千余年の昔、朝廷が蝦夷《えぞ》、靺鞨《まつかつ》を平定するための城であったことを知り、現在の国情をふりかえると、涙を禁じえなかった。

仙台城下に至り、藩士入江長之進を訪ねたが、彼は近頃記録役に就任し、評定所に出入りしている。評定所は、町奉行二名、記録役六、七名を指揮して刑法を司り、藩制をたてる重要な役所である。入江は、同藩人でもみだりに面会できない立場にあった。

そのため、松陰たちは入江の弟とその父権太夫《ごんだゆう》に会い、歓談数刻を過ごし、夜がふけてのち、国分町《こくぶんちょう》の旅宿に泊った。

十九日、藩校養賢堂の学頭大槻格次に面会を求めた。塾生森本友弥が使者として旅宿にきて、松陰たちの面会用件をたずね、国事につき談論したいという希望を聞くと、養賢堂へ案内した。

仙台青葉城は、広瀬川が城地をめぐって流れ、追手門前には板橋を架けていた。城内は川内《かわうち》と呼ばれているという。その辺りには重職の家臣たちの屋敷が多く、背後には青葉山を負うていた。

城下の東方つつじが丘には桜樹が多く植えられ、藩士、住民の遊楽の場所と定められ、芝居小屋があった。附近には酒、茶、餅などを売る店が軒をつらね、江戸風の眺めである。

藩校養賢堂は、追手門を入ると右手に剣槍場、左手に大槻格次のいる学頭舎がある。養賢堂は二十四間四方（五百七十六坪）二階建てであった。学校の経費は年間一万石である。藩校の諸業務に従事する諸士は百四十八人である。

松陰は校内の授業の内容、教授の任務について詳細に聞きとった。仙台藩では、毎年正月二日、追鳥狩《おいとりがり》という、戦闘演習のための銃猟をおこなうという。数千人の藩士が参加する追鳥狩は、相馬馬取狩とならび称せられる壮観であるという。

松陰は追鳥狩の絵巻物をひろげての大槻格次の説明により、原野で数千の将兵が演習するさまを、眼前に彷彿《ほうふつ》とさせた。だが身分、役職位階により行動が制限される従来の陣法では、西洋の戦闘機能にすぐれた軍隊編制に比較すると、こころもとないかぎりであると、内心で嘆いた。

三月二十日、仙台藩士、上山《かみのやま》藩士ら五人が国分町の宿をおとずれ、瑞鳳寺《ずいほうじ》の藩公菩提所へ案内してくれた。瑞鳳寺のある愛宕《あたご》山からは、城下の市街、遠く金華山、七つ森の山影まであざやかに見えた。

松陰たちが、国分町の宿に帰ると、山本文仲という仙台藩士がきて告げた。

「安芸五蔵という仁が、あなた方に逢いたいと塩釜からやってきましたが、宿の者があやまって、あなた方はすでに出立されたと聞き、未の刻頃にどこかへいってしまいました」

松陰は、しまったと宮部鼎蔵と眼を見交した。

安芸五蔵とは、江幡五郎の変名である。松陰たちは五郎が仙台、福島のあいだを往来して、兄の仇《かたき》田鎖左膳が藩主に従い、帰国の途次を襲うため、機をうかがっているであろうと推測していたが、塩釜に潜んでいたとは知らなかった。

五郎が去ったのであれば、もはや仙台に滞在する必要はないと、松陰たちは二十一日午後、仙台を離れ、名取川橋を渡り、中田宿に泊った。

その日、一里二十町ほどの行程を過ぎただけであったのは、なんとなく江幡五郎があとを追ってくるような気がしたためである。

二十二日朝は晴天であった。

二人は早朝に宿を出て、増田、岩沼、槻木の集落を過ぎ、阿武隈川《あぶくまがわ》沿いに南下していった。刈田宮というところにさしかかったとき、前方から「おーい、おーい」と呼ぶ声がする。おどろいて眺めると、江幡五郎が振りわけの荷物を手でおさえつつ、走ってくる。

「五蔵、きたか」

松陰と宮部鼎蔵は、五郎と抱きあった。

「もはやこの世におらぬものと覚悟しておったが、また逢えるとは嬉しや」

「息災でいてくれたか。その後はいかが暮らしておりしか」

五郎はいう。

「貴公たちと白河で別れてから、塩釜、石巻と流浪《るろう》し、石巻で粟野木工右衛門という仁の家に寄寓《きぐう》して、兵書を講じていたのだ。そのあいだに仙台、福島の間を往来して消息をうかがっていたところ、いよいよ藩公江戸出立の日取りも決り、田鎖が行列に従うこともあきらかとなった。塩釜から福島のあいだを奔走していたところ、貴公らが仙台に逗留《とうりゅう》していると耳にしたので、二十日の朝、仙台国分町の宿へ参ると、はや福島へむけ出立されたとのこと。

なんとしても追いつこうと、昼夜兼行で街道を突っ走り、あとを追って福島まで三十里を走り抜いたが、貴公らの姿は見えぬ。やむなく仙台に戻ろうとしていたところだ。こんな嬉しいことはない」

三人は相擁して雀躍《じゃくやく》した。

「それでは今夜は、白石城下へ泊ることといたそう」

城下町に入るとき、川があり橋を渡った。この日の行程はすこぶるはかどり、十一里に及んだ。

白石は昔上杉の家臣甘糟《あまかす》備後が居城を置いたところであった。のちに伊達氏が占領し、いまは片倉小十郎三万石の城下であった。

市中は繁昌をきわめていた。城は丘陵のうえにあり、家臣の屋敷は城を囲み、町人町はこれを取り囲んでいる。川はその外を流れ、阿武隈川に流れこんでいる。

城のうしろに大練兵場があり、昨日練兵がおこなわれ、見物人が万をもって数えるほど集まったという。五郎はいった。

「ひさしぶりにおおいに語ろう。古歌にもいうではないか。明日もまた桜かざして遊びなん　今年ばかりの春と思えばとなあ」

その夜三人は酒をくみかわし、愉快に語りあい、国家の現状につき意見を述べあった。

翌二十三日、彼らは米沢へむかう脇街道をとり、山中を二里ほどゆき、小原村の温泉に到着した。湯治客がおびただしくいた。戸沢から四里、桑折まで四里のところで、津軽、奥羽の諸藩から江戸へゆく者は、皆上山からここにくるという。

桑折一帯は桑の産地で、道端に多くの桑畑があり、楮紙《こうぞがみ》の産地であった。

三人はその夜、戸沢宿に泊り、浄瑠璃《じょうるり》語りを招き、忠臣蔵十二回を語らせ、たがいに思いをたかぶらせ、涙を流した。

翌日、五郎は松陰たちと訣別することになり、江戸の学友たちに送る手紙を六通、二人に託した。出立のまえ、また浄瑠璃語りを招き、忠臣蔵八回を語らせたのち、別れた。

松陰たちは米沢城下におもむき、藩制を調査し、二十八日に檜原《ひばら》峠を越え会津若松に帰った。

若松から下野国《しもつけのくに》に入り、鬼怒川《きぬがわ》沿いに今市に至り、四月一日に日光東照宮を見た。

「造築宏壮、文采華麗、金章朱楹《しゅえい》、銅瓦粉柱、爛々目を眩《くら》ます。ああ美なるかな。阿房宮をして大成せしむといえども、その美もとよりこれに譲ること万々ならん」

二人は足利に立ち寄り、足利学校を見たのち、利根川、江戸川を舟で下り、四月五日江戸に到着。十日に藩邸に帰った。

江戸川を下る川船のなかで、松陰はつぎの詩を詠じている。

「積雪また残花、君とつれづれに還る。ひとりわが盧子《ろし》をうらやむ。すでに英雄の間にあり」

自分はなすこともなく帰ったが、五郎はすでに本望を達し、英雄となっているであろうという詩である。

だが東北遊歴によって、松陰は各藩の地理、国防、民政についての実状を詳しく知り、歴史の変遷をあらためて回顧して、日本の今後の進路をいかにすればよいか、深慮するところがあった。

たとえ若気の至りであったとはいえ、脱藩の行為は、松陰の享受すべき世俗の栄達をすべて反故《ほご》にしてしまったが、自ら求めた艱難《かんなん》は、今後の余生の方針を定めるうえで、大きな力となった。

松陰は江戸に帰って十年間は帰藩せず学問に励んだのち、藩に詫びて帰国しようと考えていた。だが藩士たちの帰藩を望む声が多く、宮部鼎蔵もしきりにすすめたので、ついに四月十日、藩邸に入って処罰を待つこととした。

たまたまその日、友人井上壮太郎が帰国するので、松陰は送別の辞の序文をしるした。その一節にわが心境をしるしている。

「私はさきに匹夫《ひっぷ》の浅慮によって、唐突に脱藩をした。上は国法の重きを犯し、下は父母を心配させてしまった。

その罪はもとより天地のいれざるところである。しかし、自ら誓っていう。前に犯した罪をいたずらに追わず、ただ一身の力をつくし、これをつぐなうように死をもってして、はじめて己れの行いを効果あるものとできるのだ。

いやしくもよく俗流をかえりみず自立して、ただ古来の大丈夫をもって師となし、毀誉《きよ》と利害をいささかもかえりみずにいるならば、望みを達することができよう」

松陰は意気軒昂としていた。

藩邸では松陰を萩へ帰すことにした。脱藩した重罪人を護送する形をとることなく、道中は、藩士のふつうの旅行の形式をとり、中間《ちゅうげん》二人をつきそわせて帰すことにした。

松陰は四月十八日に江戸を出て、五月十二日に萩に到着した。まもなく父杉百合《ゆり》之《の》助《すけ》の家に入り、謹慎して君命を待った。

恩師山田宇右衛門は松陰の軽挙を責める書信を送った。

「さきに脱藩して、他日の大成果を期待していたのに、いまはなすこともなく匆々《そうそう》と帰ってきた。お前の志は確かでもなく大きくもないことが、どうしようもなく分った。それでも師弟の義を絶つことができない。激励してやりたいが、その気持ちはないのだ」

松陰は返書を送った。

「志の確かか不確かか、大きいか小さいかは僕は知らない。ただ退いてわが志をかえりみれば、脱藩し諸国遊歴をした成果は、かならずしも寥々《りょうりょう》たるものではありません。

それで、いま先生の義絶を受けても、すこしも恐れるものではありません。いわんやとるにたらない、かげ口ばかりたたく輩《やから》など、無視するばかりです」

帰国してのち、読書についての消息は、松陰の手記『睡事余録』にしるされている。

「嘉永壬子《みずのえね》(五年・一八五二)五月十二日、帰国してのち、息をひそめ一室のなかで首を縮めている。

斧鉞《ふえつ》によって誅殺《ちゅうさつ》されるのを待ち、昼間は暑熱をおそれ、夜は蚊を憎み、ただ睡《ねむ》るときだけ心を安んじるのである」

松陰はいう。

「皇国に生れ、皇国の成りたつ所以を知らずして、なにをもってか天地に立てようか。ゆえに先に日本書紀三十巻を読み、つづいて続日本紀《しょくにほんぎ》四十巻を読む。その文中に昔から四夷を征服した術策の、後世に伝うべきものがかならず説かれている」

オランダ人が日本へやってくるとき、かならずジャワを発してくる。ジャワのことをよく知るためには『海島逸話』を読まねばならない。

松陰はあまたの中国の史書を読む。東北遊歴をした経験が、読書の理解力を深める。六月初旬までに読破した本の数はおびただしい。

松陰はしるす。

「玉木彦介くる。ために詩経を読む。口羽寿くる。ために小学を講ず。佐々木小次郎くる。ために蘇轍《そてつ》の文を読む。しかして近日家兄と名臣言行録を読む。久保清太来り会す。清（久保）と鴉片《あへん》隠憂録を読む。玉丈人また来り会す」

家兄は杉梅太郎、玉丈人は玉木文之進《ぶんのしん》、彦介はその嫡子《ちゃくし》、他は親戚、門下生であった。

十二月九日、脱藩の罪に対し判決書が下った。出奔の前に過書の件でしばらく待機するよう命ぜられた松陰が、「何分のご沙汰をあい待つべきはずのところ、その儀なくみだりに他国出向のうえ、数月徘徊《はいかい》せしめ、御条目の旨にあい背き」という書き出しである。過書の必要を無視し、御門出入りの法を知りながらそむき、長期にわたり放浪したことは、他国人へ違約しては信義を失い、面目なきことであると考えたためであるという。

国法にそむくことをはばからず、かえって他国人へ信義を立てるとは、本末顛倒《ほんまつてんとう》もきわまる。まったく重ね重ね不届《ふとどき》至極である。

これらの理由により、重い処断を仰せつけられるところであるが、前非を悔い、帰藩して、また宮部鼎蔵よりも内々弁護するところがあって、格別の思召《おぼしめ》しによって御家人を追放することにとどめる。

この判決書によって、松陰は士籍を剥奪《はくだつ》され、禄を失い、願によって実父百合之助の育《はぐくみ》となった。松陰は判決を受けると同時に、通称大次郎を松次郎にあらためた。罪をこうむったため、謹慎の意を表したのである。

江戸藩邸にあって、松陰脱藩に協力した来原良蔵、小倉健作、宍道慎太、井上壮太郎も、逼塞《ひっそく》を命じられた。

藩主は松陰が脱藩したとき、「国の宝を失うた」と嘆息した。松陰はこのことを仄聞《そくぶん》し、後年になって高杉晋作に送った書状に、つぎのように記した。

「亡命したとき、君公より国の宝を失うたとの御意があったと、ある人から聞いた。私のような若造がいなくなったところで、国に何の損益があろう。私は感激身にあまり、この世に生きてはおられぬ思いである」

藩主毛利敬親《たかちか》は、松陰をふたたび取り立てるつもりで、実父百合之助にひそかに命じた。

「こののち大次郎を十カ年間諸国に遊学させたいと願い出よ」

百合之助は、松陰の判決申し渡しのあった十二月九日付で、藩庁に彼の遊学許可内意伺書を出した。

「いま一応自力で他国修業をして、ひとかどの兵学者として流儀練達して帰藩し、門弟の取立てをおこなえば、前罪をつぐなえるというわけではありませんが、御恩の万分の一を報じることにもなろうかと存じます。

また先祖より断絶なく伝えられてきた兵法流儀を、いま絶えさせるのは、門弟たちもなげかわしく思っているので、来春より十カ年間他国修業を許可されたい」

この願を聞き届けた藩庁は、翌嘉永六年（一八五三）正月十六日に許可書を下し、同月二十六日、松陰は諸国遊学の旅に出た。

松陰は二十四歳となり、正月に松次郎という通称を寅次郎とあらためた。号を松陰としたのもこのときである。

正月二十六日は、寒雨が降りしきり、道は滑りやすかった。松陰は親族友人に送られて萩を離れた。松陰は士籍を持たない。百合之助から路銀をもらい、遊学の旅に出る。だが身内には兵学者として、藩の柱石となる自負をひそかに秘めていた。

松陰は、藩主が自分の才を伸ばそうと、特別のはからいをしてくれているのを知っていた。君公の期待に応じるため、全力をなげうって勉励しなければならないと、彼は思った。

松陰は二月一日、周防富海《すおうとのみ》から廻船に乗り、大坂へ向った。二日に室津に着き、上陸して散歩をする。山上に砲台があった。兵学者の感覚は常にとぎすまされ、海防の方針に考えが及ぶ。

三日には岩国に上陸し、錦帯橋を見た。讃岐《さぬき》多度津に着いたのは六日であった。翌日は金比羅《こんぴら》に参詣し、十日に大坂へ着いた。安治川河口は左右に柵が立てられており、一町毎に標柱がある。川に入ると櫓棹《ろとう》の力で船が動く。さらに進むと川岸で大勢の人足が綱を引き、船を進める。

川面は大小の船舶で埋まり、帆柱が林立している。河口から土佐堀常安橋まで三里半であった。廻船は橋下に碇《いかり》を下した。

十一日は土佐藩邸に友人をたずねた。土佐老公は砲術に堪能で、藩制によると毎年砲八門を鋳造するという。十二日には大和五条の森田節斎《せっさい》に会うため大坂を離れ、仁徳天皇陵を拝し、河内平野を過ぎる。大和川はふだんは水量がきわめてすくなく、川幅は百二十間であるが、板橋がかかっており、群衆が往来していた。

十三日は雨天であった。風雨が蓑笠《みのかさ》を濡《ぬ》らし、肌に粟を生じるほどの寒さである。春もなかばの大和路は、花柳が入りみだれていた。

江幡五郎の師である森田節斎は四十三歳、独身で奇行の多い漢学者であった。松陰が節斎をたずねたのは、江幡と別れるときに託された節斎への遺書を届け、江幡とともに旅をしたときの様子を伝えるためであった。

松陰は所用を果したのちは節斎と別れ、江戸にむかうつもりであった。

遊学の旅

森田節斎は松陰から江幡のことを聞き、おおいによろこんだ。松陰も節斎に語ったところを文にまとめ、『東征日記』と名づけて見せると、節斎はそれに詩と跋文《ばつぶん》を書き加えた。

彼は松陰が二月末までに江戸へむかう予定を聞き流し、二月十四日、河内富田林《とんだばやし》の豪家仲村徳兵衛を訪問するといい、同行をすすめた。

松陰は節斎に同行し、仲村家に十日ほど滞在した。節斎はさらに松陰とともに和泉岸和田にゆき、岡部五万三千石の城下に十日ほど逗留《とうりゅう》し、岸和田藩教習館教授相馬一郎と節斎が文学を論じるのを、傍《かたわら》で聴いた。

節斎の論評を聴聞するため、数人の藩士が常に同席していた。彼らは節斎に教えを乞い、示唆をうけていた。

松陰は二月二十九日の日記に、つぎのように書いている。

「節斎は学術を論ずると、伊藤仁斎《じんさい》、中井履軒《りけん》の説をとる。またもっとも姚江《ようこう》を重視する。文章において、本邦にあっては室鳩巣《むろきゅうそう》、太宰春台《だざいしゅんだい》、及び瀧豪鶴をとる。

彼は常にいっている。議論は皆孟子七篇より出で、叙事は皆史記から出ていると。

そしてただひとり孫子を推した。相馬は口をひらけば李忠定、魏叔子を語った」

岸和田は紀州へむかう南海道沿いの繁華な城下町で、海辺に近く明るい陽が城楼を中空に浮きあがらせている。

松陰は連日美味な酒肴の饗応《きょうおう》にあずかり、やわらかい春風の流れこむ座敷で、節斎らの雄弁を聞く。

幼少の頃から兵学を主として学び、経書をも研究し、江戸に出府ののちも、この学問につき教えをうけてきたが、文章についての素養は深くない。

西国へ遊学したとき草場佩川《はいせん》という学者に、文章について教わることがあったのみで、詩文について心を傾けたことがなかったので、節斎、相馬一郎の議論は新鮮に聞こえた。節斎は当時、一言半句をもゆるがせにしないことで有名であった。節斎はいった。

「文律を論じては精厳なること、毛髪ほどの隙《すき》をもゆるさず、しかも大局を眼中に見渡さねばならぬ」

松陰は節斎が江戸にいたときにも会ったことのないほどの、碩学《せきがく》であることを知り、江戸ゆきを急ぐよりも、むしろ彼の蓄積するところをできうるかぎり学ぼうと考えた。

松陰は節斎の駕籠《かご》につきそい、熊取、岡田、堺、富田林と、うららかな和泉、河内の野を旅して、中左近、左海祐斎、山田文英、増田香斎、小林新介、南波那五郎らに会い、富田林で節斎とわかれ、単身で大坂に出て、後藤松陰、藤沢東畡《とうがい》をたずね、節斎に托された用件を達したのち、坂本鼎斎《ていさい》、奥野弥太郎らに会った。

松陰は大和八木で耳の不自由な儒者谷三山《たにさんざん》に会い、筆談を交してその学殖におどろき、「谷三山は天下の奇人というべし」と郷里の父兄への書信にしるした。

松陰は各地の学者に会い、三十余日を過ごしたのち、四月六日、大和五条に帰り、二十日間ほど滞在し、節斎から史記の項羽紀、淮陰《わいいん》伝、孫子の文法を聞き、節斎の甥貞二郎に項羽紀の講義をした。

松陰は節斎にその才能を認められていた。四月二日付の郷里への書信に、「森田はなはだ僕の文人たらんことを欲す」と書いている。

四月二十日、松陰は兄杉梅太郎に書信を送った。内容の大略はつぎの通りである。

「河内、摂津に滞在中にお送りした書状は、着いたことと存じます。向暑の季節、ご一統にはご健勝のことと賀し奉ります。私はつつがなく心任せの旅をしております。

今月四日に大坂を離れ、大和八木で谷昌平翁と会い、六日にまた五条に戻り、今日まで逗留しております。

節斎殿より史記、項羽紀、淮陰伝及び孫子十三篇の文法を教わりました。はなはだ興味があり、つい長逗留となってたちまち衣更《ころもが》えの季節をむかえ、おどろいて、明日出発の日程をきめるつもりです。

私は文学を勉強するために精力を注ぐべきか、あるいは文学を捨ててもっぱら兵学を研究すべきかと、心が錯乱しておりましたが、近日、断然兵学に一決し、急に江戸へむかうことに心をきめました。

くわしいことは江戸に到着してのちに、お知らせします。私はこれから田井荘の森哲之助、八木の谷三山のもとをたずね、大和郡山で安元杜預蔵《とよぞう》をたずねたのち、伊勢の津にゆき、美濃から木曾山中を通って江戸へ下ります。今月末までには出府するつもりです（下略）」

松陰は五月一日に、節斎のもとを辞した。

別離のとき、節斎は松陰につぎの詩を与えた。

「人情反復雨か雲、気は吾楼（江幡五郎）に似て、ひとり君あり。他日河内路を忘るるなかれ。輿中輿外ともに文を論ず」

節斎は谷三山の高弟森哲之助竹汀《ちくてい》への紹介状中に、年齢に二十年のへだたりのある松陰の才能を高く買っている内心を記している。

「孫子を彼と反覆討論し、耳を傾けさせられることがすくなくなかった。それでわざわざあなたのところへ立ち寄らせるのだ。疑義をおたずねします。

彼とご相談のうえで、老兄のご存念を承りたく存じます。もっともこのあいだから、あなたの奇説を一、二話して聞かせたところ、彼は手を打って感心していました。

人物は至って篤実《とくじつ》で、実学を志しています。お心置きなくお話し下さい」

松陰は大和五条を出立した日に森哲之助をたずね、「孫子」について縦横に論じあった。

五月二日から三日の午後まで、松陰は八木の谷三山の家に足をとどめ、教示をうけた。

三山は五十二歳、若年の頃耳が聞えなくなったが、懸命に独学して経伝百家通ぜざるところなしといわれ、家塾をひらき大勢の門人を養成していた。

松陰は谷三山から啓蒙されるところが多かった。彼は後年義弟久保清太郎に書信で三山に学ぶことをすすめた。

「(前略)大和国八木、高取の近所にて、谷昌平と申す聾《みみしい》にて学ある人あり。海外異伝商攉《しょうさい》の作者。この男子の死なぬ内に、十日、十四、五日なりともその談お聞きなされ候わば、鴻益《こうえき》これあるべしと存ずるゆえなり。

僕この人を見る三、四度のみなれども、聞きたること、今もって耳に残り、読書中往々思いだし、何かにつけ発明これあるように覚ゆ。

これによって申しあげ候」

松陰は谷三山と別れたのち、郡山城下で節斎の門人安元杜預蔵、儒者藤川貞二に会い、五月四日奈良に出て、笠置、伊賀を経て、五月八日伊勢参宮をすませ、国学者兄《あ》代《じろ》権大夫をたずね、教えを乞い、二日を過ごした。

九日に津へ帰り、十日に節斎の友人斎藤拙《せつ》堂《どう》の山荘をたずね、翌朝演武所におもむき、山鹿《やまが》流兵学家水沼久太夫と会い、拙堂の子徳太郎、門人家里新太郎、三島貞一郎らと語った。

十二日には桑名の森伸助をたずね、たがいに別れがたいまま、伸助と舟に乗り美濃国大垣城下まで送ってもらった。このように各地の学者を訪ねつつ、中山道を東下し、二十四日に江戸に入り、旧知の桶町河岸鳥山新三郎の塾に到着した。

その日、松陰は兄杉梅太郎への書信に、つぎのように記している。

「今日到着してすぐ、斎藤剣客の塾（神道無念流練兵館）にいったところ、井上壮太郎は藩邸に帰ったところで、桂小五郎、松村文祥、赤根才助らがいました。松村は元服して剣客となり、その様子が以前とは一変しており、笑ったしだいです」

松陰は翌日、友人永原武とともに、旅装も解かないまま十三里を歩き、鎌倉の叔父竹院をたずね、六月一日まで滞在した。そのあいだ名所旧跡をめぐり、読書に時を過ごした。

竹院について、兄梅太郎に送った書信につぎのように記している。

「上人（竹院）こと一昨年に倍してご壮健でおられます。みやげの黍粉《きびこ》をさしあげたところ、山海数千里の彼方から運んでもらい、もったいないとご挨拶をされました。

私が亡命したことは出羽源八から聞かれたとのことで、すこぶるくわしくご存知でした。

さすがに禅学の功をかさねられただけに、その論じられるところは、はなはだ私の心をとらえました。今後は名聞《みようもん》利禄の念を断つようにせよとのこと。逗留中、はなはだ丁寧にご教誨《きようかい》下さいました。私もそのつもりであると、拙作の詩長篇を出したところ、朗誦《ろうしよう》されおおいにおよろこびなされました。

上人の御学力は、一昨年はさほどに思わなかったのですが、こんどゆるゆると拝聴して、おおいに感心いたしました。

詩文についての論議をしたところ、禅理にもとづいた高論を聞かせて下さり、修身の工夫、死んでのちの説などに及び、禅説もこれを外れないとお教えいただきました」

竹院の語るところは、松陰のひそかに心にきめた、死してのちやむという覚悟に通じるものであった。

二十九日、竹院は松陰らと、恵純という僧のほか雛僧《すうそう》二人を連れ、江の島へ遊んだ。竹院は近江屋という茶店に入り、魚料理をつくらせたが、松陰は箸をつけなかった。

ふしぎに思った竹院がたずねると、松陰は答えた。

「今日は先君（先代毛利藩主斉広《なりとう》）のご命日でございます」

竹院は松陰が流浪のあいだ、先君の忌日を忘れなかった誠意に感じた。

六月一日、松陰は江戸に帰り、翌日は長州藩桜田藩邸をたずね、井上壮太郎、道家龍助、瀬能吉次郎と会った。三日には佐久間象山《しょうざん》塾をおとずれ、江戸再遊の挨拶をした。

松陰は気むずかしい象山と初対面のときから気が合った。常に大名のように豪奢《ごうしゃ》な服装で、漢学者がくると洋学の知識を披瀝《ひれき》して脅しつけ、洋学者がくると漢学で脅しつける大柄な象山に威圧されない者はいなかった。松代家中のあばれ者で名高い侍が、酒を飲んできて、象山の前で「ご免」といい、煙管《キセル》で煙草をのもうとしたが、おそろしい眼つきで睨《にら》みつけられ、ついにのめなかったといわれる。

土佐藩士佐々木三四郎（高行）は、嘉永五年（一八五二）十二月、佐久間塾をおとずれたが、すげなく扱われた。

のちに宮中顧問官、枢密顧問官などを歴任、侯爵となった佐々木は、『保古飛呂比《ほごひろい》』という日記に、象山の印象をしるした。

「はじめて面会してみると、その容貌は峻厳《しゅんげん》で、熊の皮に坐《すわ》り、うちとける様子はまったくない。非凡の人物であることはひと目で分るが、師として教授をうけるにはためらうところがある。

なおくわしく教授の様子を門人たちに聞き、ふだんのおこない、性格をたしかめたうえで入門することにした」

佐々木は象山を狷介《けんかい》でつきあいにくい人物と見たので、師事することをやめたのである。

象山は主君の松代藩主真田幸貫《ゆきつら》が天保十二年（一八四二）幕府老中となってのち、藩学問所頭取、海防顧問に任ぜられた。

彼は江戸に出府すると名声ある学者との交流をはじめたが、彼らを訪問してはその才を傍若無人に批評するので、嫌われた。

他人の欠点が眼につくと、それを黙過《もっか》できない性格であった。わが才能に不動の自信を持っていた。

象山は嘉永元年（一八四八）松代藩命により、オランダ原書にもとづき、三斤《きん》（約一・八キロ）カノン砲一門、十二拇《ドイム》ホイッスル砲二門、十三拇臼《きゅうほう》砲二門を鋳造した（一ドイムは約三センチ）。

象山は原書によって、日本人として最初に洋式大砲を鋳造した。

松陰がはじめて象山を訪問したのは、嘉永四年（一八五一）五月であった。七月に門人として入塾。その後十二月なかばまで経学（儒学）、兵書、砲術を学び、その後朋友《ほうゆう》宮部鼎蔵《ていぞう》らとともに、房総沿岸から奥羽へ視察の旅に出た。このとき藩庁から過書の交付をうけていなかったので、嘉永五年四月に江戸へ戻った。のち、脱藩の咎《とが》めをうけた。

松陰はすぐに佐久間塾をたずねた。彼はそのとき片足に草履《ぞうり》、片足に下駄をはき、破れ袴をつけており、湯銭もないといい、手足はまっくろに垢に覆われ、浮浪人のようであった。

象山は松陰を風呂にいれ、食事をさせ、衣服を与えたのちに学術時事につき聞いて、いうところことごとく時流をついているとして、感じいった。門人たちはそのさまを見て、ささやきあった。

「人間同士の気が合うというのは、曰《いわ》くいいがたいところがあるものだな」

松陰は脱藩の罪により、士籍を剝奪され世禄を奪われ、実父杉百合之助《ゆりのすけ》に預けられたが、その才を惜しんだ藩主毛利敬親《たかちか》によって罪を赦され、十カ年間の諸国遊学を許された。

象山は、嘉永六年五月ひさびさに松陰に会うと、弟を迎えるようなあたたかい態度で彼をもてなして、いった。

「士はあやまちなきを貴しとはせぬ。よくあやまちをあらたむるが貴い。なおよくあやまちを償うをもっとも貴しとなす。方今《ほうこん》国家多事のとき、よくなしがたき事をなし、よく立てがたき功を立てるは、あやまちを償うのもっとも大なるものじゃ」

松陰は四日に南部藩士渡辺春汀《しゅんてい》らを訪れたあと、長州藩桜田藩邸に立ち寄ると、道家龍助が顔を見るなりいった。

「アメリカの黒船四艘が、浦賀表へ昨日の朝、きたそうじゃ」

「黒船とは何かのう」

「分らんのじゃ。鉄艦かも知れぬ」

松陰は佐久間塾へ駆け入ったが、象山は塾生を連れ、浦賀へ出向いたといい、留守であった。

　夕方になると市中は行きかう人車の物音で騒然となってきた。松陰は桶町河岸の鳥山塾で来客に兵書を講じていたが、戌《いぬ》の五つ（午後八時）頃になって、「書を投じて立ち、袂《たもと》をふるって立つ」といういきおいで、浦賀へむかった。

　江戸から品川まで舟を雇ったが、激しい東風が吹きつけてきて波が高くなったので、舟行、陸行をくりかえし、六月五日の亥《い》の四つ（午後十時）にようやく浦賀へ到着した。

　松陰がその日の様子を、翌六日に江戸の道家龍助に送った書信は、つぎのような内容であった。

「今朝高処に登り、賊船の様子をうかがった。四艘である。二艘は蒸気船、砲二十門、船長四十間ばかり。二艘はコルベット、砲二十六門、長さ二十四、五間ばかり。陸岸から十町ほど離れた海上に碇泊《ていはく》し、船の間隔は五町ほど開いている。こちらの砲台は大砲もすくなく、はがゆい限りである。

　賊がいうには、明後日昼九ツ時（正午）までに願いの筋を聞きとどけないときは、大砲を撃ちだすとのことである。
船は北アメリカ国のものにちがいない。願いの筋は昨年より風聞のひろまってい
た通り、日本国との開港和親を要請する国書を幕府へ渡すことである。
彼らは国書を浦賀奉行所役人には渡さず、江戸へ回航し幕府へ持参するといって
いるようである。
日本側から交渉の役人が乗った船が出向いても、いっこうに乗せようとせず、朝
夕船中の大砲を発射し、それをやめさせようとしても聞きいれない。
佐久間塾生らのほか、大勢の有志が浦賀に集まり、議論紛々として定まらない。
まったく容易ならざる事態である。戦闘をはじめたところで、船も砲も対抗できる
ようなものではない。勝算はなく、浦賀奉行らは、異人に首を渡すよりは切腹する
ほうがましだと、下男に寺の掃除をさせるていたらくである。
佐久間象山は憤慨していった。
『ことここに及ぶのは、かねてから知れたことであった。先年から船と砲を支度《したく》せ
よとやかましくいったのに、聞く者がいなかった。
今となっては陸戦で勝負を決するよりほかに手段はない。これまで太平を頼んで

腹鼓《はらつづみ》をうっていたのが、ここに至っておおいに狼狽《ろうばい》するのは、あわれむべし。外夷に対して面目を失うことは、まことに嘆くべきである。しかしここで日本の武士に褌《ふんどし》をしめ直させる機会がきたのは、賀すべきであろう』

佐久間象山が江戸に飛脚を送るので、この書状を托することにした。私はいましばらく浦賀にとどまり、様子を見届けて帰ることにする」

松陰が眼前に見たのは、アメリカ合衆国東洋艦隊の軍艦である。旗艦サスクェハナ号は二千五百トン、長さ約七十八メートル、幅十四メートル弱の、帆と蒸気機関併用のフリゲート艦であった。

いま一隻の蒸気軍艦ミシシッピー号は千百トン。二隻の帆船サラトガ、プリマスは数十門の大砲をそなえた砲艦である。

四隻は船体に防腐剤の黒い瀝青《チャン》を塗っているので、鉄船のように見えたが、構造材の一部に鉄骨を用いた木造艦であった。

松陰は浦賀奉行土田伊豆守が久里浜に出張し、米国大統領の国書を受けとった六月九日の夜、浦賀を離れ江戸に帰った。

日本国の危急存亡の事態が切迫しているのを眼前にした松陰は、佐久間象山塾で西洋兵学研究に専念することにした。

松陰は六月二十日付の兄杉梅太郎への書状に、「幕吏は腰を抜かし、賊徒は驕慢《きょうまん》のかぎりで、国辱を受けたことは千万であります。九日には久里浜に奉行出張のうえ、彦根、会津、川越、忍《おし》の四藩の兵が警備をおこない、夷書をうけとりました。わが警備の藩兵たちの無規律は、眼をそむけたくなるほどの醜態でした。十日午後に桜田藩邸に戻ると、江戸市中はいまにも賊船に焼討ちされるかとおそれる士民で、鼎《かなえ》の沸くような騒ぎです。藩邸には銃隊が整列し、大砲二門も備えられていました」

松陰は梅太郎への便りのなかに、佐久間象山が江戸にただ一人の豪傑であるといっている。

象山はおどろくべき努力家である。弘化元年（一八四四）三十四歳のとき蘭学研究を志し、二カ月で文法を修得、十カ月で原書を読解できるようになった。

ついで自然科学、応用科学を研究し、実験応用の成果をあげたのち、兵学砲術を研究し、大砲鋳造に成功。嘉永三年（一八五〇）には、鋳造した大砲の試射に成功した。江戸で砲術教授をはじめると高名を博した。

松陰はこれまで師事した安積艮斎《あさかごんさい》の儒学など、眼中になくなった。手遅れとはいいながら、オランダ語を学ぶ若者が激増してきた。松陰は、あと五、六年のうちに西洋文化をとりいれることができるだろうと見通していた。

彼は兵学者として、軍艦、砲台、騎兵、銃隊、砲兵隊を充実するために、和式兵法ではとても西欧に及ぶことができず、ひたすら西欧の原書を読解し、火器の性能向上が急務と見て、力説する。

「天下の大乱近年にあり。何事も打ちすて、大砲小銃のみ注意専要なり」

松陰は長岡藩士小林虎三郎とともに、象門の二虎と呼ばれるようになった。

小林は明治二年長岡藩大参事となり、支藩の三根山藩から贈られた米百俵をもって、藩士の反対をおさえ、国漢学校を設立した人物である。

象山はいった。

「義卿（松陰の字《あざな》）の胆略、炳文（小林の字）の学識、皆稀世の才なり。ただし天下の事をなすは吉田子を可とし、わが子を依託して教育せしむるは、ひとり小林子を可とするのみ」

嘉永六年七月二十八日付の松陰から兄杉梅太郎への書信に、つぎのような内容のくだりがある。

「わが太平に慣れた柔弱《にゅうじゃく》な士民をもって、アメリカの狡猾《こうかつ》きわまりない兵と戦えば、その勝敗ははじめから分っています。

アメリカの軍艦、二、三十隻で伊豆大島をはじめ近海の島々を占領し、諸所に上陸侵掠して、上方、陸奥からの海運の船を一隻も江戸に到着しないよう封鎖すれば、十日もたたないうちに、江戸市民の食糧は底をつき、盗賊が蜂起して、天下はたちまち瓦解するでしょう」

当時、江戸の人口は百五十万とも二百万以上であるともいわれた。世界屈指の大消費都市である。

物資の海上輸送路を封鎖されたときは、ひとたまりもなく降伏するほかはなかったであろう。牛馬の背で運送できる物資の量では、江戸市民の需要はとても賄《まかな》いきれなかった。

松陰は国家の危急について、藩主毛利敬親に進言しなければならないと焦慮《しょうりょ》したが、士籍を剝奪された彼には、献言の道はとざされていた。

松陰は自分の考えるところを、なんとしても藩主に上書したい。彼は献言が露顕すれば死罪に処されるのを覚悟のうえで、江戸藩邸役人八木甚兵衛の好意により、匿名で藩主敬親への上申書「将及私言」を提出した。

長文の内容であるが、冒頭にアメリカの使者ペリーは、来春には国書に対する答書を要求するため来航するであろうが、和親通商、石炭、食物を米船に売ること、南境に一港をひらくことは、すべて許可できないと述べる。

そうなればペリーはかならず戦うであろう。太平の気風のなか、戦は万代ののちまでもないかのように考えている者が多いことは嘆かわしい。

いま私が考えるところでは、来春までわずかに五、六カ月の間ではあるが、臥薪《がしん》嘗胆《しょうたん》の思いで君臣上下一体となって軍備をしなければ、わが太平連綿の懦弱《だじゃく》の兵により、かの百戦錬磨の敵に勝つことはできない。

このためわが君の忌諱《きき》にふれ、妄言の罪をも避けず、当今の急務につき、列挙いたしますと、前書きをする。

松陰は急務の第一は大義をあきらかにすることであるという。

大義というのは、つぎの通りである。

「天下は天朝の天下で、すなわち天下の天下である。幕府の私有ではない。ゆえに天下のうちどの土地でも外夷に侵略されたときは、天下の恥辱である。

江戸は幕府の所在地であるから、旗本、譜代、親藩の大名で護るべきである。列藩はそれぞれ本国を護ればよいという憎むべき俗論があるが、それこそ日本国を亡ぼす考えである。大義というのは幕府が諸侯を率い、天下の恥辱をすすぐことである」

第二に聴政をあげる。

聴政とは藩主みずから政務にはげむことである。

「昔は君主が自ら群臣を朝堂に出席させ、政事を評議し、臣民訴訟の裁決もした。このため昔は朝政がとどこおることはなかった。

後世になって、君主は宮中にあって、政治は臣下に任せ、議論ができあがったうえで、君主に報告するようになった。これを伺いという。これによって君主が賢明であっても、臣下に権限を壟断《ろうだん》されることが往々にしておこる。

平時はこれでもよかろう。だが現今の情勢のもと、これでは軍備がととのうことはない。私はひそかに思う。

君公は毎日辰《たつ》の刻（午前八時）から午《うま》の刻（正午）に至るまで御書院に出席され、

大臣以下執政の臣はことごとく君前にて官務を処置し、上書はすべて開封して衆議にかけ、しかるのち大臣についてこれをおこなわせる。

あるいはまた上書した者を召し出し、その議論を詳述させる。そのうえで大事を決行するときは、かならず衆議一決のうえでおこなう。これが政事のもっとも肝要なところである」

松陰のいうところは、藩政にかかわる群臣のなかでの、私利にかかわるひそかな抗争をおさえる成果を得るものであった。

海外脱出ならず

「将及私言」の第三から第五までは、藩主が藩士の諫言《かんげん》をひろくうけいれる努力をおこない、読書と賢能《けんのう》ある者にまじわることによって、見聞をひろめねばならないとすすめる内容である。

読むべき書物は、国体をあきらかにし、君主としての職分をあきらかにして、士を養い民を愛し、近代の国内における賢君の政治業績をたずね、東洋を侵略する西欧諸国の動静を知りうるものである。

賢能といわれるほどの人材は、大半が江戸にいるので、君侯はこれらの者どもと朋友《ほうゆう》の交りをして、今後の経綸《けいりん》についての助言を得べきであると、松陰はいう。

第六から第八までは、戦術についての献言である。外国と戦うとき、もっとも必要なものは軍艦である。諸藩が協力して一日も早く西洋式艦隊を編制しなければならない。鉄砲もまた西洋の器械を用い、日々洋式演習をすべきである。騎兵は外国との戦いに必要とされるので、養成すべきであるという。

第九条に至誠を説き、これがなくては兵威が成りたたないと力説した。

結論として、藩主は現実に外夷の侵攻をうけたとき、有志の諸侯と率先して敵を掃蕩《そうとう》するのは上計、力をたくわえ後陣にひかえ、他の諸侯が戦って利のないとき、殿軍《でんぐん》となって最後の勝を制するのが中計、先陣とならず殿軍とならず、やむをえず一戦し敗北して帰国のうえ再起をはかるのは下計であるとする。さらにつぎの一文を附した。

「ひそかに内外の状態を熟察すると、天下の事勢はかならず一変するにちがいありません。考え過ぎかも知れませんが、一変したのちの措置をあらかじめ定めておかねばなりません。しかし、いまはあえて申しあげません」

松陰はさらにこの献言のあと間もない嘉永六年（一八五三）八月二日付で、「急務條議」という上申書を藩主に上呈した。

内容は、藩主が水戸老公、肥後侯と交際を密にするのがよい。家臣に逸材が揃っているので、毛利家の臣も彼らと交るべきであるとすすめることからはじまる。

彼は外国との戦闘についての、具体的な方策につき、佐久間象山《しょうざん》との交流によって得た新知識を披瀝《ひれき》する。

「野戦には、六ポンドカノン砲六門、十五拇《ドイム》ホイッスル砲（臼砲《きゅうほう》）二門を用い、海岸守備には二十四ポンドカノン砲三門、八十ポンドカノン砲を備えるのが、本藩としては適当である」

八十ポンドといえば約十貫匁《かんもんめ》である。象山はオランダ原書により、十貫匁の破裂弾を千メートルほど飛ばせる洋式青銅砲を製造した。

破裂弾とは、砲丸の中心部に火薬が充塡《じゅうてん》されており、火薬の導火線が弾体の外側まで延びている。発射するとき、導火線は砲腔《ほうくう》内部と摩擦して燃えあがり、空中を飛び、目標に命中する直前に火薬に引火する。

導火線の長さを変えることによって、遠近いずれの目標にも命中できるよう調節することが、わりあい容易にできた。

「大番士、御前警衛など若侍のうちより本気ある者を撰《えら》び、佐久間象山、幕府高島流砲術師範下曾根《しもそね》金三郎《きんざぶろう》につき、西洋銃砲の術を学ばせるのがよい。

西洋歩兵隊の戦法ははなはだ精密で、足軽以下の者には、すべて学ばせたいものである。足軽以下の器用な者に、小銃、砲車の製作を学ばせることが必要である。

江戸藩邸にいる老幼の者はすべて帰国させ、藩邸に残る者は従者雑卒に至るまで、一人として歩兵隊に入らない者がいないようにすべきである」

松陰は、藩士たちが家格、席順により戦場での持場を決められ、鉄砲隊は身分の低い足軽によって編制されることが、改正すべき旧来の陋習《ろうしゅう》であると思っていたが、このときは本心を口にしていない。

松陰は騎馬訓練も必要であるという。騎兵戦をおこなうための訓練でなくても、藩主以下、家老、物頭《ものがしら》たちの乗馬が、砲声を聞いておどろき、敵軍を見ては怯《おび》え、はねまわるようなことでは、物の用に立たない。

また、砲台の築造法を足軽、中間《ちゅうげん》によく教えておかねばならないという。野戦の最中に、急速に砲台を築かねばならないことがあるためである。

藩では西洋の蒸汽軍艦を、すくなくとも二隻買い入れておかねばならない。フレガット船というのは、大きくもなく小さくもなく、はなはだ便利である。

さしあたり漁船、荷船などを買いいれ、品川海上で水軍操練《そうれん》をおこなうべきで、硝石製造も早急にはじめられたいと、当面の急務を述べる。

このほかにも「急務策」「急務則」など、アメリカ艦隊が攻め寄せてきたときに、対抗する戦法を論じた著述がある。

藩主毛利敬親《たかちか》は、「将及私言」を見ておおいに感動し、それを江戸藩邸の家老浦靭負《ゆきえ》に示したが、松陰の行動を非難する藩士が多かった。

嘉永六年八月八日、松陰が兄杉梅太郎に送った書信にしるした内容は、つぎのようなものであった。

「明春アメリカ艦隊が幕府へ返答を求めに参ります。まったく天下の一大事で、ここに至って憂憤するばかりであります。

明春戦うとしても、幕府の士気ははなはだふるわず、市中には盗賊が横行しており、ひとたまりもなく敗北し、とてもひと月も江戸に踏みとどまれないと思います。この難事にあたり、本藩は諸侯の先頭に出て、大義を天下に示したいものと、石亀のような身で地だんだを踏んでいます。（中略）

『将及私言』は匿名で君聴に達したようでまことにうれしく思っていますが、これらのことにより、吉田寅次郎は出過ぎ者とそしる声が騒然とおこっていて、どんな災いがふりかかるかも知れません。

ただ父祖累代の食禄《しょくろく》の恩を報ずるため、忙しく有志と今後のとるべき道を考えています。桂小五郎、近藤虎十郎らは、国のために努力しています」

松陰は藩邸の人々が一人として事態を憂憤していないことを嘆く。

来年の二、三月頃になって、はじめて気づいても遅いというのである。彼は書中に突然つぎのように記す。

「長崎にいるロシア軍艦はその後どうしているのでしょうか。越後新潟へ七月二十六日に異国船五艘がくるようですが、どの国の船か分りません。英、仏とともに江戸へくるとの風説があります。

天下には天下の策があり、一国には一国の策があり、一家には一家の策があり、一人には一人の策があります。

一人の策を積んで一家の策をたて、一家の策を積んで一国の策となし、一国の策を積んで天下の策をなすに至るものですから、ご努力を祈ります」

文中に松陰の捨て身の覚悟があらわれている。

八月晦日《みそか》、松陰は兄梅太郎へ送った書中に、藩邸で彼を排斥する声がさらに高まってきたと記している。

「近頃おおいに宦官《かんがん》のように卑劣な者どもに憎まれ、邸内に入ることもことわられるようになりました。先日お便りを送ったときは、もちろん死を覚悟していたのですが、死ぬこともできず、国のためになにもできないままで、生き恥をさらしています」

松陰は江戸藩邸での俗吏についての憤懣《ふんまん》を、九月十日付の叔父玉木文之進《ぶんのしん》へあてた書状にも述べている。

「いまの俗吏は天下国家の大事を何事とも思わず、おのれの旧弊に偏執《へんしゅう》することが、殿のご不覚となることに気づかず、実にわれらが涙を流し現状を憂い、長大息《ちょうたいそく》するばかりの不忠をかさねています。

江戸表の本藩の武備は、なんともおぼつかないことばかりで、君臣の情意が通じないのはいまに始まったことではありません。来春アメリカとの戦に大敗することは目前に見えております。

いまだに太平の気分でのんびりと日を過ごしているのは、巣中の燕雀《えんじゃく》のようであります。もはや憎むにたらず、憐れむべき至りであります。

また兵器は兵勢にかかわることもっとも重いものであるのに、俗吏どもの意見は、西洋の事情にはまったく無関心で、船は和船、銃は和銃、陣法は和陣法のみにこりかたまり、洋説を一切用いようとしません。

風雪かも知れませんが藩士を山鹿素水《やまがそすい》のもとへつかわし、その説を聞かせるとのことです。素水が不学無術の佞人《ねいじん》であることは、もちろん衆目の見るところでありますト

松陰は朋友である肥後の永鳥三平に、水戸の藤田東湖《とうこ》が語った毛利敬親への批判を述べる。

「長州侯は文武の興隆といい、国政においても何のゆきとどかないところもなく、明君と思っていたが、今に至り兵制さえ変えることができない様子を見れば、凡君にちがいないと、東湖は語ったということです。

私はこれを聞いて全身が砕けるような思いをいたしました。主君に悪名をたてさせたのは、椋梨《むくなし》、周布《すふ》の二人の重臣の責任であります」

松陰は、嘉永六年九月十八日、江戸を発して九州長崎に向った。長崎からの帰途萩に着くまでの五十五日間の旅行日記について、『長崎紀行』という一冊をまとめた。

松陰はこの年六月、米艦が浦賀に入港したのち、七月にロシア軍艦四隻が長崎にきたので、佐久間象山らと相談して、ひそかにその軍艦に漂流者をよそおい便乗し

て欧米へ向おうという計画をたてた。

アメリカ艦隊が立ち去って間もなく、佐久間象山は幕府がオランダ人から軍艦を購入するという情報を耳にして、おおいによろこんでいった。

「いたずらに軍艦購入をオランダ人に依託するのは、好機を活用しないものである。オランダから回航の際、わが有志が大海を操船する技術を身につけ、万国の情勢を知ることを得れば、その益はまことに大きい」

彼は幕府勘定奉行川路聖謨《かわじとしあきら》に、その策を申し出た。

「この際に俊才巧思の士数十名を撰び、オランダ船に乗り組ませ海外に派遣し、万国の情勢を知らしめ給え」

川路は象山の案に同意し、たずねた。

「貴公の門人中に然るべき青年はいないのか」

象山は門人のうちから数人の俊英を撰び、川路に推薦した。

だがこの計画は実現しなかった。

桂小五郎外二人の門人は連署して、西洋遊学を幕府に願い出た。桂は外遊の行装として素袍《すおう》をあつらえたが、願書は却下された。

このとき松陰は外国への航海を断行することに心をきめた。兵学では己を知り、敵を知らねばならない。いま国難を目前にしてわが国では一流の学者さえ西洋の事情は、わずかに書物によるのみで、隔靴《かっか》搔痒《そうよう》の嘆きなきを得ない。

一般人はもちろん、西洋ははるか遠隔の地で、その国情を知ろうとする興味さえ持っていない。彼を知らず、己をも知らぬ現状では戦って勝てるわけがない。

敵を知るためには、間諜を用いなければならない。敵の間諜を逆用してもよし、こちらから間諜を派遣することもできるが、幕府はこんなことをすれば、国内の事情がかえって外国に洩《も》れるとして、ひたすら鎖国をつづけるばかりである。

実情を見れば、西洋諸国の軍艦はしきりにわが国に来航し、沿岸測量などをおこない偵察をしている。自分たちが幕府からオランダに派遣されるならば、このうえもない仕合せであるが、絶望となったうえは、非常の策をとらねばならないと、松陰はひそかに出国する手段を考えるに至った。

佐久間象山は、その頃漂流してアメリカ捕鯨船に救われ、同国で学問を修め一等航海士となり、帰国した土佐の漁夫万次郎が禁錮を許され、江戸城中で閣老らに外国事情を語り、通辞として幕府に召抱《めしかか》えられた事実に注目していた。

彼は松陰に出国の手段として漂流という形式をとれば、万次郎の先例から見て、帰国しても罰せられず、新知識を重用されることになるかも知れないと告げた。

象山の案を実行するほかに、欧米へ出向く手段はない。象山はいった。

「とにかくまず支那へ渡り、そこから欧米の船に乗ってゆくのがよかろう。いま長崎にはロシアの軍艦が在泊している。運よくそれに乗るならば、かの国へゆけるのではないか」

長崎には嘉永六年七月十八日、ロシア東洋艦隊が入港していた。四隻の軍艦を率いる司令長官プチャーチンは、長崎奉行に通商のことについて国書を持参してきたと申し出た。幕府は長崎奉行に国書を受けとらせて、ただちに立ち去らせようとした。

将軍家慶《いえよし》が薨去《こうきょ》したばかりで、後継ぎの家定《いえさだ》が諸事多端であるため、返答に時間がかかると、体《てい》よく追い払おうとしたが、プチャーチンは、動かなかった。

「将軍が多忙であるならば、艦隊を江戸へ回航させて協議してもいい。とにかく早急に返事をもらわねばならない」

放置しておけば、浦賀に押し寄せかねない剣幕である。

ロシアの国書は、アメリカのそれとくらべはるかに重大な問題を提示していた。総理大臣ネッセルローデの署名した国書には、日露両国の国境を定め、通商貿易をおこない国交をひらこうと記されていた。

幕府当局としても、国境問題は簡単に決められるものではなかった。このため幕府は主旨を曖昧《あいまい》にした返書を、西丸留守居筒井《つつい》政憲《まさのり》と勘定奉行川路聖謨を応接掛として長崎に持参させ、プチャーチンに面会するよう命じた。

プチャーチンは十月二十三日にいったん長崎を出港し、十二月五日にまた戻ってきた。

松陰が長崎へ出立するまえ、江戸につぎのような情報が伝わってきていた。

嘉永丑《うし》年七月十七日申《さる》刻白帆四艘注進明十八日暮入津《にゅうしん》

第一、フレカット主役プチャーチン、長三十二間九合余、幅七間九合余、乗組四百二十六人。

第二、ストムボート船頭コルサコーフ、長十九間三合余、幅四間二合余、乗組三十八人。

第三、コルベット船頭ヲリウッサア、長二十三間三合余、幅六間三合余、乗組百六十三人。

第四、タランスポルトシキップ、船頭フウトルウルヘルム、長十五間八合余、幅四間九合余、乗組二十八人。

江戸を離れた松陰は、十月一日に草津から大津へ渡船で渡り、入京して梁川星巌《やながわせいがん》に会った。二日夜、淀川を舟で下り、大坂八軒家の河岸に着いた。

大坂で九州への便船を待ち、安治川口を離れたのが十日であった。十六日に豊後鶴崎に到着、十九日に熊本に着き、二十日に宮部鼎蔵《ていぞう》と会い、その夜は宮部の家に泊った。

宮部家に五日間滞在した松陰は、横井小楠《よこいしょうなん》ほか二十数名の有志者と、連日議論を交した。二十五日の午後、熊本を離れ、二十七日長崎に到着した。

長崎には、ロシア艦隊はいなかった。すでに出港したあとで、十二月五日にふたたび来航することを、住民たちは知らなかった。松陰の企ては挫《くわだ》折してしまったが、一日も早く長崎に着かねばならない彼が、なぜ熊本に五日間も足をとどめていたのか、疑問が残る。

旅中、京都にさえ一泊したのみである。大坂では便船を待ったため八泊したが、ほかに二泊したところはない。いかに先を急いでいたかが分る旅程であるが、なぜか熊本で足をとどめ、多くの有志と懇談した。

ロシア軍艦に便乗できない事情を知ったのかも知れない。

長崎でも五日間滞在し、中村仲亮、大木藤十郎らと連日会っている。支那への漂流の手段などについて話しあったのかも知れない。

当時の事情を回顧した『幽囚録』には「事意の如くなるを得ず」と記されているのみである。

松陰は十一月一日に長崎を離れ、二日には大湊に泊った。三日、四日と同地にとどまり、熊本から佐々淳二郎、丸山運介がきて、松陰と会っている。松陰は彼らと何を語りあったのか。

五日に松陰は熊本に入り、六日に熊本藩有志十一人の来訪をうけ、申刻（午後四時）頃、宮部鼎蔵とともに家老有吉市郎兵衛を訪問した。七日に宮部兄弟ら八人の友人に見送られ熊本を発し、その夜は山鹿温泉に泊った。

熊本藩矢島源助は、山鹿まで送ってきて松陰と同宿した。

松陰は矢島と別れたあと、柳河、松崎、青柳を経て赤間関（下関）に着き、十三日に萩に帰郷した。このとき松陰は妹婿の小田村伊之助（後の楫取素彦《かとりもとひこ》）に内心の計画を告げた。

「天下諸大名のうち、ともに謀るべき器量をそなえているのは、水戸老公・尾張侯・肥後侯のみであろう。今度肥後で宮部ら同志と藩老に大事を議してきた。まもなく宮部が当地へくるので、ともに尾張侯を説くため東行しようと思っている」

まもなく松陰のあとを追い、宮部鼎蔵と野口直之允が萩に到着した。

宮部は長井雅楽《うた》（奥番頭役、世子元徳傅役）、井上与四郎、玉木文之進《ぶんのしん》、田北太中、北条瀬兵衛、中村道太郎などの藩士に面会した。松陰は十一月十四日、宮部、野口とともに萩を出立した。

彼は同月二十六日、周防富海から上坂の便船に乗るまえ、熊本の横井小楠に依頼の書状を送った。

「江戸出府の途中萩に立ち寄り、家中の重臣と学校局、海防局にいる少壮有為の藩士たちに、天下の事態を説いてやって頂ければ、かならず奮発《ふんぱつ》すると考えます。また本藩と御末家、岩国藩は、治政のうえで別途を歩んでいるので、長防二国が一体となるよう、先生のご教誨《きょうかい》を下されたい」

小楠の萩への来訪を懇請《こんせい》したのである。

松陰は瀬戸内海を大坂へむかう途中、宮部とともに、水戸藩彰考館教授頭取、会沢正志斎《せいしさい》の『新論』を数回くりかえし読んだ。『新論』は、文政七年（一八二四）五月、常陸大津浜に上陸して捕えられたイギリス人を、正志斎が藩命により訊問し、その内容を著述したものである。

書中につぎの一文があった。

「英雄の天下を鼓舞せんとするや、ただ民の動かざるを恐る。庸人《ようじん》の一時を糊塗《こと》せんとするや、ただ民のあるいは動かん事を恐る」

松陰はこの言におおいに心を動かされた。この前後に、松陰はつぎの歌を詠じた。

「亜墨奴《アボクト》（アメリカ）が、欧羅《ヨウラ》（ヨーロッパ）を約し来るとも備《そなえ》のあらば何か恐れん」

「備とは、艦と礟《ほう》との謂《いい》ならず吾敷洲《わがしきしま》の大和魂」

大坂では、大坂城代土浦藩主土屋寅直《ともなお》のもとで藩公用人として活躍している大久保要《かなめ》と会った。藩主寅直は水戸徳川家と代々の親族で、大久保は水戸藩藤田東湖《とうこ》、会沢正志斎と交流していた人物である。

十二月四日には京都に入った。宮部鼎蔵はそのまま関東へ直行した。松陰は野口とともに、八日まで滞在して梁川星巌、梅田雲濱《うんぴん》、森田節斎《せつさい》、鵜飼吉左衛門《うがいきちざえもん》に会った。

十二月七日、松陰が兄杉梅太郎に送った書信には、面談した人々を観察したところにつき、しるしている。

「京都の梅田源次郎（雲濱）は事務（商売）にはなはだ練達し、議論も正しい人物です。事務上においで利益を得ることも多いようです。

森田節斎は上京していて、しきりに慷慨《こうがい》していますが、いたずらに疎豪なだけで策がありません。梅田には精密な策があります。ただし二人とも、天下の大計にはすこぶる疎《うと》いようです」

松陰は在京中、水戸老公の攘夷《じょうい》実行を扶《たす》けるため、尾張藩と越前藩が協力しあうよう、家中で運動をおこしてほしいと依頼する、長文の書信を、某藩士あてに送った。たぶん尾張藩士であると見られている。

また兄梅太郎に、孝明天皇のつぎの御製を知らせ、感激の思いを伝えている。

「国安く民安かれと思う世に心にかかる異国《とつくに》の船」

松陰は京都を出て伊勢山田に足代権大夫、松田縫殿をたずね、津で土居幾之助と対談した。尾張名古屋城下にも立ち寄り、有志らと意見を交している。

江戸には十二月二十七日に到着した。宮部鼎蔵は同月十五日に着いていた。

安政元年（一八五四）正月、二十五歳となった松陰は、七日に宮部らと相模の海岸警備の実状を見聞に出向いたが、江戸へ帰って間もなく、外国船来航の通報が幕府に届いた。

正月十一日、浦賀奉行戸田伊豆守から外国船七隻が伊豆沖を通過したのを、早船で通報してきたのである。

それはペリー提督の率いるアメリカ艦隊であった。旗艦ポーハタン・サスクェハナ、ミシシッピーが蒸汽船、サザンプトン、マセドニアン、バンダリア、レキシントンの四隻が大砲を装備した帆船であった。

艦隊は江戸湾に侵入し、小柴沖に碇泊《ていはく》して海岸の測量をおこない、しだいに江戸に近づき神奈川沖にきて、六郷川口、羽田辺りを測量する、傍若無人のふるまいをする。

水戸老公斉昭《なりあき》は、老中阿部伊勢守に意見を問われて答えた。

「わが国二千五百年余のあいだに前例なきことを、半年一年のうちに強要するのは身勝手に過ぎる。人心も決してうけいれぬゆえ、こののち三年間は返答できない。評議をゆっくりとかさね、日本国中が承知のうえで返答すると話してはどうか」

斉昭は諸大名の海岸防備の配置につき、注意をする。

「海岸に陣幕を打ちまわしているのは案山子《かかし》を立てているようなもので、五、六丁ほど奥へ後退し、山蔭、木蔭に布陣し、相手が砲撃しようとしても、目当てがつけられないようにして、松明《たいまつ》をつけ海岸をよく見廻るのがいい」

二月になると上海から軍艦サラトガが回航してきて、さらにサプライ号が加わり、艦隊は九隻となった。

松陰は正月二十七日、つぎのような内容の書信を、萩の父にあて送った。

「十四日以来、夷船の騒動で東奔西走していますが、何ともなりません。天下の恥辱はこのうえもありません。金沢沖には夷船が七隻、碇《いかり》を並べており、実に切歯《せっし》に堪《た》えないことです。

日がたつにつれてほしいままにふるまうようになり、測量をおこない上陸するなど、言語道断のかぎりです。穏便に事を納めよとの声が天下に満ち、人心は戦う勇気もないままに土崩瓦解《どほうがかい》し、知らぬふりをするなかで、有志の人々は悲泣するばかりです」

松陰は宮部らとともに、アメリカの使者が上陸してくれば、これを斬ろうといったんは怒りにまかせ決心したが、それを実行しても益なくして害あるばかりだと思いなおした。

松陰とともに江戸に下ってきた熊本藩の志士野口直之允は、郷里を出立するとき、自分の戒名を僧侶につけてきてもらった。

「常念軒勇往無退居士」という戒名を素絹に記し、身に巻きつけていた。松陰はこれを褒《ほ》めた。

「その智愚はかならずしも論ぜず。決死の志は尚《たつと》ぶべし、尚ぶべし」

松陰も京都で森田節斎から、実力行使はつつしむよう諭《さと》されたが、聞きいれなかった。彼は節斎に送った書信のなかに「僕の志すでに決す」と書いている。

「僕は死を避けず、いずくんぞ先生の怒罵《どば》を恐れんや」

松陰と宮部、野口の三人は、アメリカが戦を挑んできたときは、死を決して立ちむかう覚悟をかためていた。

下田踏海

安政元年（一八五四）三月三日、幕府はアメリカと日米和親条約を締結した。下田、箱館、那覇の三港が開港されたが、幕府は下田の開港に容易に同意せず、談判の結果、開港したのち十カ月間は交易をおこなわないという条件をつけ、面目を保つことにした。

アメリカの要求は武力をもって威嚇《いかく》することで、幕府にうけいれられた。ペリーはいう。

「万一国書による要請を聞きいれないときは、使節の役目が立たないので、そのときは本国へ帰還できないことになり、やむをえず戦争に及ぶことも覚悟している。このため数隻の軍艦を用意している。

なおこののちさらに本国から軍艦を送るつもりである」

このように露骨に戦意をあらわしたので、幕府は平穏に事を納めるため、条約に調印したのである。

条約締結の日、江戸の桜は満開であった。松陰は身を寄せている学塾の主人鳥山新三郎、友人宮部鼎蔵《ていぞう》、永鳥三平、梅田源次郎（雲濱《うんぴん》）、金子重之助《しげのすけ》のほか、長州、肥後、出羽の青年志士十数人と連れだって、向島、白髭あたりへ桜見物にでかけた。

松陰は満開の桜の下につらなる露店の男女が、かしましく客を呼ぶ声を聞き、酩酊《めいてい》した男女が毛氈《もうせん》、筵《むしろ》のうえで片肌ぬぎとなり踊り狂うさまを見る。大身《たいしん》の武士がゆるやかに白馬を歩ませてゆく。

そのような太平の光景を眺めるうち、歓楽きわまって悲哀の思いが生じた。松陰は家中の軽輩金子重之助とともに米艦へひそかにおもむき、アメリカへの渡航を頼む決心をしていた。

和親条約が交されたうえは、米艦と戦うこともなくなった。江戸にとどまっていても、なすところがない。それよりもアメリカで西洋文明の現状を見きわめてくることが、緊急の責務である。

松陰は重之助にいった。

「俺たちは海外に出向いたのち、ふたたび江戸のこんな光景を見られるか否か、おぼつかないかぎりだなあ」

重之助もおなじ思いであった。

「来年の桜が見られるか否かとは、人のよく口にするところですが、ほんとうにその感慨を禁じられませんなあ」

花に浮かれ、日が暮れても魚油を燃やす灯台の火光のなかで、さざめきゆきかう男女は、松陰と重之助のような重い使命感とは無縁であった。アメリカ軍艦は神奈川沖に碇泊《ていはく》しているが、そのような現状を憂う者は、群衆のなかにいなかった。

松陰は友人たちとともに、夜が更けてから帰途についた。

翌四日、松陰は江戸藩邸に正月一日以来、公務出役《しゅつやく》のために滞在している兄梅太郎をたずねた。彼は内心を兄にうちあけなかった。

「アメリカとの条約も成り、当面は事変もなかろうと思います。ついては鎌倉の叔父御竹院上人のもとで、勉学いたしたいと存じますので、しばらくはお別れいたします」

松陰は梅太郎とその夜も会う約束をしていた。梅太郎は三月五日、松陰につぎの内容の手紙を出した。

「昨夜は約束していたが、出てこられなかったので、どうしたのかと思っています。

千代田文庫ならびに瑞泉寺へ書状一通持たせましたので、受けとって下さい。もし、身の回りの雑物があれば、飛脚《ひきゃく》に渡して下さい。藩邸の近所へきたときは、お立寄り下さい」

松陰は飛脚に兄へあてた返事を渡した。

「昨夜麻布藩邸より帰りがけに雨になり、はだしになったので、参上できませんでした。鎌倉瑞泉寺へのお手紙はうけとりました。雑物はひとまず鳥山に預けておきます」

重要な内容ではないが、兄弟の日常の様子がよく分る手紙である。

五日、松陰は京橋の伊勢本という酒楼に同志の長州藩士来原《くりはら》、赤川、坪井、白井。肥後藩士宮部、佐々、松田、永鳥の八人と会同して、米艦に乗りアメリカへ踏海《とうかい》する件を相談した。

事が成らないときは幕吏に捕縛され、命も保証されない危険きわまりない企《くわだ》てであった。出席した若者たちの討議は熱気を帯びた。是非の判断は容易に決しなかったが、肥後藩士永鳥三平が、ついに松陰の志を認めた。

「勇敢にして力をつくすのは、吉田君の長所である。慎重に身を持すべきであるとして彼をとどめようとしたが、どうしてもできない」

彼の発言によって、衆議は一決した。

松陰は料紙にむかい、大書した。

「丈夫見る所有り、意を決してこれを為す。富岳崩るといえども、刀水竭《つ》くるといえども、また誰かこれを移易《いえき》せんや」

富岳は富士山、刀水は利根川である。

最後までためらっていた宮部も、ついに松陰をひきとめるのをやめた。佐々淳二郎の両眼から涙が噴きだし、彼は声を放って泣きつついった。

「神州《しんしゅう》の陸を冒《おか》されることここに至る。君はそれをいかなる術をもって旧に復せしむるや」

松陰も涙を流しながら誓っていった。

「寅（松陰）すでに断絶危計をおこなう。失敗すれば首を鈴ヶ森に梟《さら》されることは、もとより覚悟のまえだ。しかし諸君がそれぞれ今日より一事をなして国に酬《むく》いようとすれば、その間に成功、失敗はあるとしても、どうしてあとにつづく者を培養できないことがあろうか。どうだ、どうだ」

列座の人々はすべて松陰の言葉に同意した。

「その通りだ。俺たちが死ねば、あとにつづく者が、幾層倍も数をふやし、追ってくるのだ」

この日、松陰は衣服など所持品を売り、金数朱を得た。この金を金子重之助と分けあい旅支《たびじ》度《たく》をととのえた。

松陰が携えてゆく書物は、小折本孝経一、オランダ文典二、訳鍵二、唐詩選掌故二、抄録数冊であった。

金子重之助は長門阿武郡渋木村の出身である。幼時に父茂左衛門が萩に出て染物屋をはじめた。重之助はそのとき他家を継ぎ、久芳内記組下の足軽となったが、青年となって酒色の失敗をした。

それを悔悟《かいご》し勤めにはげみ、嘉永六年二十三歳の頃は、江戸毛利藩邸の足軽であった。彼は学問につとめ、あるとき肥後藩士永鳥三平に会い、その議論に感じ志をたてた。

永鳥は松陰の才能を高く評価していたので、重之助に松陰と交わることをすすめた。

松陰がその年九月、ロシア軍艦に便乗してヨーロッパへむかおうとし、長崎へ出立したとき、重之助は永鳥から事情を聞き、あとを追ったが追いつけなかった。

松陰が企てに成功せず、同年末に江戸に帰ると、一歳下の重之助は鳥山塾で起居をともにして、師弟のような間柄になっていた。

重之助は鳥山塾にきたとき、藩邸を脱走して欠落者《かけおちもの》（亡命者）となっていた。奇策を実行する者が藩籍を脱していないときは、事が失敗したとき禍《わざわい》を藩にもたらすので、あらかじめ無籍者となるのである。

松陰は彼に学問のしかたにつき教えていた。

「地を離れて人なく、人を離れて事なし。ゆえに人事を論ぜんと欲せば、まず地理より観《み》よ」

重之助は松陰の指示に従い、世界地理の大要を学び、中国の歴史を習ううち、日米和親条約は締結された。

国内ではさし迫ってなすことのなくなったいま、かねて志す海外周遊の希望を果すべきであるという松陰に、重之助はためらうことなく従った。

三月五日の夜、松陰と重之助は、鳥山新三郎とともに寓居《ぐうきょ》を出て、家の前で佐々淳二郎と出会った。佐々は眼を泣きはらし、五両を旅費として松陰に贈り、衣服を脱いで与え立ち去った。

永鳥は世界地図一軸を贈る。宮部は佩刀《はいとう》を脱し、松陰の刀と取りかえた。また神鏡一面を贈った。

宮部はつぎの歌を口ずさんだ。

「皇神《すめらぎ》の真《まこと》の道をかしこみて　思いつつ行け思いつつ行け」

宮部と別れてのち、鍛冶橋下で郡司に逢い、会釈しただけで別れた。赤川、来原、坪井、白井はいつのまにか飄然《ひょうぜん》と去っていった。

松陰は佐久間象山《しょうざん》宅に立ち寄り、象山は横浜へ出向き留守中であったので、夫人に会い、書状を渡していった。

「この書は急にお渡しして下さらずともようございます。ただ先生の御手にじかにお渡し下さい」

書状には踏海については何も記していない。象山は事情をすべて知っている同志である。松陰が踏海に失敗したとき、幕府の嫌疑が象山に及ばないよう、わざと書いた書状であった。

「私は生計に窮し、都下に寓居できなくなり、やむをえず鎌倉の山中に隠棲《いんせい》いたします。平生の志を成しとげ、先生にまたお目にかかれるのはいつの日でしょうか。痛恨、痛恨」

象山宅を出て赤羽根橋の畔《ほとり》でしばらく待つうち、鳥山、重之助がきた。松陰は宮部といま一度訣別《けつべつ》を交したいと待っていたが、どれほど待ってもこない。やむなく鳥山と別れ、西にむかって急いだ。

あとで聞いたところでは、宮部はあまりに前途を急ぎ道を誤って三田に出て、神奈川までいって一泊し、二人と会わなかったのをくやみながら去っていったということである。

松陰と重之助は降雨のなか、夜明けがたまで歩き、八里の行程を踏破して保土谷宿に一泊した。

朝五つ（午前八時）過ぎに起きて、米艦にさし出す書稿を持ち、宿場で風呂屋をみつけ入浴し、頭髪を束ねたのち宿に戻り、昼食をしたためた。

そののち荷物を宿に預け、横浜へおもむき、アメリカ軍艦碇泊の状況を見るために出かけた。横浜村の道端で偶然象山の下男銀蔵に出会った。

松陰は象山に会うことをはばかっていた。師に不慮の後難をこうむらせてはならないからである。だが米艦に接近する手段を考えつかないので、銀蔵にたずねてみた。

「黒船に近づいて見物したいのだが、よき手だてはなきものかのう」

銀蔵は即座に答えた。

「旦那方は、ちょうどいいときに来なすった。今夜、うちの先生が漁師に化けて黒船を見物しなさるんでござんすよ」

事はほぼ成功したようだと、松陰と重之助は欣喜雀躍《きんきじやくやく》の思いである。

松陰たちは銀蔵の案内で、象山の軍営におもむいた。象山は松陰に会うとよろこんだ。

「事ははなはだ順調に進むようだぞ。今夜たそがれどきに出立しよう」

松陰たちは急いで保土谷宿へ戻り、預けていた荷物を担ぎ、日暮れがたに横浜の象山軍営に戻った。

だが、象山を沖の米艦まで運ぶと約束していた漁師らが、夜間に船を出せば、幕府役人に捕縛されるかも知れないと怖れ、かねての約束をやぶって動こうともしなくなった。

象山は彼らを説得しようとした。

「そのほうどもは誰に脅されたのだ。拙者がついておれば公儀の与力、同心などを怖れることはないのだ。めったにない金儲けをさせてやるほどに、早う船を出せ」

だが彼らはついに船を出さなかった。象山は苦笑していう。

「約を変改したからとて、公事《くじ》（裁判）にも喧嘩《けんか》にもならぬわい。今夜は酒など飲んで寝ようではないか」

松陰たちは、やむなく営中に泊めてもらった。

六日は朝のあいだ快晴で、午後には曇ってきた。松陰たちは象山のすすめで、もう一泊させてもらうことにした。

七日の朝も快晴であった。

象山は松陰に告げた。

「浦賀奉行所同心の吉村一郎という者が、このところ神奈川へ出役いたしおるが、儂《わし》の門人じゃ。この者に添書《てんしょ》をいたすゆえ、水薪積みこみの官船に乗り、夷艦に近づき見てくるがよい。

そうすれば艦内の様子も分り、またそのときのぐあいで異人の顔を覚えておけば、策をおこなう援《たす》けとなるやも知れぬぞ」

松陰は象山の添書を持って、村内の漁師を雇い、神奈川へ出向いた。

この漁師はきわめて威勢のいい男で、米艦の様子をいろいろと探索している。アメリカ人の絵を描くと、はなはだ巧みである。松陰はこの漁師を使い、事をはかればば成功すると思い、神奈川宿に至って吉村を訪問せず、大槻平治という人物に会った。

大槻は船頭に酒を飲ませ、大酔させたうえで夜になって船を出させ、米艦に乗りこみ、詩を賦して艦長に与えたというので、有名になっていた。

松陰は大槻に要領を教えられ、変り者の漁師に酒を飲ませ、法外な代金を払い、米艦に漕ぎ寄せよと命じた。だが漁師はいざとなると大言壮語したようには動かない。米艦が眼前に迫ってくるとおそれて後退する。

松陰がどれほど諭《さと》して聞かせても漁師はいうことを聞かず、横浜村へ漕ぎ戻った。

松陰は失敗した事情を象山に告げ、つぎの機会を待ってその営中に泊めてもらった。

この夜、象山はまた別の漁師を雇ってきた。その漁師は丑《うし》の刻（午前二時）に米艦へ漕ぎ寄せることを承知した。船を出すまでに時間があるので、松陰はかねて書いておいた投夷書をとりだし、象山に示した。

象山はその添削をしてくれた。いよいよ事は成功するかに見えたが、丑の刻になって浜へ出てみると、沸き返るような波浪の打ちあう時化《しけ》で、とても船を出せる有様ではなかった。

松陰は象山、重之助とともに浜辺に立ちつくし、山のような波浪を見つつ不運を嘆くばかりであった。松陰は鋭敏な頭脳の持主であるが、清廉《せいれん》な性格であるため、人を見る観察眼に乏しい。にわかに信じがたい漁師の饒舌《じょうぜつ》に、たやすく乗せられる甘さがあった。

八日は雨であった。午《うま》の刻（正午）まで象山と酒をくみかわし、話しあった。象山は三千人といわれる門人のなかで随一の英才と見込んだ松陰を、なんとかしてアメリカへ送りこみたい。昼食後、松陰と重之助は本牧《ほんもく》へゆき、地形、海の状況をあらためて歩いた。

この日、怒濤《どとう》は山のようであった。象山の軍営に戻り、しばらく談話を交したのち、保土谷宿まで引き返した。熊本藩士永鳥が松陰たちのことを心配し、この日保土谷の宿屋まできていた。

松陰は永鳥と赤羽根橋で別れてのちのことを語りあい、夜更けまで話はつきなかった。

九日の朝は晴れていた。松陰たちは保土谷宿に永鳥を残し、神奈川に出向き浦賀組同心吉村一郎に会った。吉村は役目を交替して浦賀へ帰るところであったので、米艦に薪水の積み入れをしている業者鯛屋三郎兵衛に、松陰たちのことを委託して去っていった。

さっそく鯛屋へゆくと、三郎兵衛はいう。

「今日は船を出さねえ日でござんすよ。明日までお待ち願いやす」

そこへ地元の者が知らせてきた。

「異人がいま、横浜に上っているそうでござんすよ」

松陰たちは走って横浜村へゆき、書状を手渡そうとした。

だが着いてみると、異人はすでに軍艦へ戻っていた。重之助は嘆息《たんそく》して涙をこぼした。

「天はわれらが事を成すのを欲しておらぬのか。なぜ事々にくいちがってしまうのでしょう。危険を冒さねば功をなすことができません。今夜船を盗んでただちに米艦へ乗りこみましょう。

さいわいに今日は風もなく浪立っておりません。僕はおよそ船を漕《こ》ぐ法を知っていますので、お任せ下さい」

松陰は承知した。

「貴公が船を漕げるなら、俺はもちろん一切まかせよう」

二人が浜辺を歩いていると、砂上に小舟が二艘置かれている。ただ櫓《ろ》がなかった。近所の漁村のなかに入り、家のなかをのぞくうち、人の気配のない小屋のなかに数挺の櫓があるのを見た。二人はおおいによろこんだ。

「わが事成れり。ありがたいしあわせだ」

ただちに保土谷の宿に戻ったが、宿の亭主らが二人を盗賊ではなかろうかと思い、しきりにこちらをうかがう様子である。

夜中に宿に着き、夜中にいずこへか出てゆくことをくりかえしたので、宿場役人に届けかねない顔つきであった。

しかたがないので江戸へ帰るといって夕刻に宿を出て、神奈川の酒楼に登り、ことさらに酒をくみかわし、子《ね》の刻（午前零時）にまた横浜村へむかった。

昼間に二艘の小舟が置かれていたところへいってみると、漁師が乗っていったのか見当たらない。空に月はなく辺りは闇黒で風が烈しくなっていた。

松陰たちは大波が打ちあう海を眺め、落胆するばかりである。そのうちどこからか犬の群れがやってきて吠えかかる。

「盗みというものは、むずかしいものだ。松陰はいった。せっかく今夜を決して出てきたが、これではどうにもならぬ」

松陰たちは保土谷の宿に戻るよりほかはない。雨が降りだしてきたが、合羽《かっぱ》をかぶって歩き、夜明け前に宿に着いた。

宿の主人たちはますます疑う。永鳥はまだ宿に滞在しており、顔を見ると、「はかりごとはまた違《たが》ったか」と気遣《きづか》わしげにいう。

松陰は笑っていった。

「はかりごとはいよいよ違って、志はいよいよ堅い。天がわれらを試しているのだ。何を憂うことがあるのか」

重之助は重なる失敗に、怒気を満面にみなぎらせていた。

十日は雨であった。宿屋で疲れをやすめていると、昼ごろに同志来原、赤川が激しい雨脚をついてやってきた。皆で今後の計画につき話しあったあと、来原、赤川は江戸へ帰っていった。

松陰と重之助が神奈川へ行きかけると、永鳥が同行するという。三人で神奈川宿の浜屋という宿屋に泊った。浜屋の主人は七十余歳であるが、逞《たくま》しい体格で近隣に有名な岡っ引であった。彼はアメリカ人が上陸してきたときのことを誇らしげに語った。

「毛唐が一人、この浜へ上陸してきやした。江戸へゆくといって東へ歩いてゆき、川崎六郷川までいきやしたが、あっしが川の渡船を皆引き揚げちまったので、毛唐はそのまま引き揚げていっちまったんでさ」

松陰たちは、アメリカ人に出会う好機にめぐまれないことを、嘆《なげ》くばかりであった。

十一日は晴れた。

鯛屋の船が、米艦へ薪水を運んでゆくというので、便乗を頼んだが、その日は与力らが乗り組んでゆくので、松陰たちは乗れなかった。

このの ち薪水積み入れは、彦根、会津、川越、忍《おし》の四藩に委託されることになったので、便乗の見込みはなくなった。

十二日も晴れていた。米艦は近日出帆して下田へむかうそうである。薪水は昨日積み入れを終っていた。まったく妙策はない。永鳥は今日から江戸に帰った。茫然《ぼうぜん》として終日なすこともなかった。

十三日、晴。この日は米艦の様子がおかしい。士官、水兵が甲板で忙しく作業をしている。与力らがしばしば船を漕ぎ寄せ、何事をはじめるのかとたずねるが、どうやら出帆するらしい。煙突が朝から煙を吐いている。

異人は狡猾《こうかつ》で、出帆すると確言しないので、幕吏も怪しむばかりである。昼前になって、七隻のうち一隻をとどめ、六隻はことごとく江戸の方向へ外輪に水を蹴立て、去ってゆく。

松陰たちは走って羽田に着いた。米艦隊は羽田沖でいっせいに回頭し、沖に去った。

神奈川沖にいた一隻が、そのとき遠雷のような音を立て、空砲を放った。

あとで聞けば、一隻は本国に帰り、六隻はすべて金沢に碇泊した。のちに下田奉行支配組頭《くみがしら》黒川嘉兵衛の用人藤田慎八郎にこのときのことを、つぎのように聞いた。

「提督ペリーは、すでに条約を交したことに満足し、よろこぶこと際限なかった。だが諸艦長らは皆江戸を一見したいと希望した。

ペリーは幕府の怒りを買うことをおそれたが、諸将の意にもそむきがたい。そのため、いささか江戸に接近しようとしたのである。このとき与力某がペリーの乗る旗艦ポーハタンに乗っており、池上本門寺の塔を指し、あれが増上寺の塔であるといった。

ペリーは江戸を見たうえはすみやかに去ろうと、艦隊を西へ回頭させたのだ」

松陰は米艦隊がいったん金沢沖に集結したのち下田に至り、いずれかへ去るという情報を得た。

「下田へいこう。そこで米艦に乗らねば踏海は挫折する」

松陰は書状を二通したため、一通を浜屋から飛脚で江戸の永鳥に送った。いま一通は神奈川宿にいた松代藩公用人津田轉《うたた》に託し、象山に渡してもらうことにした。

書状の大意は、つぎのようなものである。

「万事成功せず、ひとつとして意の如くならなかった。これから下田にむかいます。定策があるわけでもないのですが」

この夜、松陰と重之助は保土谷に泊った。松代、小倉の二藩は横浜の陣を撤去し、江戸へ引き揚げる。象山も去っていった。

松陰たちは十四日に保土谷を立ち、戸塚を経て鎌倉に至り、瑞泉寺の叔父竹院のもとに泊った。昼頃から雨が降りしきった。松陰の心中は暗澹《あんたん》たるものであった。

十五日も雨であった。松陰たちは鎌倉を離れ藤沢に出た。酒匂川《さかわがわ》を徒歩で渡り、深みに落ちこみ、胸から下が濡れてしまったので小田原に宿をとり、焚火《たきび》をして衣類を乾かした。

十六日は晴れた。小田原から二里ほどゆき、根府川《ねぶがわ》の関所に達した。熱海へゆき入湯したいと申し出ると、関所役人は通行を許可した。それから五里ほど歩き、熱海に着いた。

陽はまだ高く、幾度も入浴した。町なかに温泉が湧き出ており、湯気が濛々《もうもう》としている。海上七里の辺りに大島の噴煙が高くのぼっていた。熱海の湯は塩味がきわめて強かった。

十七日は晴れ。熱海を出て伊東に至り、昼食をとった。ここにも温泉があり、一泊した。途中、二隻の米艦が下田にむかい航走するのを見た。

十八日、晴。午後下田に到着した。米艦二隻が下田港口に碇泊していた。村人に聞くと、今朝明けがたにあらわれたという。松陰たちが前日海沿いの坂道で見た軍艦にちがいなかった。

二隻の米艦は海辺から五、六町離れたところに碇泊していた。

十九日、晴。早朝に起き海辺に出て米艦を見た。こののちのことをたしかに覚えていない。下田奉行支配組頭黒川嘉兵衛に一度面談し、その用人藤田慎八郎とは、しばしば往来して時事を談じた。佐倉藩木村軍太郎と数日同宿した。

米人はたいてい毎日上陸し、三々五々連れだって散歩をする。町なかといわず田畑といわず、歩きまわる。

薩摩藩士らしい人物が二人あらわれ、松陰がなぜ下田にきているかを問いただし、宿所を聞いた。さまざまの目的を抱いた男たちが下田に集《つど》っていた。

碇泊している二隻の乗員は漢字、オランダ語を知らず、幕吏は彼らとの交渉を進めるために、苦しんでいた。

漢字を理解する通訳官のいるペリーの旗艦がくるまで、松陰たちは待たねばならなかった。

雄図挫折す

安政元年（一八五四）三月二十日、松陰は疥癬《かいせん》を病んでいたので、下田から一里ほど離れた蓮台寺村の温泉へ入湯に出向いた。重之助は夜になって下田に帰り、松陰は温泉に一泊した。

翌朝、重之助が温泉宿にきて告げた。ペリーの艦隊がすべて下田に到着、投錨《とうびょう》したという。松陰はただちに重之助とともに下田へ戻り、海岸で艦隊の様子を眺めた。

夜になると、軍艦の檣上《しょうじょう》、舷側《げんそく》に灯火がつらなり、鐘を鳴らして刻《とき》を知らす。

夜の五つ（午後八時）頃まで浜辺をゆきつ戻りつして、夜間の彼らの行動を観察したのち、十八、十九の両日に宿泊した宿へ泊ることにした。

翌二十二日朝、佐倉藩士木村軍太郎が同宿した。彼は前日の早朝に浦賀を漁舟で出発し、日暮れまえに下田に着いたという。松陰と重之助は、アメリカ人が上陸するのを待って、米艦に便乗し、外国へ留学したいという希望を漢文でしるした書簡を渡すべく、一通ずつ懐中にしていた。

この日、二人は木村とともに海岸に出てアメリカ艦隊を眺めた。ミシシッピー号は、海岸から一町ほど離れた海面に碇泊《ていはく》しているので、艦上の光景があざやかに見える。

ポーハタン号は、その一町ほど沖、ほかに四隻が間隔を置き投錨していた。

木村は精巧な遠眼鏡を持っており、それを借りて眺めると、米兵たちは測量をしているようである。また脚船《バッテイラ》を下ろし、各艦のあいだをさかんに往来している。

檣上にあるさまざまの模様の色あざやかな旗を上げ下ろしする。一艦がまずあげると、ほかの艦もすべてあげる。

一艦が下ろすと、他艦も皆下ろす。号令、合図をしているものであろうか。午後になると脚船を走らせ、海岸の岸上へ白い粉を撒き、樹上に白旗を縛りつける。測量をおこなっているのである。彼らはこの作業を連日つづけた。

この夜、松陰は蓮台寺温泉に泊り、重之助は下田の宿に泊った。

二十三日は雨天であった。松陰は朝のうちに蓑笠《みのかさ》を借りて下田の旅宿へ帰った。

重之助は松陰を迎えていった。

「昨日木村とともに酒を飲みました。話が洋夷の侵寇《しんこう》を防ぐことに及ぶと、木村は国体などかえりみずともよい。アメリカと手をむすび、和親をもっぱらとして通商をおこなうのが、最良の策だというのです。

僕はそれを聞き、腹が立ってしかたがなかったのですが、まだ知りあって間もない相手なので、聞き流しました」

松陰は笑っていった。

「彼もまた洋学を志す、鉄中の錚々《そうそう》たる者じゃ。それなりに考えのあってのことじゃろう」

重之助はなお憤懣《ふんまん》をおさえられないようで、「世俗を惑わす者は、まさにあのような奴であります」と吐きすてるようにいった。

だが、この日も二人は木村とともに軍艦を観望に出向き、同宿した。

二十四日、ペリー提督は下田の了仙寺をたずね、下田奉行支配組頭黒川嘉兵衛の饗応《きょうおう》をうけた。この日、松陰は旅荷を提げ、重之助とともに蓮台寺の温泉に泊った。

二十五日、夕方下田に着き、海岸を徘徊《はいかい》して夜に至った。冷えこみがきびしく、下田の町なかで雑煮を食う。松陰はその茶店で下田の動静を記し、三月五日に江戸を出発してからの日記をあわせ、江戸藩邸の兄へ送ろうと思い、土佐屋という廻船問屋に託した。

土佐屋の主人は周防《すおう》出身で、下田にきて養子となった。あいにくいまは奥州へ航行し、一年になるがまだ帰ってきていない。

松陰たちは海岸に坐り、軍艦で時鐘を打つ音を聞いた。彼らの一刻《いっとき》は、われらの半刻（一時間）である。それを聞いて夜がふけてから、下田の町を流れる川の畔《ほとり》へいった。川には多数の小船がもやっていた。

「この一艘を主にことわりなく借りうけて夷艦へ漕ぎつけよう」

櫓《ろ》を探すと、二挺手に入った。

松陰たちは船に乗り、流れに沿って海へ出た。川口に数隻の奉行所番船があり、高張提灯をつけている。松陰は心を波立たせたが重之助にいった。

「番船に見つけられ、捕われるは天命じゃ。天にもし霊あらば決して見つけられはせぬ」

松陰たちは見咎《みとが》められることなく番船の傍を通過し、海に出た。

だが、川口を出ると波濤《はとう》が激しく打ちあい、そのなかを小さな川船の櫓を押してゆくことはできなかった。下田海岸で見るときは、間近に碇泊しているようであった軍艦は、昼間よりも沖に出ていて、とても漕ぎよせられそうにない。

松陰たちはあきらめて、船を海岸へ漕ぎよせ、上陸した。まだ夜が明けていなかったので、柿崎弁天社の祠《ほこら》に入って寝た。夜が明けたのも知らず、眠りこんでいると社人がきて祠の戸をあけた。

松陰たちはおおいにおどろいたが、社人は腰を抜かしそうになっていた。


松陰と重之助が三月十八日下田に到着以来、宿としていたのは、港に近い岡方村の岡方屋という旅人宿であった。

明治二十六年春、徳富蘇峰《そほう》が吉田松陰の事跡を調査するため熱海へおもむいたとき、熱海小学校訓導内田氏に相談したところ、同校裁縫科教師の岡崎総吉という人が、松陰を宿泊させた宿の主人の子であると紹介された。

蘇峰は岡崎氏と面談したときの会話の内容を、彼の主宰する『国民新聞』に掲載した「熱海だより」のなかで発表した。

下田踏海の事件をおこした前後の松陰の風貌《ふうぼう》を彷彿《ほうふつ》させる描写があるので、それの要旨を現代文にして記してみたい。

「岡崎氏は五十前後の、職人風の温厚な人物に見えた。彼は私の問うに応じて語った。

私の家は下田港に近い岡方村で旅人宿をいとなんでいました。村内は宿屋が二軒あるだけで、アメリカ艦隊が下田に入港すると、宿泊客がいつも満員でした。

安政元年の春が暮れかける頃、二人の武士がきた。天城《あまぎ》山を越えてきたようで、疲れきっているようであった。どちらも二十三、四歳ぐらいで、下田見物にきたといい、二階の奥座敷に入った。

二人は私の父を呼び、下田の模様をくわしく聞いただけで、別段外出して見物するでもなく、ただ寝ころんだり立ったり坐《すわ》ったりして日を送るだけでした。

ある日外出したことがあり、帰ってくると瘦形《やせがた》の小男のほうが父に、あまり景色がおもしろいので城山に登ってきたといったのを、耳にしたことがありました。

この小男は顔じゅうに薄い疱瘡《ほうそう》のあとがまばらにあり、眼は細く光って眦《まなじり》はきりきりと上に釣りあがり、鼻梁《びりょう》がたかく、凸面というような顔だちであった。

両頰はげっそりと瘦せ、顎《あご》にチリチリした薄い髭《ひげ》が生え、髪は総髪を大束に結んでいた。

はじめて投宿したときの服装は木綿《もめん》藍縞袷衣《あいじまこうい》に小倉帯を締め、無地木綿のぶっ割き羽織《ばおり》を着て、鼠《ねずみ》小紋の半股引《ももひき》に脚絆《きゃはん》をあて、前後振りわけにちいさい小包物を負っていた。

この男は衣服などには構わず、下田にきてからは宿にいるときも外出のときも羽織もつけず、ただ小倉帯をぐるぐると腰にまわしたのみである。

口をきいたことはなく沈黙しており、ひとに話しかけることはない。ただ食後にトントンと廊下《ろうか》を運動する。ときにはあまりの足音に家族たちはときどき小言をいっていた。

昼間はよく二階の屋根に登り、幾時間も海に浮かぶ外国船を見つめていた。

食事にも好き嫌いがなく、機械的に箸より口へ移すだけである。酒を飲むことも、女性に声をかけることもなく、遊郭などへ立ち入った様子はまったくなかった。

夜は書きものをしたり書物を読んでいるようで、十一時頃床につき、それから二人でひそひそ話をはじめ、内容は聞きとれないが、声は二時過ぎまで聞えていた。

朝は五時頃には起きていて、私が掃除にゆくときにも、部屋のなかは片付けられていて、別に挨拶をすることもない。

ただ箒《ほうき》を持って座敷に入ると、邪魔にならないよう傍《かたわら》に身を寄せているくらいで、何の変ったこともなかった」

松陰の『回顧録』によれば、岡方屋に泊ったのは五日ほどであるが、観察《くわだ》がゆきとどいているのは松陰と重之助が米艦によって海外におもむこうとした企てがやぶれ、たいへんな騒動になったので、二人の印象が詳細に記憶にとどまったためであろう。

松陰たちは二十六日朝、米艦の碇泊している柿崎に近い漁村の民家に入り、幾らかの代価を払い朝食をとり、熟睡した。昼食をとったあと柿崎に着いた。雨が降ってきたが泊るところがない。付近に一軒だけあった茶屋に入り、そこで泊った。

二十七日朝、柿崎にゆくとさいわいアメリカ人が上陸して歩いていたので、松陰はかねてしたためておいた手紙をその一人に渡した。

『ペリー提督日本遠征記』に、そのときの様子がしるされている。松陰たちが出会ったのは、艦隊の士官たちであった。

「ある日、士官たちは郊外からさらに田舎へ足をのばした。そのとき二人の日本人がついてくるのに気づいたが、役人が見張っているのだろうと思ったので、気にもとめなかった。

だが二人はわずかずつ近寄ってきて、話をかわす機会をほしがっているようであったので、アメリカの士官たちは二人を待ってやった。

たがいに言葉を交してみると、二人の日本人がかなりの身分のある人々で、それを示す二本の刀を帯び、上等の金襴《きんらん》でこしらえた幅ひろくみじかい袴《はかま》をはいていた。

彼らの態度は武士に独特のていねいで品のいいものであったが、あきらかに周囲を警戒し、人目をはばかる怯《おび》えの色があらわれていた。

二人のおこないを眼にする日本人がどこにもいないのを確認するように、視線をせわしなく四方にくばり、そのうえで一人の士官に近寄り、胸の時計の鎖をほめるようなふりをしつつ、たたんだ紙片を上衣の胸にはさんだ。二人は唇に手をあて、秘密にしてほしいと頼んだあと、急いで去っていった」

士官は男たちからもらった漢文の手紙を持ち帰り、艦隊の通訳ウィリアムズに渡した。ウィリアムズはそれを訳した。

「日本江戸の二人の学者が、この手紙を高位の士官、事務官の方々にお読みいただきたいのです。われらは微賤《びせん》な者で学識に乏しく浅い。あなた方の前に出るとはずかしく思います。

われらは武器の扱いかたに慣れておらず、兵法、軍律もよく知りません。些末《さまつ》な職務をはたすほかには怠けるばかりの日を送ってきました。

しかしわれらはいろいろの書物を読み、風の便りに欧米の習慣と教育をいくらか知りました。それから多年のあいだ五大陸を周遊したいものだと思ってきました。だが、海外交流についての日本の法律は非常にきびしく、外国人の渡来、日本人の渡航はいずれも禁止されているので、われらの希望の炎は胸中で燃えさかるばかりでありました。さいわいあなた方の艦隊が到着し、長く滞在されているので、われらは望むがままに親しくつきあい、あなた方の親切と寛大な気質をたしかめたいという、かねての思いがふたたび燃えあがりました」

二人は長い漢文でアメリカへ連れていってほしいと懇願していた。

松陰たちはそのあと蓮台寺温泉へゆき、夕方まで入浴した。下田の名主は夜間の外出を禁止していたので、その夜は蓮台寺村の宿に泊るといい、蓮台寺の宿には下田の宿屋へ泊るといって、夕食後に下田へむかったのである。

二人は海岸に夜五つ（午後八時）過ぎまで寝ており、それから柿崎弁天社の下へ出かけた。そこに昼間見つけておいた漁舟が二隻とも、干潮で砂上にあったので、弁天社のなかで仮眠をとった。

八つ（午前二時）頃に浜辺へ出ると潮が満ちていて、舟が海中に浮かんでいた。乗りこんで櫓をつかおうとすると、櫓杭《ろぐい》がないので、櫓を褌《ふんどし》で両舷へ縛りつけ、二人は力をあわせ漕ぎだした。

褌がたちまち切れたので、帯を解き櫓を縛って漕ぐ。岸から一町ほどはなれたミシシッピー号へ漕ぎ寄せた。舷側へ横づけにしようとしたが、舟は幾度か回転し、腕が抜けそうになった。

やがて甲板から誰かが怪しみ、燈籠《とうろう》を下ろした。燈籠はギヤマン（ガラス）で作り、形は丸い。蠟灯は日本とおなじものだが火光ははなはだ白く、芯はきわめて細い。

松陰は火光の下で懐紙に漢字で「われらメリケンに往《ゆ》かんと欲す。君さいわいにこれを大将に請われよ」としたため、手に持って艦上に登った。梯子《はしご》があって、艦上には登りやすかった。

異人が二、三人出てきて、きわめて警戒しているようである。松陰は書きつけを与えた。一人がそれを持って艦内に入った。やがて年老いた異人が出てきて手燈籠の明りで蟹《かに》文字（英文）を書き、こっちの書きつけとともに返してきた。

こちらは蟹文字を読めず、異人はしきりに手まねで大将ペリーのいるポーハタン号へゆけと示す。松陰たちは手まねでバッテイラで連れていってくれというが、異人は漕いできた舟でゆけという。

しかたなく漁舟に戻り、力をふりしぼって漕ぎ、また一町ほど沖へ出てポーハタン号の船腹に横づけにした。

重之助は軍艦の外側に舟をつけては風がつよいので、内側へつけようというが、高浪に押されて櫓を思うように操れず、ポーハタン号の梯子段の下へ舟が入ってしまった。

舟が浮かぶごとに梯子段に激突するので、物音を聞きつけた異人がおどろいて出てきて、梯子段を下りてくると、棒で舟を突き出そうとした。

松陰は舟を突き出されてはたまらぬと、軍艦の梯子段へ飛び移り、重之助にともづなを渡せといったが、重之助がそれを松陰に渡さないうちに、異人は棒で舟を突きのけようとした。

重之助がそうされてはたまらないので、梯子段へ飛び移る。刀のほか手持ちの荷を積んだ舟は流れ去っていった。異人は二人の手をとって梯子段を登っていった。

このとき松陰は無事に米艦に乗りこみ、異人と語りあえるからには、荷を置いた舟を下田の番所役人に押収されてもかまわないと、自分にいい聞かせた。

艦上には夜番の異人が五、六人いた。皆立つか、ゆっくりと歩み、椅子《いす》に腰かけている者はいなかった。彼らは松陰たちが見物にきたのだと思っているようで、羅針盤などを見せようとする。

松陰が筆を貸してほしいと手まねで頼むが、いっこうに通じないので困りきった。そのうちに漢字を知る通訳のウィリアムズが出てきたので筆を借り、メリケンにゆきたいと漢語でしたためた。ウィリアムズは正確な日本語で聞いた。

「これはどの国の字かね」

「日本の字だ」

松陰の返事を聞いたウィリアムズは笑っていった。

「これは清国の字だよ。君たちの名を書け、名を書け」

松陰たちはその日の朝、上陸していた異人に渡した手紙にしるした偽名、瓜内万《くわのうちまん》二《じ》、市木公太を書く。

ウィリアムズはそれを持って艦内に入り、まもなく松陰が朝方に異人の懐中に押しこんだ手紙を持ってきていった。

「この書中の用件できたんだろう」

松陰たちはうなずいた。

「このことは提督と私だけが知っていて、他人には知らせていない。提督も私もまことによろこばしく思っている。

ただ横浜で提督と林大学頭《だいがくのかみ》が、たがいの天下のことを約束した。ゆえにわれわれは君の頼みを聞きいれることができない。いましばらく待て。まもなくアメリカ人は日本にきて、日本人はアメリカにくる。両国人がわが国内をゆくように往来できるのだ。

そのときにくるがいい。また、われわれはなお三カ月間は下田に滞在する。いますぐ帰るのではない」

松陰はたずねた。

「三カ月とは今月よりか、来月よりか」

ウィリアムズは指折りかぞえていった。

「来月からだ」

松陰たちはいった。

「われらが夜中に貴艦に乗りこんだのは、国法の禁ずるところである。いま帰ればかならず誅殺《ちゅうさつ》されよう。その運命は変えられない」

ウィリアムズが答える。

「夜のあいだに帰れば誰にも知られずにすむ。早く帰れ。このことを下田の大将黒川嘉兵衛が知って許可すれば、提督は君たちを連れてゆく。嘉兵衛が許さないときは、提督は連れてゆかない」

松陰は頼んだ。

「それならば、われわれは艦内にとどまりたい。そのあいだに提督から黒川にかけあってほしい」

「それはできない」

ウィリアムズははじめにことわったとおなじ事情をくりかえし、帰るよううながすばかりであった。

松陰たちの計画は挫折し、乗りすてた舟のことが気にかかったが、結局は退艦するしかなかった。

ウィリアムズが聞いた。

「君は両刀を帯びているか」

「そうだ」

「官職についているのか」

「書生である」

「書生とは何であるか」

「書物を読む人である」

「人に学問を教えるのか」

「そうだ」

「両親はあるのか」

「二人ともに父母はない」

松陰たちは肉親に累を及ぼすのをおそれていた。

「江戸をいつ出発したのか」

「三月五日である」

「前から私を知っていたか」

「そうだ」

「横浜で知ったのか、下田で知ったのか」

「どちらの地においても知っていた」

ウィリアムズは怪しむ口調でいった。

「私は知らなかった。アメリカへいって何をするのか」

「学問をする」

そのとき艦上で時鐘が鳴った。

松陰は、その鐘が日本の七つ（午前四時）と分っていたが、わざと聞いた。

「いまは日本の何刻《なんどき》かね」

ウィリアムズは指を折って数えるふりをしたが、返事をしなかった。

松陰たちはいった。

「君がわが懇請を聞きいれてくれないのであれば、われらの書状を返してくれ」

ウィリアムズは書状の漢文をたやすく読むことができた。松陰は広東人羅森と書き、この人に会わせてほしいといった。ウィリアムズは応じなかった。

「会って何の用があるのだ。いま寝ているところだ」

松陰は聞いた。

「来年もくるのか」

「他の艦がくるだろう」

「いまからわれらは帰るが、漁舟を失った。舟のなかに大切なものを置いているので、放置すれば事は発覚する。どうすればいいだろうか」

ウィリアムズはいった。

「当艦のバッテイラで送ろう。水兵に命じておいたので、海岸を探してまわるがいい」

松陰たちは礼を述べてバッテイラに乗った。だがバッテイラの水夫は漁舟の捜索をすることなく、ただちに海岸へ漕ぎ寄せると、追い払うように二人を上陸させた。

上陸したところは、岩石険しく、樹木の枝がからみあっていて、暗中に道も分らない有様であった。

気が焦《あせ》るばかりで、夜が明けたが漁舟はどこにも見当らない。二人は困りきったあげく、ついに決心した。

「事すでにここに至り、いかんともしがたい。うろつく間に捕縛せられては見苦しいかぎりだ。自首しよう」

二人は柿崎村の名主のもとへ出向き、事情をすべてうちあけ、下田番所の囚獄に監禁された。

松陰は前夜のことをふりかえり、ウィリアムズが日本語を話すとき、きわめて早口で一語も誤ることがなかったが、こちらのいうことを聞くとき、理解できない様子をしばしばあらわしたのは、彼が狡猾《こうかつ》であったためであろうと気づいた。

そのため松陰は言いたいことの大方を告げることができなかった。

彼は反省する。

「米艦へ乗り移るとき、いささか狼狽《ろうばい》していたので、舟を失った。もし舟を失わず、または荷物、刀をすべて持って乗艦すれば、のちに気掛かりになるものは何もなく、艦内にしいてとどまることもできた。

こちらの文書をウィリアムズに示し、艦内の様子を見たいと頼みなどするうちに、夜が明けただろう。夜が明ければ昼間には帰れないといい、日没までとどまっているると、かならず懇談もでき、計画は自然に成功したことだろう。

たとえ志を遂げることができないまでも、夜になって陸に帰り、急に立ち去れば、こんなみじめな目にあわなくてすんだはずだ。事のやぶれた原因をつきつめれば、櫓杭がなかったことにゆきつく。

後世の史家はわれらのことを、かならず書くだろう。長門《ながと》浪人吉田寅次郎、金子重之助は夷船に乗って海外に出ようとはかり、捕われた。二人は奇を好み術策なく、ゆえに窮地に陥ったのだと。

重之助は舟のなかに刀を遺したのを大恥辱であるといったが、敗軍のときは何事も思うに任せぬものである。

ただ天命を得ることができず、大事をなしとげられなかったことを、遺憾とするのみである」

下田番所の与力らの訊問をうけた松陰らは、その素志を弁じた。

「われらは米艦に身を投じ海外におもむき、万国の情勢をつまびらかに調べ、国家のために夷賊膺懲《ようちょう》の大策をたてんと願ったのであります」

与力らはおどろき、顔色を失った。松陰らは声をそろえていった。

「死を命ぜられることは当然であります。何事も隠すつもりはないので、われらの述べるところを筆記して下さい」

その夜四つ（午後十時）頃、下田町柿崎村の役人が二人の身柄を引きとり、長命寺に監禁した。

役人がきて二人に手枷《かせ》、足枷をつけた。数日後、黒川嘉兵衛が松陰らを番所に呼び糺問《きゅうもん》した。そのとき役人らは松陰が漁舟に置いていた荷物のなかの投夷書、佐久間象山《しょうざん》が前年九月十八日に松陰に与えた送別の詩を押収しており、それを嘉兵衛に提出した。

その夜、収容された牢はわずかに一畳で松陰と重之助は立居《たちい》に苦しんだ。

入獄

野山の若葉が眼のさめるようにつややかな陽春であった。

黒川嘉兵衛は松陰と重之助の訊問を終え、彼らが国情を憂慮する至情によって国禁をやぶったことを知り、その運命を悲しまざるをえなかった。

嘉兵衛は松陰に聞いた。

「そのほう父はいるのか」

松陰はうなずく。

「おりまする」

「母はいるのか」

「はい」

嘉兵衛は重い口をひらいていった。

「そのほうは聖賢の道に志す者なるに、邦家《ほうか》の大典を犯し、父母の憂いをなす。心得ちがいといえども、まことにあわれなることじゃ。しかし、いまとなってはいかんともしがたい。江戸へ送られたうえは、いかなる刑を受くるやも知れぬ。よく覚悟をいたせ」

松陰は即座に答えた。

「われらは万死を本分としておりますれば、いままた何の覚悟がありましょうか」

このとき松陰たちが米艦に漕《こ》ぎ寄せた漁舟のなかの荷は役人に押収され、外国留学の希望をしるした投夷書のほか、佐久間象山《しょうざん》が前年九月十八日にしたためた送別の詩など、すべてが黒川の手中にあった。

重之助が江戸出立のときからしるした日記は、詳細をきわめていた。嘉兵衛はそれを読み、笑っていった。

「これを異人に見せようとて、したためたのか」

松陰は顔色を変えた。

「貴公はいまだわれらの心をお察し下さらぬのか。われらは国のために夷情を探索したかったのです。どうして国情を彼らに知らせねばならぬのですか。

この日記をつくったのは、踏海のならざるとき、お取調べにお答えいたすためです」

嘉兵衛は口をとざした。

数日後、二人は下田番所の獄から平滑《ひらなめ》の金太郎という岡っ引の牢屋に移った。松陰は金太郎に『三河後風土記』、『真田三代記』などの書物を借りて読んだ。

金太郎はそのような職業の者にめずらしく教養があり、松陰に教示を乞うた。松陰は日本が皇国であるゆえん、人倫の大道を踏みはずしてはならないゆえん、夷狄《いてき》の奸悪なるゆえんを、高声に語り、金太郎は感動して涙をこぼした。

松陰たちが下田番所に収獄された翌日、アメリカ艦隊の大島への移動延期を願うため、江戸から下田に出張してきた主席通訳栄之助が、ポーハタン号に乗艦してペリー司令官の副官に会った。(日本遠征記)

そのとき彼は副官にたずねた。

「昨夜発狂した日本人二人が、旗艦にきましたか。もしきたのであれば、彼らはなんらかの不法行為をはたらいたのでしょうか」

副官は答えた。

「毎日数えきれないほどの商人が小舟に乗って、絶えず海岸から漕ぎつけてくるので、その二人をはっきりと覚えていないが、彼らがすこしも乱暴をはたらかず、またそんな事実も聞いたことがない。

ところであなたのいう二人の日本人は、無事に海岸に到着しただろうか」

通訳が「到着した」というと、副官はおおいに満足した。

アメリカ側は、松陰たちをかばいたい気持ちに駆られた。せっかく苦心のあげくポーハタン号に着き、アメリカに渡航したいと頼んだ日本人たちは、見知らぬ人物ではあったが、追いかえしたために死刑にされるのは、あまりにも哀れである。

ペリー提督は、今後の外交交渉に悪影響を与えるようなことがあってはならないと顧慮して、二人の乗艦を拒んだのであるが、彼らがそのために極刑に処されることを望まない。それで一人の士官を下田番所に派遣し、日本当局の同意のないかぎり日本人を艦内にうけいれるようなことはないので、松陰たちに寛大な措置を希望すると、申し入れさせた。

数日たって、アメリカ人士官たちが下田に上陸し、郊外を散歩していると、町の牢獄の前に出た。道端の格子《こうし》に閂《かんぬき》をかけた動物の檻のような狭い牢のなかに、人がいた。

のぞきこむと、夜中に小舟をポーハタン号に漕ぎ寄せた、二人の武士である。彼らはわが不運を耐えているようで、アメリカ士官たちを見ると、親しげな笑顔を見せた。

　格子に近づいた士官に、武士の一人が板切れに墨で漢字を書きつらね、渡した。その内容は通訳によって英訳された。

「英雄もいったん企《くわだ》てに失敗すれば、そのおこないは暴徒、盗賊と同様に見られる。われらは衆人の眼前で捕えられ、縄で縛られ牢獄に入れられた。村の長老、役人はわれらをさげすみ、手荒く扱う。

だがわれらは心中にやましいことは何もないので、いまは英雄がその真価を試すときだと考える。われらは日本六十余州を遊歴するだけではものたりなかったので、五大州に足をのばすことにした。それは年来の念願であったが、企ては失敗し、狭《きょう》隘《あい》な牢に入れられ飲食、休息、坐《ざ》臥《が》、睡眠に窮している。

　どうすればここから脱出できるのか。愚者のように泣くか、悪党のように笑うか。われらに許されるのは、ひたすら沈黙することだけである」

　ペリー提督は松陰たちが牢獄に入れられていることを知ると、ただちに副官を上陸させ、獄中の二人が来艦した武士たちであるかをたしかめさせたが、牢獄はすでに空虚になっていた。

江戸から松陰らを迎えにきたのは、町奉行所同心二人、岡っ引五人であった。彼らは松陰と重之助を縄で縛りあげ、足には足枷をつけ、両手に手錠をかけたうえで唐丸駕籠《とうまるかご》に乗せ、下田から三嶋へむかった。

この辺りは僻地であるため、宿場、村落の扱いはきわめて丁重であった。たいてい駕籠一つに人足が八人ほども出る。

宿に着くと、番人らは寝ずの番をする。松陰は彼らに対し、下田で平滑の金太郎に日本国のなりたち、人倫の大道につき教示したのと同様の内容について説き聞かした。

彼は日記にしるす。

「余、生来の愉快、このときに過ぐるはなし」

松陰の教育者の資質はどのような環境においてもあらわれてくるのである。

同心、岡っ引らは幕威をかさにきて、松陰らを囚人扱いにする。傲慢な態度は身についているのであるが、その親切であることは感動せざるをえないほどである。

途中の立場《たてば》茶屋、休息所ではかならずていねいにたずねる。

「茶菓、水などはいらぬか。食いたいものはないか」

松陰は下田の牢屋で赤穂義士伝を読んだが、そのなかに、書かれていた。

「義士は事変のあと、分れて諸大名家へ預けられた。その人々は申しあわせたかのように美食、珍味は辞退して口にしなかった」

松陰は、この故事を重之助に語り、ともに下田から江戸までの道中で、三度の食事のほかは、茶や水の一滴さえ口に入れなかった。

箱根の関所を通過するとき、松陰と重之助の駕籠を、番所前に並べて置き、関所役人の検問をうける。

六尺棒を持った役人が駕籠の周囲をひとまわりしてのち、関所を通すのである。

護送の同心がいった。

「幕府の法によれば、囚人の姓名を記した木札を、唐丸駕籠の上にむすびつけることになっているが、そのほうたちは特に恩旨によって姓名を記さず、一番、二番と記すだけとしてやった。ありがたく承るがいい」

松陰たちは答えた。

「それはまことにありがたき仕合せです」

松陰たちは心中ではなんと姑息なことをいうのかと、笑いだしたくなるのをこらえた。二人は悪事をはたらいた罪人ではない。幕府で裁かれ死を申しつけられても、恥辱ではなく栄誉である。木札に姓名を記し、世人に誇示したい気持であった。

四月十五日、保土谷を出て江戸に到着した。ただちに北町奉行所に運ばれ、玄関脇で引渡され、仮牢に入った。足枷をはずされたのち町奉行所井戸対馬守《つしまのかみ》の添役二人が松陰たちを呼び出し、下田踏海を企てたときから挫折するまでの経緯を糺問したのち、重之助は仮牢へ帰された。

松陰は玄関際の一間に屏風《びょうぶ》を囲い、そのなかに入れられ、同心二人が番をする。しばらくしてふたたび連れ出され、縁先に坐らされた。重之助は足軽なので白洲《しらす》にひきすえられる。

奉行が出座し、下田から友人縁者に送った書状の内容につき、問いただす。松陰は隠すところなくすべてを答弁した。ただし象山については、送別の詩を押収されたのみであると思い、かばうことをやめなかった。

奉行はいった。

「しかし、佐久間修理《しゅり》（象山）はすでに縛につき、そのほうが横浜の陣所に往来しておりしことを申し述べている。いまさら隠しだてをしても無益である。

いまそのほうの陳述するところを見るに、ひとつとして疑うべきところがない。国の為に死すとの志があきらかである。ただ修理のことにつき隠しだてをいたすのは、その師恩のためにするのであろう。

まことにあわれむべきではあるが、公儀の法と私恩はあいいれぬものである。ただいまより台命（将軍の命令）を奉じ、厳密に事の始末を糺《ただ》すゆえ、ありのままを申し述べよ。そのほうは覚悟をきめて事を実行した。

そのほうの師修理に同じ覚悟がなかったとはいえない。そのほうは師をかばっているが、修理はすべてを自白しているのだ」

松陰はやむなく横浜でたがいに往来し、連絡をしあったことのおおよそを陳述したが、下田の事については象山はまったく知らなかったと主張した。

「横浜では、夷艦に近づく策を相談したのみです。夷艦に投ずるの書を先生にお見せいたしましたが、先生はかならずしも私どもがかようの事件をひきおこすとは、思っておられなかったでしょう。そのため、下田の件については、意外にお思いなされたにちがいありません」

松陰は、重之助とともにポーハタン号に至ったのが、すべて象山の指図によるものだと奉行が曲解しているのを覚った。

奉行は象山の名声があまりにも高いのを妬《ねた》み、その訊問にあたりきわめてきびしい態度を示した。象山はつぎのように傲然と抗弁し、一歩もひかなかった。

「昨年来のことは古今の大変でござれば、国家はよろしく非常の政あるべきと存じまする。すでにアメリカより帰国せし万次郎が禁錮を免ぜられているではありませんか。

たまたま国家多事にて、士を海外につかわすの下命なしといえども、いま自ら海外に出て夷情を探る者あらば、もとよりまさにその罪を免じ、国用に供すべきでありまする。これが私の本意です。

私は眼を洋籍にさらすこと十年、その道にて世人に譲るところはありません。しかれども海外の事に至っては、靴をへだて痒《かゆみ》を掻《か》くの思いがはなはだしき次第です。ゆえに有志の志が海外に出ることを望みます」

奉行はますます怒るばかりであった。象山はそのうえの抗弁をあきらめ、罪に服した。

「幕吏は耳目なし。吺々《どうどう》すればかえって自ら損ずるのみ」

このような事情を松陰はのちに知るが、そのときは奉行の口吻《こうふん》によって推測し、下田踏海に象山が関与していなかったことを縷々《るる》陳弁したので当局の象山への心証はいくらか好転した。

奉行は訊問のあと松陰には吟味中揚屋《あがりや》入りを命じ、重之助には牢入りを命じた。松陰は同心二人によって、縁から引き落され、縄をかけられ、屏風囲いのうちで飯を食わされた。飯に味噌、白湯《さゆ》がついているのは、下田の牢と同様であった。

松陰は玄関から唐丸駕籠に乗り、牢屋同心が護衛して小伝馬町《こでんまちょう》牢屋にむかった。金子重之助は徒歩でゆく。

牢屋はまず東の揚屋が二間半に三間。つぎが奥の揚屋で三間四方。東の大牢は五間に三間。西の大牢も五間に三間であるが、二つに区切っていて、その一方は無宿牢と呼ばれる。

つぎに百姓牢が四間半に三間半。その隣は揚座敷で、牢屋ではお座敷と呼ばれ、九尺に二間の座敷が三つ。ほかに女牢が二間半に三間である。

揚屋へ入るのは、将軍目見《めみえ》以下の幕府御家人《ごけにん》、諸大名の家来、僧侶、神主、医者などである。

大牢へ入るのは、町奉行、勘定奉行、火付盗賊改《ひつけとうぞくあらため》の配下によって捕えた、主に無宿者である。無宿牢は、火付盗賊改によって捕えられた無宿者ばかりが入る。西の大牢は無宿者と百姓、町人が雑居している。

百姓牢は、町方、村方で人別帳《にんべっちょう》に戸籍のある者が入れられる。揚座敷には目見以上の武士が入る。

この牢屋に常時四、五百人の囚人が入っていた。控え部屋、廊下なども入れて、総建坪がせいぜい九十坪ほどであるから、四、五百人も入ると鮨詰めの状態になる。牢屋敷全体の敷地は二千六百二十坪ほどで、牢屋を預かる石出帯刀《いしでたてわき》の住いは四百八十坪であったが、肝心の牢屋はおどろくほど狭かったのである。

牢屋に着いたときは日が暮れていた。まず閻魔《えんま》堂と呼ばれる取調所で、町奉行所から送ってきた入牢証文を、鍵役《かぎやく》という役人が受けとり、その内容を松陰たちにたしかめる。

鍵役はそのうえで告げた。

「よく聞け、揚屋に持ちこんではならぬ法度《はっと》の品がある。金銀、刃物、書物、火道具類だ。何も持ってはおらぬか」

　鍵役は部下の張番に命じ、松陰たちの衣類をすべてぬがせ、下帯までとらせて厳重に調べた。そのうえで、着物を手に持たせたまま、東の揚屋の牢名主《ろうなぬし》にいい渡した。

「この囚人は御掛りより手当のことを申し来りしゆえ、厚く手当をしてつかわせ」

　奉行所では、松陰が牢内で囚人たちから危害を加えられないよう、手当囚人という肩書を与えてくれたが、重之助は鍵役に罵倒された。

「夷艦にのぼり、夷将の首を取ったならば死んだとて誉れがあるが、お前のようにあわれみを夷人に乞い、追いかえされるような者は、無宿牢へ入れ」

　重之助は松陰と引き離され、無宿牢から百姓牢へ入れられ、艱難《かんなん》のかぎりをつくすことになったが、松陰にはどうすることもできなかった。

　格子戸があき、松陰は衣類を持ったまま牢内に入った。板間があり、牢名主が命じた。

「そこへ腹這いになり、着物を頭にかぶれ」

　牢名主は分厚いキメ板と呼ぶ板で、松陰の背中を力まかせに一撃してたずねた。

「御掛りはどなたじゃ」

「井戸対馬守様にござります」

「ご吟味筋《ぎんみすじ》は何事じゃ」

松陰は下田踏海の事情を述べた。

名主はいう。

「日本一、三奉行入込み東口揚屋とはここじゃ。命のツルを何百両持ってきたか」

松陰は答えた。

「私は下田で捕縛され、持つ物はすべて番所に没収されて、一銭の持ちあわせもありません」

牢名主は激怒して喚《わめ》いた。

「手当囚人じゃといって、奉行に慈悲はあっても獄中に慈悲はない。命のツルを持たねば生きながらえられねえ。手前はわが身を大切に思わねえのか」

「しかし、どうすることもできません。私は死を覚悟しており、怖れることはありません」

「なんだと、えらそうなことをぬかしおって。手前はほんとうに死にてえのか」

松陰はたちまち能弁に論じた。

「十七、八歳の死が惜しい者は、三十歳の死も惜しかろう。八、九十、百になりてもこれにて惜しからずということはなし。草虫、水虫のように半年の命の生きものもあるが、それが短いというわけでもない。松柏《しょうはく》のように数百年の命のものもあるが、天地の悠久たるに比べると一時を生きる蠅《はえ》のようなものだ。私の念願に死生はないのだ」

牢名主は学殖ある者で、松陰の言葉を聞き、怒りを鎮め、おだやかな口調でいった。

「お前の朋友《ほうゆう》、家族、親戚に手紙を送って金をよこしてもらえないのか」

松陰は答える。

「それはまず難しいことでしょう。親戚知己に富者はおりません。しかし、どうしても融通してくれないこともないでしょう」

「それなら明日にも急いで手紙を送れ」

牢名主はさらに背中を二度打って入牢させた。

東揚屋の囚人たちは文学を理解し、経書を読める者がほとんどであったので、松陰を取りかこみ、その履歴を詳しく知ろうとした。松陰がこれまでの努力を語りおえると、彼らは皆感激した。

松陰は翌朝、江戸にいる学友白井小助に金の扶助を頼む手紙を送った。小助は長州藩浦靭負《うらゆきえ》の陪臣であったが、嘉永六年（一八五三）江戸に出て、佐久間象山、斎藤新太郎（剣道家）、安積艮斎《あさかごんさい》らに学ぶ志士であった。

彼は松陰からの依頼をうけると、五尺八斗の禄をうける小身者であったが、宮部鼎蔵《ていぞう》らと力をあわせ、金をこしらえ小伝馬町の獄へ送った。

このため松陰は御客という座を与えられ、さらに若隠居、仮座《かりざ》隠居、二番役、添役と昇進し、思いがけない愉快な月日を送った。添役とは、牢名主の助役である。

獄中への送金には、白井、宮部のほかに、鳥山新三郎、土屋蕭海《しょうかい》、小田村伊之助、小倉健作、桜任蔵ら朋友たち、さらに相模沿岸防備に出張していた桂小五郎、来原《くりはら》良蔵、井上壮太郎も協力した。

同獄の囚人たちは松陰の学殖の深さを知って尊敬し、およそ半年にわたる獄中生活に不自由はなかった。

ただ書物のすくないのが、彼の悩みであった。

松陰は入獄中の安政元年（一八五四）九月二日、江戸の同志小倉健作に送った手紙にしるしている。

「獄中にわずかに文章軌範、詩経、孫子等があるのみです。獄中でかならずしも書を読むことは必要ではありませんが、死罪になるときまったわけではないので、たとえ獄中にあっても敵愾心《てきがいしん》を一日として忘れてはならない。

敵愾心を忘れなければ、一日も学問を怠ってはならないのです」

彼は小倉に十八史略、唐詩選、三体詩などの差入れを頼んでいる。

九月三日、江戸の土屋蕭海にあてた手紙に、金子重之助が百姓牢というきわめて悪条件の牢に押しこめられ、病気になりはなはだしく痩《や》せているので、気がかりであると記している。

松陰のいる東の揚屋と、象山のいる奥の揚屋をあわせた十六・五坪の広さで、そこに収監されているのは十一人である。

重之助のいる百姓牢は十四坪であるが、四十五人が収監されている。無宿牢が七坪半という狭隘《きょうあい》な獄舎に八十人という、おどろくべき多数が押しこめられているのにくらべればましであるが、獄中の法度がきびしく、苦労が多い。

「できることならば、僕とおなじ牢舎へ移してやりたい。ついては僕のいる牢の名主に相談すると、獄吏に賄賂五百疋《ひき》（一疋は二十五文）ほど支払えば、できるだろうというので、桂、来原ら浦賀の友人たちに相談してほしい。百姓牢にいるのは博徒、盗賊などが多く、そのような悪条件のところに金子を置くのは不愍《ふびん》であるので、なんとかご助力を乞う」

牢内で夏を過ごした松陰と重之助は、九月十八日に刑をいい渡された。二人は長州藩に引渡され、国元で謹慎することになった。

松陰の刑は、「父百合之助《ゆりのすけ》へ引渡し、在所において蟄居《ちっきょ》申しつく」という、予想よりもはるかに軽いものであった。

二人はただちに麻布藩邸に引渡され、九月二十三日に長州へ護送されることとなったが、藩邸の役人たちは幕府の気息をうかがい、松陰と重之助に酷薄な態度で接した。

重之助は小伝馬町の牢屋で久しく病み、下痢がつづいて腰が立たないほど衰弱していたので、出牢のときも駕籠でかつぎ出された。

袷《あわせ》の着物のうえに小布団に紐をつけてかさねている。着物も小布団も牢内で病臥《びようが》しているあいだに汗と垢《あか》にまみれ、裂けやぶれて目もあてられない有様であった。重之助は藩邸に着くと、たびたび着替えを願い出たが、藩吏たちは聞き流して相手にしない。また医薬師の診察をうけ、薬も与えられたしと懇願するが、とりあわない。

松陰は邸内の別の場所に拘禁されていたが、この様子が耳に入ったので、翌十九日早朝、藩吏に頼んだ。

「重之助を生かさんがために、医薬をほどこし治療を願う。私も彼も死を覚悟している。さいわいにして軽罪の恩典にあずかったが、余命を惜しむものではない。

しかしよく考えてみられよ。わが輩も重之助もともに長州藩の臣である。幕吏さえ今日までおろそかに取扱わなかったのに、帰邸したのちに、かえって粗略の待遇をうけるとは、君公の御意にかなうものであろうか。

幕府の獄内では、毎日本道《ほんどう》(内科)医一人、一日置きに外科医一人ずつかならずきて、診察をしてくれた。煎薬《せんやく》は日に三度、膏薬《こうやく》は日に一度かならずくれた。

しかるに藩邸に帰ってみると、医薬の治療はまったくしてくれない。幕府の牢屋で死なず、藩邸の牢屋で死ねば、藩の大恥ではないか。

重之助が病苦のあまり本心を失い、本藩の恩よりも幕府の恩を感じるようになれば、藩の士気を萎縮させることにもなる。死罪に処せられるのであれば、われらは何のわだかまりもなく死ぬが、医薬にこと欠いて死ぬのはなさけないかぎりだ。どうかただちにしかるべき医療を頼む」

松陰は囚人ではあるが、藩主に英才を認められた人物であるので、その頼みを聞き流すわけにはゆかない。藩吏はおそれいった様子で立ち去った。

だが午《うま》の刻（正午）になっても医者も薬もこなかった。松陰は昼食をすすめられても食べなかった。

「今朝くりかえし頼んだことを、まったくおこなってくれない。私は食事を口にしようとしても、重之助のことを思えば喉につかえてしまう。医薬がくるのを聞いてのちに食をとることにしよう。

医薬がこないうちに、私に食事をすすめないで下さい」

松陰は涙を流し憤《いきどお》った。

藩吏は当惑して、松陰の言葉を上司に伝えた。ようやく七つ（午後四時）過ぎになって医者がくるという知らせがとどいた。

松陰はおおいによろこび、藩吏のはからいを感謝した。藩吏は食事をすすめたが、松陰はことわった。

「朝から憤慨したので満腹です。昼食を抜き、夜食をいただきましょう。私のことを気にしないで下さい」

藩吏の松陰たちに接する態度は、その後も冷酷であった。

九月二十三日、松陰と重之助は小伝馬町の獄を出たときのまま、入浴も着替えもさせられず、垢面弊衣《こうめんへいい》の目もあてられぬ姿で唐丸駕籠に押し込まれ、屍体を捨てる黒門から、長州への旅に立たされた。

松陰と金子重之助を護送するのは、士分の者四人、足軽《あしがる》、中間《ちゅうげん》をあわせ、総勢二十一人であった。

乗物には網をかけ、鎖締めにして腰縄をかけ、情況によっては手鎖をつける、重罪人の扱いである。重之助は結核性の痢病で、旅中に死亡する懸念は充分にあった。

雨のなかを乗物に揺られ、下痢がとまらない重之助は、病状がきわめて悪くなった。九月二十七日、蒲原宿に着くと、護送主任は医師を呼び、診察させた。

医師林漁翁は、つぎの診察容態書を主任に渡した。
一、全身に湿瘡《しっそう》が出ており、腰から下にとくに腫物《はれもの》が多く、膿《う》み潰《つぶ》れている。
一、脈搏《みゃくはく》は微細で衰弱はなはだしく、食事は通常に摂取できるが、下痢が多い。
一、腹部が腫れあがっている。
一、発熱、悪寒をくりかえすのは、湿瘡が原因である。
護送役人は、かつて明倫館教授として兵学を講じ、藩主にその才を愛された松陰と、足軽の重之助の待遇を差別して当然と思っている。

九月二十九日、護送主任は藩邸への報告書に、つぎのようにしるした。

「重之助は下痢がはげしく、着用する衣類を用いられなくなったので、御仕着せの分を着用いたさせました」

松陰は重之助の乗物が、丸子《まりこ》宿御用達半左衛門の家にかつぎこまれたのを見た。松陰の乗物は丸子宿に立ち寄らず、先行した。その夜金谷宿に泊ったとき、松陰は重之助に会い、たずねた。

「着替えをさせてもらったのか」

重之助は怒声を発した。

「着物をはぎとられただけです。たとえ汚穢《おえ》にまみれていても、着ているほうがよかった」

「それは、どういうことだ」

重之助はいった。

「今日、半左衛門の家のうしろの田圃《たんぼ》へ輿《こし》を担ぎこみ、芝原のうえで私を引き出し、地面に敷いたむしろに坐《すわ》らせ着物をぬがせました。それをこまかく裂き、もっとも汚れたところは捨て、そのあまりを輿のなかに敷きました。私はこの通り、前の紐つきの小布団一枚を身にくくりつけたまま、輿に乗せられてきたのです」

重之助は、小布団のほかには褌《ふんどし》だけで身にまとうものはなかった。安政元年は七月が閏月《うるうづき》であったので、陰暦九月二十七日は陽暦に直せば十一月半ばである。裸体も同然の有様で街道を運ばれた重之助は、重病に衰え、垢《あか》と腫物に覆われた体を、寒風にさらされてきたのである。

松陰は激怒して護送主任に申し出た。

「重病に苦しむ者を、裸体で檻送《かんそう》するとは何たることか。藩邸より新調した袷《あわせ》を預かっておられるはずだ。ただちにそれを着せられよ」

護送主任は応じなかった。

「新調の衣類は、萩城下に入る際に着替えさせるためのものである。道中で着替えさせるのは無益のことだ」

松陰は単衣《ひとえ》のうえに絹の綿入れ上張《うわばり》を着ていたが、それをぬいで乗物監視役の中間に渡した。

「これを金子に着せよ」

中間は松陰の指示に従うべきか否かに迷い、うろたえる。

金子は松陰の厚情に、涙を流して感謝した。

「君の情は、何物よりも僕の心を温めてくれる。僕がたとえ凍死しても、その上張はうけとれない。護卒どもの心ないふるまいは、天意というよりほかはない。君が気遣《きづか》ってくれる必要はないのだ」

このような二人の応酬を聞いていた護送主任は、さすがに無視できなくなり、重之助に新調の袷を着せた。

護送の一行は、宿に着けば酒を飲み、鳥鍋、魚介などで腹をみたすが、松陰たちには入浴さえめったにさせなかった。

十月五日、熱田宮の渡しから海路桑名へ渡った一行は、日暮れまえ四日市に到着した。重之助の容態は、あいかわらずすぐれない。宿場の山田文庵という医師が、つぎのような容態書をしるし、薬をさしだした。

「まえに蒲原宿の医師が診察されたときと、病症はまったく変わっておりません。衰弱がはなはだしく、小便がとどこおること多いため、全身の浮腫《ふしゅ》が増しています。

にしるす。

診脈は微細です」

重之助は、十月七日、伏見宿で洋方医らしい医師吉田某の診察をうけた。容態書

「十月七日夕方診察しましたが、脈は微弱で、毒気は肺を侵襲《しんしゅう》しており、咳《せき》がたえまなく出て、日々衰弱してゆくようです。このような容態ではいつ急変するかも知れません」

医師は西洋のものらしい何種類かの薬を調剤してくれた。

松陰たちの帰国後の措置につき、幕府は松陰を父杉百合之助《ゆりのすけ》に預け、重之助を毛利家家来に預けるよう、命じていた。

だが藩庁は松陰を野山獄に借牢させ、重之助を岩倉獄に引き渡すよう護送主任に指示した。

野山獄は士分の者の入る上牢、岩倉獄は士分ではない者の入る下牢であった。

松陰の父百合之助は藩庁に願い出ていた。

「寅次郎（松陰）は体が弱く多病であるため、監督の任は怠ることなくおこなうので借牢せず、家に引きとらせて下さい」

だが願いは聞きいれられず、百合之助から松陰の身柄を牢に預けたいという借牢願いを出すよう、下命してきた。借牢であるため、入牢中の経費はすべて百合之助が負担する。

野山獄と岩倉獄は、狭い道路をへだてむかいあっている。重之助は世を去るまえに一度父母に逢いたいという思いを達するため、生きながらえて萩に帰り、願いを達してのち、翌安政二年（一八五五）一月十一日、獄中で亡くなった。二十五歳であった。

松陰は重之助の病死を知ると悲嘆にくれた。彼は重之助を下田踏海の行動に踏みきらせた自分を責めた。

──重之助は、俺に会わねばもっと長命できて、苦難をうけることもなかったのだ。純一無雑の前途有為の者を、むざと失ってしまったか──

松陰はせめて彼のために、毎日の食事のうちから汁、菜をはぶき、その料金をつみたて、重之助の遺族に贈り、墓前の石燈籠《いしどうろう》を建ててもらおうとした。

彼の積立金百疋（二百五十文）では、石の花筒しかできなかったが、それによってせめてもの追悼の意をあらわそうとした。

当時、野山獄は南北二棟で、十二房に分たれていた。一房は三畳で、松陰が入ったとき入獄していた士分の者は十一人であった。

このうち身持ちがよくないとして親戚から願い出て借牢させられた者が九人いた。藩庁が親戚に借牢を願い出させた、松陰と同様の事情の者が、このうちに四人いる。

藩庁の咎《とが》めをうけ入獄した者は二人にすぎない。その二人は恩赦によって出獄できる希望をもてるが、借牢の者には裁判をうけたことがないので、刑期がない。彼らは死ぬまで陽光を浴びることがないのである。

四人たちは、すべて松陰よりもはるかに年長であった。

もっとも年長者は、大深虎之允、七十六歳、在獄四十九年に及ぶ。他の在獄者は、つぎの通りである。

弘中勝之進、四十八歳、在獄十九年。岡田一廸、四十三歳、在獄十六年。井上喜左衛門、三十八歳、在獄九年。河野数馬、四十四歳、在獄九年。栗屋與七、年齢不明、在獄八年。吉村善作、四十九歳、在獄七年。志道文三郎、五十二歳、在獄六年。高須久子、在獄四年。富永弥兵衛、三十六歳、在獄四年。平川梅太郎、四十四歳、入獄三回通計三年。

これらの経歴を見ていると、囚人たちが武家としての日常生活から隔離され、前途になんの希望もない歳月を、よく過ごしてきたものだと思わざるをえない。精神に異常をきたさず生きてきたのは、衣食に窮して死ぬことはないという、家禄に支えられた安心があったためであろう。

彼らはただ生きているだけであった。前途にまったく光明を見出せない憂鬱《ゆううつ》のなかに沈みこみ、不平と懊悩《おうのう》とを重ねた末に荒廃していった彼らは、退屈きわまりない日々にしだいに慣れてゆく。

変化のない日常で、わずかに飲食を愉《たの》しむのみであった。十一人の囚人は、前年十月二十四日、突然入獄した二十五歳の松陰が、かつて明倫館兵学師範をつとめていた秀才で、盗賊改方百合之助の次男であり、下田踏海に失敗したことを知っておどろく。

私利私欲のために罪を犯したのではなく、国事に挺身する志士として国禁を犯したのである。囚人たちは松陰が、怠惰に日を過ごす檻中の獣のような彼らを軽蔑するだろうと思っていたが、新参者としてつとめねばならない獄中の雑事を、手早くかたづけるのを見て、すなおな性格であるのを知る。

やがて金子重之助が病死ののち、毎日の食物のうち、汁と菜をはぶき、二百五十文を貯め、墓前に花筒を捧げたのを知り、感動した。

囚人たちにとって一日の愉しみが食事にあったためである。獄中ではほかに何の愉楽も見つけだせない。松陰はその唯一の愉しみを自ら禁じ、亡友への献金をした。

松陰は野山獄にいて、常に恩師佐久間象山《しようざん》を忘れたことがなかった。江戸小伝馬町牢に在獄のあいだ、師弟は法廷で対面するのみで、言葉をまじえる機はなかった。ただたがいに唱和する詩によって感懐を伝えた。

象山はいう。

「語を寄す。吾が同門の士、栄辱《えいじよく》に因《よ》りて初心にそむくなかれ」

松陰は答えた。

「すでに死生を把《と》りて余事に附す。いずくんぞ栄辱に因りて初心にそむかんや」

象山は獄中にいるとき、松陰につぎの一首を与えた。

「かくとしも知らでや去年《こぞ》のこの頃は
君を空ゆく田鶴《たず》にたとえし」

松陰は江戸の牢を出て長州に移されるときの様子をしるしている。

「訣別《けつべつ》のとき、官吏が辺りにひしめきあっており、言葉を発することができなかったので、一礼して立ち去ったのみであった。

いまや三百里を隔てる地にあって、常に師を思い、じっとしていられないほどの敬慕の念に、心が騒ぎたってくる」

松陰は野山獄に入って間もない、安政元年十一月二日、二十一回猛士の別号を用いることにした。彼はその理由を、つぎのように記した。

「私は天保元年（一八三〇）に杉家に生れ、長じて吉田家を嗣《つ》いだ。安政元年に罪を得て下獄した。ある夜、夢に神があらわれ、一枚の名刺をくれた。それには二十一回猛士と書かれていた。

たちまちめざめ、考えてみる。杉の字には二十一の象《かたち》がある（木が十八、彡は三）。吉田の字も二十一回の象がある。（士と十で二十一、口と口で回とみる）

私の名は寅、寅は虎に属し、寅の徳は猛である。私は無力で体力も弱い。虎の威をもって師としなければ、どうして武士にふさわしい行動ができようか。私はこれまで三度、猛といえるほどの行いをした。

東北亡命によって罪を得、嘉永六年（一八五三）秋の上書で家中のそしりをうけ、いまは下田踏海によって獄に下った。こののちまだ猛を十八回実行せねばならず、その責めは重い。

今後、体力、気力ともに衰え、残りの猛を実行できないのではないかと危ぶんでいる。ゆえに天意をもって断行するのみである」

松陰は杉家一族の手厚い支持をうけていた。

父百合之助、兄梅太郎、叔父玉木文之進《ぶんのしん》は、藩の役職についていたが、松陰の事件のあと病気と称し出仕せず、謹慎していた。

彼らは松陰の行動によって多大の迷惑をこうむったが、それを不満としないのみか、ひそかに松陰を支持していたのである。

兄梅太郎は安政元年十一月五日、松陰への情愛のこもった手紙を送っている。

「二十一回猛士の説は、よろこぶべく愛すべし。志と気を養うにもっとも妙である。いまより十八回の猛をおこなえば、相手もたまるまい。しかしお前のこのような考え方は、幕府の判決がゆるやかであったのに、藩議によって下獄させられた原因になっている。

他言すれば、かならず罰せられるだろう。お前は司馬遷が獄中で『史記』を書きはじめたように、大著述をするよう期待する」

杉家では松陰のもとへさまざまのものを差し入れして、彼の獄中生活をできるだけ安楽にしようとはからう。

梅太郎はいったん休職していた郡奉行所加勢暫役に、復帰した。彼は弟の日常をこまかく気遣った。

「小瘡のようなものができたというが、病状をこまかくいってくれば、医薬をととのえよう。とにかく用心が肝要である。渋紙を送ったので布団の下に敷いておけ。湿気は身の毒である。

萩に着いてのち、風呂に入れてもらったのか。行灯《あんどん》はもらっているか、夜中の読書がなんとかできるほどか。辞書を入手したので送る。机がなくては読書、抄書などをするのに不便であろう。小さい机を送ってやろうと思うが、手狭な独房ではかえって不便になるだろうか。

昨日牢役人新右衛門にカンテラ一つ、唐筆一つ、墨を差し入れした。『六国史』は必要であれば瀬翁（瀬能吉次郎）が貸してくれる。漢史は久保清太郎が借りてくることになっている。髪は毎朝とかしているか。

鮒《ふな》の昆布巻を妹の寿から送る。梅干も送る」

梅太郎はこのようなこまかい気遣いをするうち、牢役人の福川犀之助《さいのすけ》と親しかったので、ときどき牢内に入れてもらい松陰と会うようになった。

やがて風雨寒暑にかかわらず、日に一度はかならずおとずれるようになる。このため家族、友人との連絡がとりやすくなった。

『野山獄読書記』によれば、松陰は入獄以来、年末までの二カ月余のあいだに『蒙求』、『延喜式』、『史徴』、『文選』、『唐詩選』、『資治通鑑』など百六冊を読んでいる。

彼が読書にもっとも力をいれたのは、歴史、時務論、兵書である。医書を読むのは、同囚の病人を治療するためであった。

安政元年末の兄梅太郎あての手紙に、歯痛について記している。

「立春（十二月十八日）頃から頭痛がして、頬《ほお》が熱く逆上している様子でしたが、やがて右の奥歯のうしろの歯茎が、飯を食うときに飯粒があたって痛く困っています。逆上の毒が一所に集まったのでしょう。

寒気が身内に籠もり、春になって害を生じるようになってはいけないと、用心のため清涼発汗剤の二、三服も飲めばよかろうと思っています」

松陰は梅太郎への手紙に、つぎのような表を記した。

「

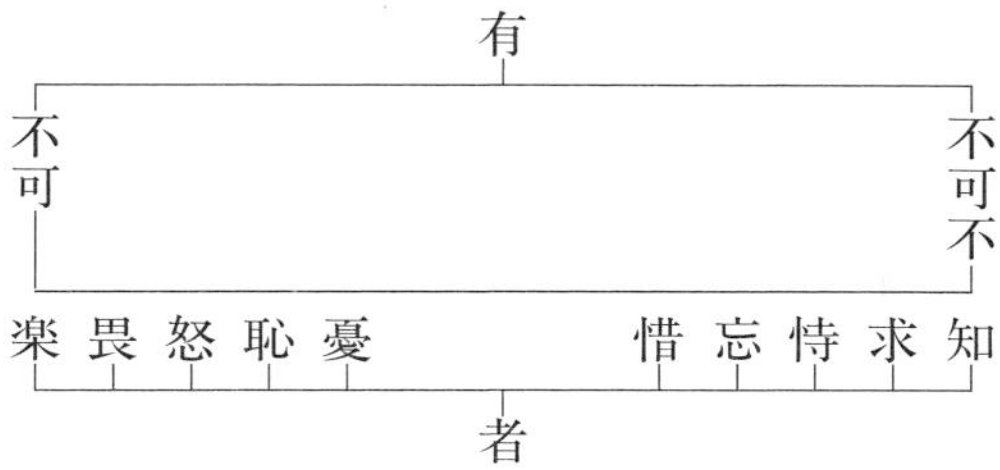

私が野山獄で一日端座して書物に読みふけるうち、恍々惚々《こうこうこつこつ》として睡っているのかめざめているのか分らないようになりました。

そのときたちまちこの文章が空中に浮かび、精神はもとに復しました。私は何のことであったのかと、はなはだ怪しみました。文章の記録を座右に置き、朝夕に眺めますが、ついにその意を解することができません。書物のなかの人物が私にいたずらをしかけたのでしょうか。

二十一回生誌」

松陰は安政二年正月、兄に学問についての議論を記した長文の手紙を書いている。その末尾に記す。

「正月早々から多忙多忙。『外史』も読まねばならず、詩も作りたし。信玄全集も借りたし。『遺言』（靖献遺言）も復読しかけた。『入蜀記』一読ははなはだおもしろい。

いま一読したいと思ったが、『中庸』もはじめのほう二、三枚を読みかけたままです。『大学』は一読、詩も吟咏したいし、それに加えて唐土の歴史が読みたい。

よろこぶべきは春の日永であります」

野山獄の囚人たちは、毎日何をするともなく日を送っていたが、松陰が入獄したのちは彼の行動に刺戟《しげき》されはじめた。松陰は新参囚としても獄中の雑用をつとめ、病人には医書をひもとき治療の方法を教える。年齢に似合わない何事にも気配りのゆきとどいた人物である。

そのうえ、彼はおびただしい書物を兄を通じて借用し、寸刻を惜しんで読み、要点を抄記する。囚人たちがひさびさに眼にした勤勉きわまりない活動家である。松陰は、海外の出来事など雲煙のかなたの幻のように思っていた彼らの鼻先に、欧米諸国が東洋に勢力を扶植《ふしょく》するため、蒸気船というものに乗って押しかけてきているという現状を、くわしく語って聞かせた。

囚人たちはまったく無縁であった外界から突然入ってきた松陰の語るところに心を揺さぶられた。

「あの男は、外国の軍艦におしかけられ、アメリカ、イギリス、ロシアなどという大国に、通商を強《し》いられて困りはてておる幕府の様子を知り抜いておる新知識ではないか」

「その通り、国を憂うる志士じゃ。こんないなかに置いておくには惜しい仁であろう」

囚人のうち、吉村善作は入獄以前、寺子屋の師匠をしていた。五明庵顕龍《けんりゅう》と号し、一家をなしていた。河野数馬も偏狭でこずるい性格であったが、相応の学問があり、吉村と同様に俳諧に巧みであった。

富永弥兵衛有隣《ゆうりん》は、趙子昂《ちょうすごう》を祖とする書風を学んだ人物で、漢詩に詳しい。

いくらかの教養のある彼らが、まず松陰が第一級の志士というべき人材であることを、おぼろげながら感づいた。

「幕府の相模、房総一帯の海辺を警固する台場の大筒の射程は、よく飛ぶものでせいぜい七、八町。弾丸は旧来の鉄丸じゃ。ところが欧米の軍艦の大砲は五、六十町も砲弾を飛ばし、落下すれば内に仕込んだ火薬で爆発する破裂弾じゃと。これは聞き捨てならん新知識の言葉じゃなあ。いろいろ教せてもろうたら、眼がさめたような心地になるぞ」

松陰は同囚の人々に問われるままに、獄中でこれまでの経歴を告げ、世界情勢のなかで日本が置かれている立場を、分りやすく語った。

松陰が年長の彼らに好学心をめざめさせる手腕は、もとより非凡であった。世界の大国である清国が阿片《あへん》戦争でイギリスに惨敗したのは、天保十三年（一八四二）であったと松陰が語ると、同囚の人々はおどろき騒《ざわ》めいた。

「清国水師提督林則徐《りんそくじょ》が、阿片の無法な売りこみをはかるイギリス船に清国沿岸から立ちのくよう命令したのは、天保十年（一八三九）の秋であった。

イギリス軍艦二隻は、清国の兵船二十九隻と、油をかけた薪を積み、燃えながら敵船に衝突し焼き払うための火船十三隻を相手に砲戦をしかけた。

清国兵船は四隻が爆発し、撃ち沈められ、他は四散した。そのあと、イギリスは広東を軍艦で砲撃させ、兵を上陸させ、占領した。

清国軍は数をたのみ、イギリス兵を追い払おうとしたが、火砲の力がちがうため負けては逃げるばかりであった。

天保十二年（一八四一）になると、イギリス軍艦が揚子江に入り、上海を乗っ取った。さらに七月には鎮江守備隊を全滅させ、北京への糧道を塞《ふさ》いでしもうた。八月には南京城を軍艦で砲撃する配備をととのえたのじゃ。強大な大清帝国は、わずかな数のイギリス艦隊の砲火のもとに、もろくも屈服し、上海、寧波《ニンポー》、福州、廈門《アモイ》、広東の五港を開港し、香港島をイギリスに割譲させられた」

囚人たちは茫然と聞いていた。

松陰は彼らの体内に、くさびを打ちこむように言葉をつづける。

「イギリスはまずインドを奪い、そこで阿片を栽培し、清国へ売りこんで、清国じゅうの銀を根こそぎ巻きあげようとしたのだ。上海は萩藩から近いところにある。そこまでイギリスの力が及んでいる。

アメリカはイギリスについで頭角をあらわしてきた大国だ。アメリカ、イギリス、ロシアがわが日本にまもなくやってくる。大清帝国でさえ、手も足も出なかった奴らだ。たいへんな国難がふりかかってくるだろう」

松陰は攘夷《じょうい》論者であったが、鎖国を唱えていなかった。

彼は兵学者として、嘉永六年（一八五三）初夏、アメリカ艦隊が江戸湾岸に碇泊《ていはく》したときは、武力をもって彼らを撃破すべきであると主張した。

その後、安政元年に神奈川条約が締結されたときは、主戦論を捨てていた。いまアメリカと戦っても敗北は避けられないと見たためである。

まず西欧文明をとりいれ、国力を養い、海陸の戦力を養わねば、日本の存立は危ういと見たためである。

松陰は同囚たちに語った。

「幕府のもと、諸侯があいともに天下の政事をはかり、国威をふるうためには、国力を強くし、国を富ませねばなりません。

いま、西欧に対する武備を口にする者は、西欧の恐るべき火砲の力を知りません。知っている者は、黙して語らないのです。

われわれのなすべきことは、経書を読み善政を敷く術を学び、兵書を読んで用兵の術を知ったうえで、歴史を学び、この双方を実現しうる手段を考えつくことです」

松陰の説明は、同囚たちに経書、兵書、史書への興味を誘いだすものであった。

囚人のあいだから、松陰の下田踏海失敗ののち、投ぜられた江戸小伝馬町牢屋の実状につき、話してほしいという声があがった。

松陰はこころよく応じた。

「毎朝六つ（午前六時）すぎ、半間《はんげん》（約九一センチ）の戸前《とまえ》（出入口）が開きます。

二寸五分（約七・五センチ）角の格子戸が外に開きます。

夜は外から錠をおろします。二重錠です。このときは御立会、鍵役《かぎやく》が、当番所まできます。当番という下役が、三、四人きて錠を開くのです。

朝は粥《かゆ》、ネバ、茶、煎湯《せんとう》二種をくれる。粥は願いものといい、すべての囚人にくれるのではありません。病人の員数をしらべ、願いによって給するのです」

ネバとは重湯のことである。これは飲み物にもなり、衣類を洗濯するのにも使われた。茶は揚屋《あがりや》にいる士分にのみ給され、他の獄舎には給されなかった。

同囚たちは、松陰の言葉に聞きいった。

火を点じる者

松陰は野山獄において、世間と隔絶された生活を送る囚人たちに、最新の国際状況を知らせるとともに、地理、歴史、兵学、儒学につき、手ほどきの講義をした。

そのかたわら、彼らから書道、俳諧を教わる。また読書にはげみ、その内容を抄記することをつづけた。

松陰は獄中で記した『幽囚録』に、つぎのように記している。

「西洋の法をとりいれた大城を築き、その城下に兵学校を置き、生徒を養成し、操練場を置いて銃砲、歩騎の戦術を習わせる。

外国語科を置き、オランダ、プロシア、イギリスなど諸国の書を購読させる。

オランダの学問は、これまでおおいに世上に普及してきたが、ロシア、アメリカ、イギリスの書については、いまだよく読める者がいない。いま諸外国の船がわが国に来て通商を求めている。

日本人が彼らの言葉を理解できないで、対等に交渉できるだろうか」

松陰は諸大名家から、一万石につき一人の才子をえらび、三年乃至《ないし》五年の留学をさせ、あらたな技術を身につけた者は抜擢《ばってき》しなければならないという。

海国における船艦は、獣に足があり、鳥に翼があるようなもので、必要欠くべからざるものである。西洋の軍艦は洋書によるもたやすくできるものではない。佐久間象山《しょうざん》のいうように海外の造船業者を雇うか、人を海外に派遣して軍艦を購入するのが当面の急務であると松陰は説く。

火輪船（蒸気船）がなければ、海外へ行動できない。東方のアメリカ、東北のカムチャツカを領有するロシアなど、日本が備えを固めねばならない相手はたくさんある。

ヨーロッパのポルトガル、スペイン、イギリス、フランス、ノルウェーなどは、これまで遠隔の地であったが、いまでは船艦で往来し得る便宜を得るようになった。

松陰の眼は、書物を通じ海外にまでゆきとどいている。いまは外国の侮《あなど》りをうけている国力のもっとも衰えた時代であるが、いつまでもそうではない。

「一盛一衰は国運のかならずあるところで、衰えきったところでまたさかんになる。乱れた世情が極まって、また治まるのは物の常である」

松陰は衰えた国力をかならず勃興させねばならないと、思い定めていた。

幕府の開港は、あきらかにアメリカ艦隊の武威に圧迫され、膝を屈したもので、神功皇后《じんぐうこうごう》以来、外国に対した自立の精神にもとるものである。

だが相手の長所をとり、彼らに対抗できるだけの国力を養ったのち、独自の外交方針をうちたてねばならないという。

松陰は野山獄で、イギリスと清国の阿片《あへん》戦争についての記録を詳しく読んだ。

彼はイギリスの清国への巧妙な侵略の手段、それによる中国人の窮乏、貧困に堪《た》えかね郷里を捨てる流民の激増する実情を記す清国人の著書を熟読し、キリスト教徒洪秀全《こうしゅうぜん》の太平天国の乱（一八五一〜六四）に至る経緯をまとめ、『清国咸豊乱記《しんこくかんぽうらんき》』を著述した。

松陰は東洋侵略に進出してきた欧米人の戦略を知るため、イギリスに屈した清国の事情をむさぼるように調べた。

彼は野山獄で同囚と問答した内容を、小冊子に記した。この冊子が余人の眼に触れたとき、誹謗《ひぼう》されることは覚悟しているといっている。

質問。「いま東方にアメリカがあり、西にロシアがある。その他各国の夷人がわが国をうかがっている。まもなく大戦乱がおこるのではないか。その時期はいつごろでしょうか」

答。「太平はまだ長く続くでしょう。悲しむべき事態ではあるが」

質問。「あなたは常に外夷《がいい》の侵入を国家の大難であるといわれている。しかるに、太平はまだ長く続くとはどういう意味でしょうか。太平が長く続くのであれば、何の悲しむことがあろうか。あなたは私にたわごとをいっているのか」

答。「いや、私はたわごとをいっているのではない。その理由を詳しく語ろう。およそ智勇兼備の者二人が対立すれば、かならず戦闘をおこすことは、古来の歴史を見ればはっきりと分ることである。

近年、アメリカ、ロシアの豺狼《さいろう》たちが、無礼をもってわが国にむかい、開港通商を要求してきている。わが国は国法をあきらかに示し、彼らの日本を侮り慢心した態度を改めさせるべきである。

いま幕府がわが国体をかえりみず、平身低頭し、彼らの意向に反することをおそれている。その愚《ぐ》、その怯《きょう》は極まった。

アメリカ、ロシアらは智勇にすぐれているわけではないが、わが国の愚怯の極みというべき要路者に比べると、猫や鼠《ねずみ》に対する豹《ひょう》や狼のようである。

　豹や狼が猫や鼠と闘うことはない。先年アメリカ、ロシアの軍艦が日本に来航したとき、そういう理によって戦争がおこらなかったのである。他の外夷が群れきたっても、戦争をおこすことがないと見るのは、このような理由によるためである。

　今年正月、志摩の鳥羽に外国船がきた。また長崎にもおなじく外国船がきて去らないようである。その真偽は知らないが、外夷が求め、幕府がひそかに覚悟して待つところは、たしかめないでも分っている。

　物事はもとより一をもって百を知り、往をもって来を知るべきである。見よ、今よりのち万国が群れ集い、何事を要求しても、わが国には天地を覆う本来の大徳があるので、決して戦ってはならない。

　豺狼が野心を秘めていても、接近してくるときは恭順で、わが国法にも従うものである。それよりしだいに民心を煽動《せんどう》し、国力の強弱を詳細にしらべたのち、その本来の野心をたくましくしてくるであろう。

　ただし、愚怯の幕府要路者は、外夷の恭順をよそおう真意を看破し、果断の策をおこなうようなことができるわけがない。

最近の天下の政事は、幕府にゆだねられているので、すべてにおいて外夷にしてやられることになる。

諸侯のうちに智勇の人があれば国運を託することができるが、いまそのような人はいない。人の智勇はもとより天意によってあらわれるもので、絶対にあらわれないとはいえないが、近頃の時勢では人材は地を払っている。幕府首脳は愚怯きわまりないというが、列藩家老のはなはだしい愚怯に比べれば、まだましである。規模がちがう。

列藩の家老たちの智慮の及ぶところは、わずかに封地のうちにとどまる。隣りあう藩の施政人材といえども、茫然としてまったく関心がない。彼らにとって日本の国政ははるかに遠く、外夷が遠方からやってくるなど、無縁の事柄である。

いま幕府は衰退してはいるが、天下の列藩の藩主、執政の賢愚、武備の強弱など、いちいち詳細に調査して、知りつくしている。

天下の人材はすべて江戸に集まり、幕府の人材もまた列藩の水準をはるかに超えている。ゆえに幕府が列藩の上に立って、天下の政治をとるにあたり、列藩当事者から一人も抗議批判する者が出ないのである。

私が天下に、ともに語るに足る人材がいないというのは、このためである。

天下の乱が国内におこるのは、まず諸侯が幕府に刃向かうときで、諸侯にその力がないときは、庶民のあいだから一揆《いっき》暴動がおこる。古来の歴史をふりかえれば、すべてその通りである。

列藩は愚怯であるというが、幕政に手抜かりはない。一物を掠奪《りゃくだつ》し一人を殺しても、犯人を取り逃がすことはない。まして、悪党を糾合して騒動をおこそうとするような者は、すみやかに撃滅してしまう。

私は去年江戸の獄にいて、大勢の関東の博徒《ばくと》と話しあった。彼らは皆、口々にいった。

『黒船がやってきてから、お上の取締りが急にきびしくなってきて、博打《ばくち》うちは大層苦しめられておりやす。旦那が牢屋に入れられちまったのも、そのためでござんすよ。

なにしろお目こぼしというものがなくなりやしたからねえ』

また、かねて民衆のあいだで放縦にふるまい、世間に害毒を流していた虚無僧《こむそう》の行動をおおいに抑圧するようになった。

このような施策によって、幕府が庶民の一揆を制する効果をあげていたことが分る。

百姓一揆は、長い年月にわたり虐政がつづいたためで、理由があって暴発するものである。風が吹き、火事がおこるようなものであるが、火災がおこるまでは火の気がどこにあるか、誰も知らない。

おこってしまえば、人家はすべて燃えあがり一掃されてしまう。実に恐るべきいきおいを発する。だがそのいきおいは長くはつづかない。兵士を動かせばたやすく討滅され、何ほどの困難もない。

ああ、太平がなお久しく続くのは、列藩の幕府に依存すること、嬰児《えいじ》が親の哺育《ほいく》をうけるようなもので、幕府の外夷を怖れるのは、猫、鼠の豺狼を見るようなものであるためだ。私が深く悲しむのはこの状態を知っているためである。

真に国を憂うる人は、多言しないでもすでに気づいていることである」

質問。「あなたの言葉のようであれば、天下は泰山の安きにあるように聞える。しからば、あなたは生あるかぎり無事であると思うか。また変乱の危険もあると思うか。もし変乱がおこるとすれば、何事によって生ずるのであるか」

答。「一治一乱は天道の常である。治は日常にすくなく、乱が日常に多いのは古来の例を見ても分ることである。

徳川幕府の治政によって、二百余年太平であったことさえ、これまで例のない盛事であるのに、こののちまた長く無事であるとは、誰があえて保証するであろうか。変乱をひきおこす発端はさまざまで、あらかじめいうことはむずかしい。

さて私が気遣うことをいおう。外国との交易がしだいにさかんになり、万国の船舶の帆柱が港口に林立し、外夷の居館、要塞が望むがままに築造され、彼らがわが人民と雑居すれば、わが国の政令はわが人民に及ぶが、外夷人には及ばない。

そのうちわが人民のうちにも政令に従わない者が出てきて、奸悪な密売、盗賊の掠奪などがあいついでおこる。

このときにおいて外夷が豺狼の野心をたくましくして、侵略の野望をあらわせば、国民の半ばは外夷の手先となるだろう。これは清国の例を見てもあきらかである。

また交易は、人民がすべて外夷が無用とする贅沢品を得て、奢侈《しゃし》淫逸《いんいつ》に流れ、わが国有用の財貨を失う結果となる。これを論ずる先賢の書は数多くある。

いま万国の商船が出入りするのを坐視《ざし》すれば、数年のうちに国家は疲弊し、人民は飢える。流民が蜂起して、これを煽動する奸雄があらわれ、外夷がこの騒動に乗ずることになる。これが私の気遣うところである」

質問。「あなたの説を聞き、現在の太平が悲しむべき結末に至ることが分る。実に外夷は皇国に大患をもたらすので、人民は深くその対策を考え、国に報いるべきである。

いま列藩にあって急いで着手すべきは、大砲を鋳造し、軍艦を建造することのほかに、何をなすべきか、いちいち教えて下さい」

答。「天下には機があり、務めがある。機を知らなければ務めを知ることができない。時務を知らない者は俊傑ではない。

いまはすでに天下の大機を失っている。砲を溶かして銭とし、弾丸を溶かして鋤《すき》とすべき時である。

天下の大機というのは、そもそも神功皇后が三韓を征し、阿倍比羅夫《あべのひらふ》が粛慎《みしはせ》を征服したことなどであるが、その後わが国威は萎縮した。弘安に至っては北条時宗、文禄に至っては豊臣秀吉がいた。

彼らは皇道をあきらかにして、国威を伸張した。神州の光輝というべきである。

近年に至って外夷の小物どもが、自ら死地に入ってきた。このときが一時の大機というべきであったが、いまは彼らの虚喝を恐れ、永久の和親をむすび、機を失ってしまった。

　いま務むべきことは民生を厚くして民心を正すことである。これを務めずに大砲、軍艦をととのえることを急いでも、軍備が成らないうちに、国は疲弊して民心に背かれることになる。

　この事については孟子がすでにいいつくしている。いまさらなにをかいわんや。軍艦については、その機関構造がまったく分らず、大金をついやして製造しても、役に立つか否かさえ分らない。

　数年後、アメリカ、ロシアなどから製造法が伝来するだろう。そののちに製造しても遅くはない。洋書をひもとき詳しく研究し、船匠に製造を試みさせるのはかまわないが、たやすく着手できるものではない」

　質問。「民心は本であり、器械は末である。本末緩急について疑うところはない。しかし砲を溶かして銭となし、弾丸を溶かして鋤とするというのは、極端に過ぎるのではないか。あなたは天下の太平をいうが、治にいて乱を忘れないのは古来の法である。砲なく弾丸なくしていったん不測の事がおこれば、あなたは何をもってこれに対するのか、ご教示下さい」

答。「私もかつて兵法を学びました。戦に勝利を得るため攻守の術を尽すのは、もとよりわきまえています。

私は深く利害をわきまえて、話している。洋夷と兵を交えるのは、十年先のことである。その理由は前述の通りだが、国内の乱については一日も備えを怠ってはならない。砲よりも艦よりも必要なのは、兵機をわきまえた士である。

わが国は久しく太平が続いている。戦闘の経験者など一人もいない。そのため、戦闘の進退はかならず遅鈍で、隊制はかならず乱雑になる。そのうえ重い銃砲を運ばねばならない。

ゆえに兵機を知る士に精鋭を撰《えら》ばせ、多くは五百から七百、少なくは五十から八十を一隊として編成し、風雨の烈しい闇夜に敵の不意、不備に乗じて急襲させると、かならず勝てる。

そののち敵の銃砲を奪う。かつて清国が明国の兵を撃破したとき、少人数で多数の敵を潰走《かいそう》させた。このとき清にはまだ火器がなく、明国にはあった。

清軍は野戦において、敵の兵器を奪い勝ったが、攻城戦では勝てず、明軍に城を攻められると、支えきれなかった。

清国が攻城戦で勝利を得るようになったのは、火砲を装備したのちである。

しかし、わが国内の戦いでは城を攻めず、領地を争う必要はない。取りやすい土地を取り、武備をきびしくして住民を厚遇してやると、戦闘がはじまれば住民はすべて味方につく。

堅城があれば、城外の諸村住民をなつかせるよう寛大な取扱いをして、城を孤立させるのである。大砲はまったく必要がない。

外夷に対しては、幕府がすでに和平を決めていて、わが藩だけが戦うことはない。夷船がわが藩の港に碇泊《ていはく》しても、武備をさかんとする必要はない。

ただ精鋭の兵を五人、十人、百人と港に近い村々に、農夫、漁夫と雑居させ、武備がないように見せかけ、夷人が上陸しても防禦しないでいる。

もしはなはだしく乱暴をはたらいたときは、捕えて牢に入れ、その旨を夷船に連絡し、詰責して夷将に詫び証文を書かせたのち、捕えた夷人を帰してやればよい。

夷将はわが方に武備がないのに、きわめて警戒がゆきとどいているのでおどろき、暴慢のふるまいをつつしむようになる。

戦わねばならなくなったときは、海岸の一村を守ることなく侵掠《しんりゃく》するに任せる。夷人はかならず上陸し、城館を築こうとする。そのときを狙い、夷船を襲撃すれば、労せずして夷船夷砲を奪い取ることができよう」

質問。「あなたの説はよく納得できる。しかし鋳砲、造艦をすれば、巨費を捻出するため君臣上下必死の倹約をするだろうが、この必要がないとすれば、藩内に奢侈の風潮がかならずおこるだろう。これをどうすればよいか」

答。「そのようなことはおこらない。私が策するところでは、武備の冗費をはぶき、人民の撫育《ぶいく》に用うればよい。西洋では貧院、病院、幼院、聾唖《ろうあ》院などを設け、民生に励んでいる。いわんやわが神国の宝である人民を、犬馬土芥《けんばどかい》のようにしてよいものであろうか。

また隣国の漂流民が上陸すれば、旅費を与え帰還させてやる。もしわが国を慕い、去ることを望まない者があれば、田畑を与え住まわせるための村落をひらけばよい。

藩内の田地がすくなく人民が生活に苦しむときは、塗師、大工、鍛冶などの職を与え、硝石、漆《うるし》、油、蠟紙、諸薬の製造をさせ、国用とし、余分は他国へ売り出すことを禁止しない。

このようにもっぱら民を利することにつとめれば、国力がさかんになる。このうえに道徳を教育すれば、民政の根本を養うことになる。

また国政の要は人材を得るにある。いまの政治をする者は、国内の賢材をさえ活用していない。天下の賢材を用いることなど、望むべくもない。

よろしく礼をつくして敬《うやま》い、賞を重くして高禄をもって天下の人を招聘《しょうへい》すれば、兵機を知る者、民政を知る者、古今を知る者などあらゆる人材が、皆わが藩の政治を輔佐してくれる。

その他、技巧、芸術にすぐれた人に至るまで、すべて藩用に役立つ者が集ってくる。このため武備の冗費をはぶき、士民の待遇を改善すれば、奢侈に走る余裕などはない」

質問。「あなたがいわゆる武備の冗費をはぶく対象は、どのようなものか。詳しく知りたい」

答。「鋳砲、軍艦の建造はすべておこなわず、武芸学校に籍を置く者に、官費を給することはすべて停止する。砲術射撃についても、費用を自弁する者には、訓練の許可を与える。

ただし槍剣馬術は奨励しなければならない。しかしこれも武士の表芸であれば、費用を支給する必要はない。砲術射撃についても同様である。

学校に勤務する役人の多くを整理し冗費をはぶき、旧制に復すべきである。それによってできた余裕は、天下有為の士を招聘し、有用の書の購入などの費《ついえ》にあてる。こうして文武の隆盛を待つのである。

家老以下、馬上で山野に鹿を猟し、軽舟を操って狂瀾怒濤《きょうらんどとう》を乗り切り、鯨漁をするのを楽しみとし、歌舞音曲の楽しみに替えさせればよい。

武器製造、武芸鍛錬の費用は、皆すべてはぶく。無用の費を一切とりのぞくのである」

質問。「あなたの策は、はなはだ奇抜である。これを列藩に実行させれば、その施政におおいに有用であろうが、天下は天下の天下である。国体の面目を失うは幕府の責任であるとして、かえりみないでいいのではないか。

もしともに外夷に対し国威をふるわんとするならば、武備をさかんにするほかはないではないか」

答。「あいともに天下の事を謀り、国威をふるわんと欲すればこそ、国力を強化するため、民を養うのである。いま、武備をさかんにしようとはかる者は、ともに語るに足りない愚者である。外夷とはまったく水準がちがうことを、知っている者は語らない。語る者は知らない。

経書（儒書）を読んで民を愛するの術を学び、兵書を読んで戦いの機をさとり、歴史を読んでこの二つの知識を実際に用いよ。

安政二年四月六日野山獄第一舎ニ於テ録ス

二十一回猛士稿」

野山獄の十余人の囚人に対し、松陰が語った国家経綸《けいりん》の内容は、世間とながらく隔絶された彼らを驚倒させると同様に、幕府閣老たちをも驚かせるに足る、警世の活眼をそなえていた。

ここに全文のあらましを意訳したのは、松陰の学殖の深さをはかるとともに、時世を見通す判断力の卓抜であった事実をたしかめるためである。

野山獄にいる松陰のもとへ、江戸はじめ諸藩の同志たちから頻々《ひんぴん》と時勢の変化について便りがきた。国元に謹慎している佐久間象山の近況についても、通報がとどいていた。

安政二年（一八五五）三月十五日付の鳥山新三郎が送った書信が、野山獄についた。

「旧冬ご帰国ののち、ご依頼のあった奥州の地図ならびに沿革図を送ったので、お受けとり下さい。

その後、兄はいかがお過ごしですか。きっとご国禁に縛られ、いまだにご幽居されておられるのでしょう。僕も本所から番町へ移転したのち、独座して濃霧のなかにいるようで、知人より世間の出来事をむさぼり聞いているのみです。

当時は兄ら同志と集まり同居していましたが、いまはそのようなことはとてもできません。佐久間翁については、薩藩から砲術稽古につき指導を得たいと幕府へ願い出たところ、許可されたようです。

貴兄も格別に幽閉されることもなかろうと思っています」

鳥山は、最近アメリカ船一隻がやってきて、フランスとイギリスが同盟し、クリミアでロシアを攻撃しており、近々日本海へ軍艦をさしむけるようだと、幕府役人に告げたことをしるしている。

さらに時局の変動について述べる。

「先月二十三日京都朝廷より、寺々の梵鐘を大砲小銃に鋳換《いか》えるよう命令がきました。三月五日には芝山内に御沙汰がとどき、寺々は悪口をつき、腹を抱え笑いたくなるような怒りようです。市中の檀家でも、先祖のために大金を出してこしらえた鐘を、取りあげられるとは無理なことであると、いろいろ反対しているようです。

また松前侯は江差湊と松前城下のみを残し、他の領地は残らず幕府に収公されました」

松陰は獄中にいて、厠《かわや》の掃除などをしたり、壁板の割れめから洩れる陽射しで日光浴をしつつ、江戸、相模にいる同志たちと頻繁《ひんぱん》に書信の往復をかさね、天下の形勢を把握していた。

当時、松陰の対外政策は日本六十六カ国が一団となって世界の外夷に対し、五大洲の陋名《ろうめい》を除き、天朝の佳名を内外に宣揚することで、内戦は絶対にしてはいけない。国力を減殺するのみであるとした。

松陰が野山獄に入って半年ほどのち、四人たちが毎日彼を中心に坐談会をひらくようになり、それがさらに読書会に発展していった。松陰は安政二年四月十二日夜から『孟子』を講じるようになり、六月十日にすべてを講じ終えた。

三日後の十三日から『孟子』の輪講会がはじまった。松陰の講義に刺戟された囚人たちが、さらに詳しく研究するため自発的におこなったものである。松陰はこの会によって孟子の語るところの真意に言及して、自らの人生観、国家観、経世の方法について語った。

その説明をまとめたものが、松陰がのこした最大の著述『講孟余話』となった。獄中で講じたのは、六月十三日の梁恵王上首章から、十一月二十四日の万章上首章までであった。会は六月に四回、七月に七回、八月九回、九月三回、十月は休んで十一月に十一回、計三十四回おこなわれた。

一日に二回おこなわれたこともあり、十一月には数日連続している。松陰は『孟子』輪講と同時に七月二十一日夜から毎夜講義をつづけ、八月二十四日に終えた。

絶望のなかで無為に日を過ごしていた囚人たちが、松陰の誘導によってこれほどの勉学をはじめたのは、おどろくべき教化力の影響をうけ、心に火を点じられたためであった。

杉家の日々

野山獄では、構内の役宅に住む司獄福川犀之助《さいのすけ》が、弟の高橋藤之進とともに松陰の教えを乞うようになった。安政二年（一八五五）七月のことである。

福川は司獄であるため松陰の室に入るのをはばかり、廊下に坐《すわ》り八家文《はっかぶん》、謝選拾遺《しゃせんしゅうい》などの講義を聴いた。

同囚の人々ははじめ各自の室で松陰の教えをうけ、のちには一室に集まることもあった。福川は司獄として罪を得ることになりかねない、獄内の夜間講習のための点灯、墨の支給など、さまざまな便宜をはかった。

八月になると、松陰は福川と相談して、南北両棟の室割りを変えることにした。学問を好まない井上、栗屋のいる南棟に、俳諧の師匠である吉村を北棟から移し、学問に興味を持たせるよう誘いかけさせた。

松陰は八月二十六日付の、兄杉梅太郎あての手紙に、「吉村は俳句、自分は文学、富永は書法を同囚に学ばせようと誘った。いままでは獄中でこのいずれかを学ばない人はいなくなり、熱心に努めています。

この調子で三年か五年を過ごせば、かならずおおいに成果をあげるであろうと存じます」と記している。

俳諧については『賞月雅草』『獄中俳諧』『冤魂慰草』など詩歌集を残した。

『賞月雅草』は八月十五日の夜、獄中で月見の宴を催したとき、漢詩、和歌、俳句、俳画などを囚人が思い思いに記したものを集めている。

松陰は本の口絵に、笹の一枚の上へ三個の茸を置いた墨絵を書き、つぎの俳句を記した。

名月に　香ハ珍らしき　木の子かな　松陰

獄中ではあるが、酒肴も出て、宴は夜が更けるまでにぎわったようである。

獄中の紅一点である女囚高須久子の詠じた俳句も、記載されている。彼女は長州藩萩城下に屋敷を持つ、三百三十石の大組《おおくみ》藩士の妻であったが、夫に先立たれた。

十三歳の長女には、おなじく大組三百三十石の児玉小太郎家から、十四歳の彦次郎を養子に迎えたが、彦次郎は幼いため実家から藩校明倫館に通学しているので、高須家は久子の実母、久子、娘二人である。下女、下男はいるが、女世帯といっていい。
久子は三味線が好きであった。爪弾《つまび》きにあわせて浄瑠璃《じょうるり》や京歌《きょううた》というはやり歌をうたう。
〽吉田なあ通れば二階から招く
しかも甕子《かめこ》のやんふり袖で
〽お釈迦さんでも恋路《こいじ》にゃ迷うたなあ
何のかのとて御門に立ちたるきまぐれ坊主のずんぼらの坊主も
国を出るときゃ赤い衣に七条の袈裟《けさ》かけ
などという、巷間《こうかん》の流行歌を歌うと気が浮きたつのである。彼女はやがてチョンガレ（浪花節《なにわぶし》）を口ずさむようになる。そのうちに勇吉、弥八という芸人を屋敷に呼び、台所、縁先で忍び弾きをさせ、歌を覚えた。しだいに親しくなると酒食を与え、夜が更けると泊らせることもあった。久子は彼らに心づけを与え、彼らはその返礼を持ってくる。
久子の親戚は、この行いが世間の評判になると、彼女が乱心したとして座敷牢に入れ、嘉永四年（一八五一）六月から十一月にかけ、藩庁の取調べがおこなわれた。

藩は久子が勇吉、弥八と密通したと糾弾したが、彼女は反発した。

「乱惰《らんだ》の所行と仰せられなば、お受けいたしましょうが、肌身をけがした覚えはありませぬ。芸人とつきあうのが、なにゆえ罪になるのでござりますか」

藩は先例にのっとり、嘉永六年（一八五三）二月、久子に野山獄入りを命じ、養子彦次郎は減石《げんごく》、家族、親戚は「逼塞《ひっそく》」「遠慮」を申しつけられた。勇吉、弥八も牢屋に入れられた。久子はこののち明治元年（一八六八）に釈放されるまで、十三年間にわたり入牢していた。

松陰はひとまわり年上の久子とたがいに心をひかれあってゆく。松陰の『詩文拾遺』に、あきらかに相聞歌《そうもんか》とわかる歌が記載されている。

野山獄の乱れていた風紀は、最年少囚の松陰の努力により一変した。彼より年上で、入獄するほどの経歴のある囚人たちは意地がつよく、何の命令をする権限もない松陰のいうがままに従ったのは、彼の人間性に感動したためであった。

囚人たちは不穏な時勢であり、一同申しあわせ、迷惑なふるまいをおこさないよう約束し、万一不祥事をおこせば、たがいに気をつけあうようにするまでになっていた。

松陰の天衣無縫の教化力が導きだした成果であった。松陰は安政二年十二月十五日、病気保養という名目で身柄を実家の杉氏へ引渡された。

藩庁の措置は、水戸藩邸小納戸役兼彰考館総裁豊田彦次郎の周旋によるものであった。豊田は当時江戸に遊学していた長州藩士赤川淡水《あわみ》に松陰の入牢を免じるよう運動すべきだとすすめた。

「幕府は本来、松陰を杉百合之助《ゆりのすけ》預けという寛典に処したはずだ。だが藩では野山獄に借牢をさせた。藩庁は幕府に遠慮をしたのであろうが、佐久間象山《しょうざん》が信州松代で蟄居《ちっきょ》を命ぜられているのにくらべ、あまりにも過酷ではないか。幕府の趣意の通り、有志の士を親元に返すべきではないのか」

赤川は豊田の意向を長州藩坪井九右衛門に伝え、坪井が奔走して松陰免獄の処置を実現させたのである。

高須久子は、松陰が野山獄を出るとき、つぎの一句を贈った。

鴨《かも》立って　あと淋しさの　夜明かな

この句には、松陰への深い恋情がはっきりとあらわれている。久子は鴫立《しぎ》ってと書きたかったが、それではあからさまに過ぎると思い、鴫としたのだと見る説がある。松陰の号が子義《しぎ》であったためである。

松陰は家に帰った翌々日のことを、その著書の『講孟余話』に記している。「私は十二月十五日、特別の恩恵によって野山獄から解放され、家に帰った。しかし禁令はすこぶるきびしく、庭に足を運ぶこともせず、親戚知己を呼び集めることもせず、座敷を掃除し、静居してひとり書に親しむことになった。父と兄は私が獄中で講孟箚記《さつき》を書きはじめたが、まだ書き終えていないのを惜しみ、かならずなしとげよとすすめられた。それで、孟子を講義することにし、母方の叔父久保翁も加わることになった。本月十七日夜からはじめる」

父、兄、叔父が松陰に講孟箚記を完成させるために孟子の講義を聴くのである。親族に多大の迷惑をかけた松陰に、このような思いがけない配慮が待っていた。この夜、万下篇首章から講義をはじめた。聴講する者は、父たちのほかにも何人かいたであろう。

松陰は十二月二十四日までに下篇の第八章から終章の講義を終えた。

彼は獄を出たあと、自分のために奔走してくれた人々に、礼状を出しているが、長州藩江戸方御用掛坪井九右衛門への書中に、つぎのように述べている。

「客臘《かくろう》（去年末）特恩を得て獄を出で、病を家に養う。莫大の徳、俯仰報ずる所を知らず。已《すで》にして議実に座下《ざか》より出でしことを審《つまびらか》にし、感激やまず」

ひさびさに実家に戻った松陰は、天界に暮らすようなしあわせに浸った。彼が入浴するとき、母瀧はかならず彼の背を流し、下田踏海以来労苦をかさねてきた、痩《や》せた体を撫《な》でさすった。

安政三年（一八五六）正月を家族とにぎやかに祝った松陰は、読書に明け暮れ、わが進むべき道を探り、著書の数をかさね、彼のもとに集まってくる門人たちの教育に力をついやした。

『野山獄読書記』によると安政三年のうちに読んだ本は五百五冊であった。

松陰が主に読んだのは、中国の史書である。宋元資治通鑑、漢書、後漢書、唐書、唐鑑、三国史、史記、春秋左氏伝、国語、擬明史列伝などの大冊で、それによって数種の著述をあらわし、抄録を書いた。

安政三年三月に書きあげた『宋元明鑑紀奉使抄』は、宋元資治通鑑、明朝記事本末を読んでの感想である。

中国で朝命により他国への使者になった者が、職責を全《まっと》うした例、失敗して恥をのこした例を列挙し、自分の判断を述べた書物である。

その頃、松陰の教えを乞うために、玉木文之進《ぶんのしん》の嫡子彦介十六歳、高須滝之允《たきのじよう》二十二歳、佐々木梅三郎十七歳の三人の若者が加わった。高須滝之允は、高須久子の縁者であったのかも知れない。

松陰の歴史研究は史学上の問題にかかわるのではなく、さまざまの史実を今後の政治活動の指針とするところにあった。彼は若い門人たちに語った。

「このさき、日本から外国に使節をつかわされることもおこるにちがいない。そういう任を帯びる者の訓戒として、この本をあらわしたのだ」

『叢棘随筆《そうきよく》』、『鴻鵠志《こうこくし》』では、中国史上の賢人、義士、英雄豪傑の遺事言行を抜粋し、感想を附した。

国内の歴史については日本外史、同外史補、日本政記、皇朝史略、国史略、古事記、古事記伝、中朝事実、外蕃通書、神皇正統記、川角太閤記、太平記など尨大な書籍を読破した。

松陰はこの頃、『外蕃通略』をあらわした。江戸時代の幕府外交関係文書を集めた『外蕃通書』を抄記して批判したものである。この著書の完成には約一年を要したが、江戸幕府の外交方針の欠陥をはばかることなく記したもので、序文には自分の覚悟を記している。

「征夷大将軍が外交文書に自らを国主というのは、国内では朝廷をないがしろにしたものである。外国に対する態度は卑屈に過ぎるものである。ともにわが国体に反するが、わが身をはじめ家族の危険をかえりみることなく、このような放言をあえてする」

松陰は非常な決断のもとにこの著書をあらわしたが、その反響は大きかった。写本としてひろく流布され、松陰没後の幕末には匿名《とくめい》の木版本《もくはん》がつくられていた。

松陰は社会の既成通念が、国民の真実の希求を阻害しているのをするどく追及し、そのためにわが身に危難がふりかかってくるのを顧慮しない。

松陰は水戸の会沢正志斎《せいしさい》の『新論』によって国体の観念について、考えをあらためるところがあった。彼は元来公武合体論者であったが、安政三年八月、宇都宮黙《もく》霖《りん》という安芸国賀茂郡広村出身の勤皇僧に会い、それまでの国体観を一変させた。

彼は「七則を読む」という論文のなかに、つぎのように記した。

「天朝の衰微を憂い、わが国に押し寄せる夷人どもを憎む者がいる。夷人を憎むことによって、天朝の今後を憂うる者がいる。

私は幼時から家学である山鹿《やまが》流兵学を修め、講義をするうち、夷人の到来は国のわざわいで憎まざるべからざることを知った。

そののち夷人どものよこしまなふるまいを考え、国家の衰える理由を知り、ついに天朝の深刻な憂悶《ゆうもん》は一朝一夕におこったのではないことを知った。

しかしそのどちらが本で、どちらが末かは分らなかったが、先頃八月のあいだに一人の友人に啓発され、はじめてはっきりと悟った。これまで天朝を憂えていたのは、夷人を憎んだためであった。

これは本末顛倒《ほんまつてんとう》した考えで、真に天朝を憂えていたのではなかったのだ」

会沢の『新論』では、まず国体を説きあかし、ついで世界状勢、国防、将来の大計を展開する。松陰は国難を乗りこえるために国体を説くのではなく、三千年の歴史の神髄を知ってのち国難にあたるべきであることを感得した。

八月に会った友人というのは、江戸で当代一流の儒学者と討論すれば、かならずこれを論破するという碩学《せきがく》黙霖であった。彼は耳が聞えず、松陰は彼と対面することなく、書面で討論した。

その内容を抜粋してみる。松陰はいう。

「僕は毛利家の臣である。ゆえに日夜毛利家に奉公することを練磨している。毛利家は天子の臣で、ゆえに日夜天子に奉公している。われらが国主に忠勤をはげむのは、天子に忠勤することになる」

黙霖はうそぶく。

「そんなことは分っている」

「僕は天下の士と交わるときは彼らと謀り、まず家老を諭し、幕府が六百年間国政を壟断《ろうだん》してきた罪と、忠勤によってこれを償うべきを知らせ、またわが主君にこれを知らせ、また主君同列の人々にことごとくこの義を知らせ、さらに幕府に前罪をあますところなく知らしめる。そのうえで天子に対し忠勤を遂げさせるのである」

「そんな志を抱いている者は、いくらでもいる」

黙霖は松陰の公武合体論を否定した。

「貴公は幕府に天子を尊崇させたいと思っているようだが、百年たっても幕府は悟ることなどないのだ。悟らないのはいまにはじまったことではない。

水戸家は代々天皇家を尊崇してきた。それですら将軍の賢明であるか愚かであるかを見定めたうえで諫言《かんげん》し、皇室を尊ばせたことはない。これは天下の人が知っていることだ。

数代の将軍のなかには、一人や二人や三人の賢者がいないはずがない。それを見分けて諫言することもなく、紙上に空論して皇室を貴ぶといっても、天地神明がどうしてこれを信じるか」

黙霖は松陰が幕府を自分の誠心で悔悟させるというが、それは藪蚊《やぶか》が山を負うというか、百年河清をまつというか、畚《もっこ》を持って山を移そうとするようなものであるといった。

黙霖は水戸藩を見ればよいという。尊皇の大義を唱える者どものよりどころである水戸藩に、藤田、会沢ら錚々《そうそう》たる学者がいるが、幕藩体制を破壊する勇気を持ちあわせている者はない。

結局は尊皇敬幕という曖昧《あいまい》な立場をとり、国体の本義を取りもどす気魄《きはく》を持っていないというのである。

黙霖は開国を強要してくる外国に屈した幕府と諸大名を痛烈に批判した。

「勅命を奉じない罪も知ってはいるが、恐れるところがあるのでやむをえず開港した。

それを妥当であると思った諸侯は、二十人以上ではなかったはずだ。藩をあげて外夷を征伐し、日本の武威を示したいと思う大名も六、七人はいただろう。だがやはり外夷は恐ろしい。恐ろしいのは一家を安全に保ちたいばかりであるためだ。

ゆえに闕下《けっか》に参じ、聖代に生れ国難に逢い天下万世のために坐視するに忍びず、臣ら願わくば命を奉じて外夷を征伐し、叡慮《えいりょ》を安んじ奉り、皇国の恥をすすぐに臣らが一死をもっていたさんと乞い奉れば、天下の士民の待望することいかばかりであったか。

この事情を知らぬ大名は一人もいない。しかるにそれができないのは、勇気がないためである」

黙霖の書状のうち、松陰が切りとって身辺から離さなかったつぎの一節がある。

「山陽、山陰、九州に諸侯が何人いるか。朝夕天朝を遥拝する国主が一人としているか。

江戸に参勤するとき、畿内を通過するに際して京都を拝する人がいるか。輿《こし》に坐り、馬に乗って禁裏を眼下に見て通り過ぎるような大名が、どうして勤皇の実をあげられようか。

侍臣の儒者たちも、そんなことをすすめない。むしろ主君に悪をすすめることが多い。たまたま明賢の主君がいても、儒者たちが時勢、時勢といって、何事にも手を出させまいとする。

そういう人は昔の天子の失徳を口をきわめてそしる。いまの史学家の論を見れば、みな禍を皇室に転嫁しようとしているではないか。

学問はどのようなことを教えたのか。

いま儒学者の数の多さは、前代未聞であるが、名分をみだすのは誰の仕業か。一人が乱せば皆があとを継いでゆくことになる」

松陰は「一誠兆人を感ぜしむ」ということは真実であるとの、黙霖の保証を得た。一人の誠意は国民のすべてを感応させるという言葉の通り、松陰はその後のみじかい人生を歩んでいった。

松陰は前年末から中断していた孟子の講義を父兄のすすめにより、安政三年三月二十一日に再開した。

「父兄親戚一堂に会して、復《ま》た旧業を継ぐ」と松陰はよろこんでいる。

「爰《ここ》に劄記を修め、歳月日を記し、千万年に伝う」という決意をも述べた。講義は同年六月十三日に終った。

そのあと、毎月二と七の日に『武教小学』の講義をはじめた。安政三年八月二十二日、松陰は自分の部屋と、それにつづく杉家の客間を教室に用いた。彼のとじこもっている幽室は、畳二枚を縦に敷いたきわめて狭い部屋であった。

松陰の日記にはつぎのように記されている。

「丙辰《ひのえたつ》（安政三年）八月二十二日の午後、武教全書を開講した。外叔《がいしゅく》久保（五郎左衛門）翁、家大兄（杉梅太郎）、佐々木兄弟（佐々木亀之助・同弥三郎）、高須瀧生（滝之允）、従弟毅甫（玉木彦介）がこれに会した。

大佐（佐々木兄）と瀧生は外史補を校讎《こうしゅう》した」

この日松崎武人《たけと》（赤根）は父の病を聞き、柱島に帰省した。夜玉木叔父が立ち寄った。

八月からのち、あらたに松陰の教えをうけるようになったのは、中谷正亮《しょうすけ》、山鹿某、倉橋直之助、増野徳民《ましのとくみん》、佐々木謙蔵、高橋藤之進、吉田栄太郎、岡部繁之助である。

中谷正亮は松陰より二歳年長の友人である。彼は少年の頃から藩校明倫館で秀才として知られ、嘉永四年（一八五一）藩主に従い江戸に出て、天下の情勢を観察し、松陰の朋友《ほうゆう》となった人物である。

彼はときどき松陰のもとを訪ね、徹夜で過激な議論を交すことがあった。高橋藤之進は野山獄の司獄福川犀之助の弟である。他の青年たちは、松陰が明倫館教授であった頃の兵学門下生であった。

ただ、増野徳民と吉田栄太郎は新規に入門した英才で、松陰はこの二人を迎えたとき、おおいによろこんだという。

増野は山代《やましろ》（玖珂《くが》郡）の医師の息子で、十月一日、杉家を訪ねてきた。吉田栄太郎は杉家の隣に住む足軽の子で、十三歳のとき、藩主参勤の行列に加えてもらい江戸に出た。その後も江戸にいった。時勢に関心の深い少年であった。

栄太郎は松陰の叔父久保五郎左衛門の塾に学んでいた頃、伊藤利助（のちの博文）とならび称された俊秀《しゅうしゅう》であった。彼は安政二年（一八五五）十月江戸大地震の際大活躍をして賞賜《しょうし》を与えられた。

のちに松陰の遺志を継ぎ、尊攘運動をおこなううち、元治元年夏、京都池田屋で諸藩有志と会合していたとき、新選組の急襲をうけ、加賀藩邸前で会津藩兵と戦い討死した。二十四歳であった。当時は吉田稔麿《としまろ》と名乗っていた。

増野と吉田は同年である。彼らよりも四歳年上の松浦亀太郎（松洞《しょうどう》）は長州藩士根来主馬《ねごろしゅめ》の陪臣で幼少の頃から画法を学んでいた。彼もまたのちに松陰の遺志を継ぎ、文久二年（一八六二）久坂玄瑞《くさかげんずい》らとともに上京し、藩老長井雅楽《うた》の開港論に反対し、暗殺しようとして果さず、いたずらに時の推移するのを憂い京都粟田山中で切腹した。二十六歳であった。彼の描いた松陰自賛の肖像は、師の面影をいまに残す唯一のものである。

松陰は、この三人の少年に増野無咎、吉田無逸、松浦無窮とそれぞれに無の字をつけた字《あざな》を命名した。彼らは「三無」と称された。松陰はこの三人を、他の門下生よりも重視していたようである。

安政三年九月、松陰は『松下村塾記』を記した。このとき、松下村塾といわれていたのは、杉家における松陰の幽居ではなかった。松陰の外叔久保五郎左衛門が、杉家東方およそ半町のところにある自宅にひらいていた私塾のことである。

松陰が藩の許可をうけて自ら松下村塾をひらいたのは、安政五年（一八五八）七月であった。

松陰は「僕近頃久保翁のために松下村塾記を作り、略《ほぼ》志す所を謂《い》う」と記した。久保塾には塾生が七、八十人いたが、教育の水準は低く、男女の児童を集め、寺子屋のような授業をしていた。

『松下村塾記』には、教育によって日本を興隆にみちびき、こののち松陰の志を継承し、衆人を奮起させる人物をつくりだしたいとの意が記されている。

松陰は黙霖と語りあったときに、胸に刻みつけた、一誠兆人を感ぜしむという言葉の通り、死ぬときはわが志を継ぐ者を現世に残してゆき、いつかは志を達成するまで自分が点じた炎を消してはならないと思っていた。

そのため、三無と呼ぶような俊秀を後継者として選んだのである。近所に住む吉田栄太郎がきて、「先生、学問をお教え下さい」といったとき、松陰はこころよく応じた。

「よくきた。いっしょに勉強するか。まずこの本を読んでみろ」

本をうけとり、一読した栄太郎は感想を述べた。

「私はこのようなことを学ぶために、きたのではありません」

松陰はおどろき、栄太郎の顔を見つめた。この少年は勉学の目的をたしかに胸中に蔵している。これこそ自分が求めていた弟子だと思い、胸をはずませ、「孟子」の一節をさしだした。

「この本を読んでみたまえ」

栄太郎が読んだのは、過誤を犯した君主のもとを離れ他国へゆき、高位についた賢者の話であった。

栄太郎はその本を読みおえ、松陰にたずねた。

「命を賭けて君主を諫《いさ》めようとしなかった者が、なにゆえ聖賢になれたのですか」

松陰はそのとき栄太郎が、わが没後もかならず後継者となる資質をそなえていると、見抜いたのである。

松陰の『松下村塾記』には、松陰の国士養成のための教育観がつぎのように率直に述べられている。

「松下村塾の記

長門の国は山陽の西の片隅にある。萩城は連山の陰《きた》を蔽《おお》い、渤海《ぼっかい》にむかう要衝の地である。

その地は海を背にし、山にむかい、地形すぐれず隠暗としており、吉見氏の廃墟で古来歴史上の要地となったことはない。

二百年前から毛利家の治所が置かれた。このため山海の産物が四方より集まり、厳然たる一都会となった。

城の東郊はすなわちわが松下（本）村である。松下村の南に大川が流れている。川の水源は数十里の山間にあって、人跡の届かぬところである。昔、平氏の落人《おちうど》が隠れ住んだ。

その東北に二山がある」

記述は郷土の歴史から説きはじめている。

国士養成

松陰は『松下村塾記』に、松本村は城の東方にあり、東は万物の奮発震動のきざしがある「震」の方位であると記す。萩城が今後天下の形勢に乗じ、国事にはたらくとき、その発端はかならず松本村からあらわれるといった。

「私は去年出獄をゆるされ、実家に住み、人に会うこともなく蟄居《ちっきょ》していたが、母方の叔父久保氏、父方の叔父玉木氏が一族の従兄弟を呼びあつめ、父、兄とともに学問を奨励してくれた。

わが一族の熱意は盛大であった。松下村塾ははじめ玉木氏のおこしたものであったが、官職についたのち、塾は長い間閉ざされていた。そののち久保氏が村の子弟に学問を教えるため、塾を再開した。

今度私に塾記を書くよう命ぜられたので、これを記すものである」

彼は塾においての勉学の目的を述べる。

「そもそも人のもっとも重んずるところは、君臣の義である。国がもっとも重大事とするのはわが国を中華とし、外国を夷として、内外を弁別することにある。

君臣の義をいうことなく六百余年を過ぎ、近時に至って外国との交際をはじめるときも、天朝をないがしろにしている。国政を担当している者は、平然として万事うまく運んでいるという。

神州の地に生まれ、皇室の恩をこうむりながら、内に君臣の義を忘れ、外に外交の指針を失えば、学の学たる所以《ゆえん》、人の人たる所以はどこにあるのか。

これは久保、玉木二先生の心を痛められるところで、私がこの記をつくらざるをえなかったのも、この点にある」

松陰は勉強する子弟のために、三等、六科を設けることにした。

「勉学にあたり進徳、専心する者は上等である。励精、修業する者は中等、怠惰《たいだ》、放縦《ほうじゆう》なる者は下等とする。学徒のすべてを上等たらしむれば、前途は広遠である」

松陰は『松下村塾記』を書いて間もない十一月二十日、相模の長州藩海防陣所にいた藩の儒官小田村伊之助に送った書状のなかに、彼が帰国して村塾の経営に尽力してくれるのを待ちわびていると記している。

「老兄も来春にはご交替されると聞き及び、よろこんでいます。できるだけ早く帰国され、松下村塾を振起して下されたいと待ち望んでいます。僕ひとりでは学内をまとめられるだろうかと不安に思っています。

僕は『松下村塾記』を書きましたが、志すところを実現するためには、老兄の帰りを待つばかりです。来春には清太も帰ります。それまでには富永有隣《ゆうりん》も野山獄から出ているでしょう。

そうなれば、振興の機会がいよいよ到来します」

小田村伊之助は、松陰の妹寿《ひさ》の婿で、のちの男爵楫取素彦《かとりもとひこ》である。清太は当時江戸勤番であった、久保五郎左衛門の子息清太郎である。

松陰は伊之助、清太郎、有隣の協力により、自分の理想とする教育方針を実行できる塾をつくりだしたいと念願していた。

小田村と交した書信のうちに、松陰はしるす。

「近日、例の婦人会の節、『武家女鑑《ぶけおんなかがみ》』を読み申し候」

杉家では親戚の婦人が集まる会を、ときどきひらいていた。

「武家女鑑」は津坂孝綽《つさかこうしやく》のまとめた、武将の良妻賢母の伝記であった。父百合之助《ゆりのすけ》と読んだ本は佐藤信淵《のぶひろ》の「経済要録」、山県大弐《やまがただいに》の「柳子新論」、藤田東湖《とうこ》の「弘道館記述義」など、兄梅太郎と読んだのは、宋の「名臣言行録」などである。

その年の冬、勤王の志士梅田源次郎（雲濱《うんぴん》）が萩をおとずれた。源次郎は若狭小浜藩士であった。儒者としての声名が高く、大津に湖南塾をひらき、さらに京都に移った。

彼は藩主酒井忠義《ただあき》に藩政、外夷防禦について進言をかさねたが、かえって責めをうけ、嘉永五年（一八五二）三十八歳のとき藩士の籍を除かれた。

いまでは梁川星巌《やながわせいがん》とともに在京の尊攘浪士の総帥として活躍していた。過激浪士の首魁《しゅかい》として幕府が行動を追及している梅田が、幽居している松陰をおとずれたのは、嘉永六年（一八五三）に松陰が梅田を訪問したことがあるので、その交誼《こうぎ》を覚えていたためである。

長州藩では梅田源次郎を厚遇した。

安政四年（一八五七）正月、松陰が小田村伊之助に送った書信に、梅田の消息が記されている。

「京都から梅田源次郎がきて、藩校明倫館へたびたび出向き、講義をした様子で、諸先生もおおいに感心したようである。まもなく帰京するということである。梅田は当家京都藩邸留守居宍戸九郎兵衛と懇親をふかめているようなので、あなたが萩へ帰る途中、京都へ立ち寄られたとき、梅田のことについては宍戸におたずねなさると分るでしょう」

　同日、江戸の久保清太郎に送った書信にも梅田について記した。

「去年の歳末、梅田源次郎が萩に来遊し、正月中頃まで逗留《とうりゅう》した。家中の士はすべて源次郎の説くところに心服したようである」

　梅田は大津、京都で儒学を講じたとき、学名は高かったが収入は乏しかった。

　妻信子は貧窮の生活を、つぎのように詠じた。

「樵《こ》りおりし　軒のつま木も　焚きはてて
　拾う木の葉の　つもる間ぞなき」

　嘉永六年（一八五三）米艦が浦賀に来航し、さらに露艦が大坂湾にあらわれると、諸国を遊説《ゆうぜい》して攘夷《じょうい》の方策を講じた。

「妻ハ病床ニ臥《ふ》シ児ハ飢ニ叫《な》ク」という有名な詩をつくった梅田は、常に幕吏に追われ、逃走しつつ早糞を垂れ、捕方の役人がそれを踏んで足を滑らせるという、奇癖があった。

彼は京都に結集している浪士たちの生活費を稼ぐため、諸藩の物資の売買を斡旋する貿易商のような仕事に成功し、金に困らないようになった。彼の門人は青蓮院宮の家臣伊丹蔵人、山田勘解由《かげゆ》など多士済々《たしせいせい》であった。

松陰は京都在住の勤王僧月性《げっしょう》にも、萩に遊説にきた雲濱の消息を知らせた。

「去年の暮れに梅田源次郎が、京都藩邸の坪井氏と相談のうえ、当地に遊説に参りました。城中での人気も高く、明倫館へも度々出かけたということです。

ただし明倫館で上人（月性）を罵《ののし》ったという風評があり、上人を排斥する人々のうちには、わが意を得たりとそれをいいふらす者があります。小人の讒言《ざんげん》はおそるべきものであります。小人ではなくても、尊攘の事業に関心のない人は志士の苦心を知りません。僕は梅田の苦心がたいへんなものであると推察しています」

松陰は尊攘激派の梅田と月性の関係が悪化するのを懸念して、この書信を送った。

だが、海防僧といわれた月性と梅田の間柄は、その後も密接であった。

月性は安政三年（一八五六）、京都本願寺法主広如上人に招かれ東山別院に寓居して、梁川星巌、頼三樹三郎《らいみきさぶろう》、梅田源次郎らと王政復古の策を計画していた。

安政四年（一八五七）には梅田にすすめられ、紀州へ出向いて海防が要諦であることを遊説した。その秋、母の病いを聞き、故郷の周防国玖珂郡妙円寺に帰り、母の死に遇い、翌五年四十二歳で病死した。

安政四年正月四日の夜、『孟子』公孫丑首章《こうそんちゅう》を講じた。聴講したのは佐々木謙蔵、同亀之助、岡部繁之助、玉木彦介、増野徳民《ましのとくみん》の五人であった。

その後、午前、午後、夜間に分けて松陰の教授を受ける者は十二、三人であった。毎日休みなく通学するのは前記の五人のほかに吉田栄太郎、国司《くにし》仙吉、佐々木梅三郎である。松下村塾で門弟の教育にあたる松陰のもとに、切迫した時代の足音が迫っていた。

安政四年三月二十五日付の、江戸にいる同志松田重助からの書信が松陰のもとに届いた。

松田は宮部鼎蔵《ていぞう》に山鹿《やまが》流兵法を学んだ熊本藩士である。十七歳で書吏、さらに護久公子附役となったが、嘉永六年、黒船浦賀来航に際し、江戸に出て攘夷運動に身を投じた。

彼は上京して宮部鼎蔵、熊本藩士永鳥三平、鳥山新三郎、佐久間象山《しょうざん》、藤田東湖、安島帯刀《あじまたてわき》らと交わり、活躍した。

安政二年、熊本、水戸、長州の三藩が手を握り、尊攘行動に出ようとしたが、熊本藩の藩論が一致せず、失敗した。彼はその後も幕府捕吏に狙われつつ、決死の活動をつづけていた。松陰への書信の行間には、緊迫した情況の気配がたちこめている。

「(前略)さて僕は安政二年江戸表を離れ、京坂の間に奔走していましたが、三年の冬に帰郷したところ、永鳥三平が厳罪をこうむり、言語道断の有様でした。僕も同罪なので夜中に禁錮の罪をうけている三平の家に忍びこみ、七日間毎夜密談をかわし、ただちに引き返して京都で潜伏していました。

そのうち火急の密用ができたので、今年の正月下旬京都を出て信州松代と上田に立ち寄り、先月中旬に江戸へ出てきました。

桂小五郎氏には、お目にかかり、いろいろとご教示にあずかりまことにありがたいことでした。佐久間象山師はお元気で、おたがいによろこびあいました。

他人との面会は厳禁となっているので、深夜ひそかに二度面談をさせていただきました。二度とも夜が明けるまで話しあい、先生の学問は博覧精密をきわめ、感服したしだいです。

だが議論が一致しないところがたくさんありました。そのひとつを申しあげますと、将来を予測する未来記に、夷賊が日本を呑みこんでしまうと書かれている。これはまことに感心すべき先見である。

彼らに呑みこまれ、服属するにちがいないと仰せられた。兄はどのようにお考えなさいますか。

僕はまったく不同意で、二晩空が白むまで議論をしました。（中略）僕の愚見をもってすれば当今のいきおいは一陽来復の時であります。早く不善きわまって一善生るのときを待ち、これまでたくわえてきた良薬をもって病根を洗い、清風をおこして雪霧を払い、青天白日下のよろこびをつくしてこそ、大丈夫の志というべきであります」

松田は梅田についても、意見を述べている。

「梅田源次郎は、一年ほども生活をともにしてほぼその人柄を観察しつくしました。彼はまことに恐るべき人物で、いまは遠ざかっています。兄にもお考えのところがあろうかと思いますが、お含みおき下さい。このことはお身内の人々にも決しておい洩《も》らしにならないようにして下さい」

松田は、梅田が警戒すべき人物であるというのは、味方を幕府に売りかねない危険な性格だと見たのであろうか。だが松田と梅田はともに尊攘運動に殉じた。

梅田源次郎は安政五年八月、水戸藩に降下した戊午《ぼご》の密勅《みっちょく》が、青蓮院宮に奉った彼の意見書を、朝議の参考にしてできたものであると幕府に洩れ、九月七日に烏丸の寓居で捕えられ、十二月に江戸へ檻送され、安政六年九月十四日に四十五歳で病死した。

松田重助は元治元年（一八六四）上京して宮部鼎蔵らと協力し、禁裏警固にあたっている会津藩兵を攻撃、潰滅《かいめつ》させようとして、池田屋の変に遭い、三十五歳で斬死を遂げた。

松陰が帰国を待ちわびていた久保清太郎は、三月二十九日に江戸から帰った。つづいて小田村伊之助が帰藩したが、明倫館助講を命じられたので、松陰に助力できなくなった。

それで野山獄に収監されている富永有隣の出獄を請願することになった。

松陰は門人久保清太郎の名で、富永弥兵衛（有隣）の出獄請願を藩庁にさしだした。

「弥兵衛は性来悪事を嫌い、聞きのがせないほど激しく狡猾《こうかつ》な人を罵《ののし》った。それを周囲の人々に嫌われ、獄につながれた。

彼は決して不忠不孝不義の人ではない。彼の読書力は卓抜で、作文はきわめて雄《ゆう》勁《けい》である。筆跡もすばらしい。

このまま野山獄で朽ちはてさせるには惜しい人材である。国家のためになる者に所を得させせよ」

有隣は斜視であばたの痕があり、おそろしげな顔つきであるが、音声は重く沈み、気性は温厚で、妻は気だてのいい女性である。松陰の門人たちは彼を気にいった。

増野、吉田、松浦の三無生と司獄福川氏、獄卒権介らがたがいに連絡をとりあい協力して、藩庁に嘆願した。奉行たちは有隣を哀れに思い、その才能を生かすため、彼の親戚に強い反対意見をとなえる者がいたが、七月三日に出獄の恩命を与えた。

有隣が獄を出るとき、獄吏囚徒の罵る声が四方におこったが、やがてそれは別離を惜しむ声に変った。

有隣は七月二十五日から、松下村塾での教育振興にあたることになった。このとき塾と呼んだのは松陰のとじこもる三畳半の幽室に隣りあう杉家の客間であった。

松陰は蟄居の身であるので有隣が表向きの塾師となり、久保清太郎が協力者として松下村塾が発足した。

塾生はこれまでの十数人に加え、久坂玄瑞《げんずい》、高杉晋作、尾《お》寺新之丞《でらしんのじょう》、僧許道、有吉熊次郎らの青年、吉田栄太郎が自宅で教えていた少年市之進、音三郎、溝三郎《こうざぶろう》。さらに中村理《り》三郎《さぶろう》、岸田多門、飯田吉次郎、土屋恭平の四人の幼童が加わった。

このうち、溝三郎というのは、松陰が名をつけてやった少年であった。

彼は古物商の子で、医者になりたいので勉強するのだといった。松陰はたずねた。

「なぜ医者になりたいのじゃ」

「商人《あきんど》はいつでも他人に頭をさげておらねばなりません。それよりお医者先生になって、人から頭をさげてもらいたいのです」

松陰は諭《さと》した。

「人に頭を下げないために医者になるというのは、あまり感心できない考えかただ。お前の家は古物をあきなっているのだから、古本もあるだろう。商いに精を出すかたわら勉強して、客に媚《こ》びへつらい、うまくたぶらかして金儲けをするようなことをしなければ、医者にならないでも他人から信頼される商人になれるのだ」

少年は考えをあらため、勉強に精をだす覚悟をきめたので、松陰は「孟子」のなかの言葉をひき、溝三郎と名づけてやった。

松陰は自ら率先して勉学に全力を傾けた。講義を終えたあとも読書、著述をつづけ、眠くなれば布団を敷かず、机にうつぶせになって仮眠をとる。めざめるとまた書物をひらいた。塾生たちもその姿を眼前にして、懸命に勉強した。村塾の柱には、つぎの言葉を彫った竹がかけられた。

「万巻の書を読むにあらざるよりは、いずくんぞ千秋の人たるを得ん。一己《いっこ》の労を軽んずるにあらざるよりは、いずくんぞ兆民の安きをいたすを得ん」

勉強をしなければ優れた人物になれない。いささかの苦労も嫌わないようでなければ、国家に奉仕する偉材にはなれない、という意である。

松陰は「煙管を折るの記」に、つぎのような出来事を記した。

「あるとき有隣と士風を論じた。

無咎（増野）、無逸（吉田）、市之進、溝三郎が座にいた。夜がふけて灯火が燃えのこっていた。

　話が岸田多門のことに及ぶと、私は憂いの色を隠せなかった。多門は幼少にして喫煙の習慣があった。一座の者が黙したまま時が流れた。やがて無逸が煙管をとって二つに折っていった。俺はいまから喫煙をやめようと。

　無咎、市之進、溝三郎が無逸の声に応じて煙管をとって折った。有隣がいった。お前たちが皆そんなに思いきるのなら、儂《わし》が折らないでいられようかと。彼はわが煙管を私にさしだして折らせた。

　私はいった。喫煙は飲食の余事ではあるが、慣れれば習慣になる。私は喫煙をはなはだしく嫌っている。しかし諸君は一時の気のたかぶりで、死ぬまで喫煙できない無聊《ぶりよう》に苦しむことになるかと心配であると。

　有隣と二無は奮然としていった。先生はわれわれのいうことをお疑いなされるか。いま岸田は市之進、溝三郎とおなじ十四歳である。公然として喫煙することは、長老先生と変りません。それがいまの世のならいです。

　私たちは岸田のために喫煙をやめたのではありません。先生はなお私たちの言うことをお疑いあるやと。

私は再拝し、罪を謝していった。諸君がほんとうにそう思うのであれば、松本村は正気のおこるところとなるだろう。私の憂いは消えると。私は筆をとって記した。丁巳九月三日夜、二十一回猛士謹記。

翌日の早朝、この文を岸田多門に読み聞かせた。私の言葉がまだ終らないうちに、岸田はうつぶして泣き、しばらくして涙を拭いた。岸田は一言も答えることなく、私もあえて彼を責めなかった。

数日後、岸田は煙管と喫煙の道具をすべて家に持ち帰り、その後は喫煙をしなかった。彼がその後、刻苦勉励する様子を見ると、以前よりはるかに力を傾注していた。

高杉春風（晋作）が私にいった。僕も十六歳のときから喫煙をしていた。年長者にとめられても従わず、三年が過ぎた。

だが、煙管と煙草入れを二度も道に落した。このとき感じるところがあって断然喫煙をやめた。これは小事ではあるが、思い返してみれば難事であった。諸君の苦労はよく分ると」

塾生はしだいにふえてきたので、秋になって杉家の庭にあった廃屋を修理して塾舎とすることにきめ、十一月五日に八畳一室をこしらえた。

冷泉雅二郎《れいぜいまさじろう》、岸田多門が塾舎に寄寓することになった。久保清太郎は寝食と風呂をつかうときのほかは、舎内に常にいた。新たに入塾した者のうち、品川弥二郎、馬島仙市、妻木寿之進《つまきひさのしん》、国司仙吉、飯田俊徳《としのり》の五人は、とりわけて秀才であった。

十二月になって、松陰の妹文が、門下の英才久坂玄瑞と結婚して、杉家に起居することになり、塾の基盤はいっそう固まった。


松下村塾では、塾生たちは松陰と膝をつきあわせて読書をおこない議論をする。松陰は人の長所を伸ばす教育者の感覚において、独自の鋭鋒を秘めている。

松陰は自分が師匠で、門人に学問を教えるという考えがなかった。師弟塾生との間柄は、師弟というよりもともに学に励む友人である。彼の教育は、方針も順序もなかった。自分の信じるところを塾生たちに語ってやまない。

塾生たちは松陰の型破りの、自らの信念を火のように語ってやまない教育方針を有無をいわさず、受け入れさせられた。なぜそうしたのか。塾生たちは松陰を信じていた。天下万民のために、いつでも命を投げだす覚悟をきめている男と、膝をつきあわせて語れば、怒濤《どとう》のような熱情の炎をわが身内に移されないではすまない。松陰は塾生たちの朋友《ほうゆう》であり、さらになお深く胸奥までつながる信頼感を抱きあう兄弟であった。彼はいう。

「学は書を読み歴史を考察するだけではない。天下の事態を明察し、四海の形勢をつまびらかにするところにある。これが真の目的である。

いま天下の事態、四海のいきおいは激動している。有識者が国家のためにはたらくときはいまである。かならず、まず一国を正しくして諸侯を正しくし、幕府を正しくして朝廷を正しくし、それによって四海を正しくする。まず己から発して他に施すのが学問である。

松陰は大言壮語を嫌ったが、物事の核心をとらえるまで、つきつめて考えてゆく。国家のためにとるべき方針を見定めれば、その方向へ突きすすみ、命をかえりみることはなかった。

松陰は「士規七則」に、つぎのようにしるした。

一、およそ生れて人となれば、人が禽獣《きんじゅう》とことなる点を知るべきである。人には五倫の道徳がある。そのうち君臣、父子がもっとも大なるものである。ゆえに、人の人たる所以《ゆえん》は、忠孝を本心とするものである。

一、およそ皇国に生れたならば、世界に尊い所以を知るべきである。皇朝は万世一統にして、わが国の武士は禄位を世襲し、人民は民を養い祖先の仕事を継ぎ、臣民は君に忠をつくし父の志を継ぐ。君臣一体、忠孝一致、ただわが国のみがその実をあげている。

一、士の道は義をもっとも大切とする。義は勇によっておこなわれ、勇は義によって長じる。

一、士の行いは質実で他人を欺《あざむ》かないことが肝要である。巧みに人をたばかり、過ちをごまかすのは恥辱である。公明正大でなければならない。

一、人は古今の歴史に通ぜず聖賢を師としなければ、ただのいなか者にすぎない。読書をして交友を尊ぶのは、君子の行いである。

一、徳をつみ、事を達成するには、師の恩、友の助力が大きくはたらく。ゆえに君子は交遊をつつしむ。

一、死而後已《ししてのちやむ》の四字は、言葉は簡単であるが、その意義は広大である。

松陰は畑仕事をしながら、塾生たちと問答をした。米をつきながら勉強をすることもあった。松陰と塾生が二人で米をつく台にのぼり、杵《きね》を踏みながら書を読み、問答をするのである。

松陰は『幽室文稿』に記している。

「松下村塾で礼法を簡単にし、規則を設けないのは、禽獣夷狄《いてき》のならわしを学ぶのではない。老荘竹林の昔を慕うのでもない。いまの世の礼法がすたれ、虚偽刻薄のふるまいのみおこなわれる世になって、誠実、質朴をもって、世状を矯正したいと思うのみである。

新塾がはじめて設けられたとき、塾生は皆労役に従い、たがいに手足、骨肉のようにはたらいた。増塾の工事はほとんど大工をわずらわさず、なし遂げた」

増塾は、安政五年（一八五八）三月、十畳半の建て増しをするため、萩の町で古い家屋を買いもとめ、松陰と塾生が協力して運んできて、屋根葺《ふ》き、壁塗りをおこない天井を張って、工事をしたことである。

松下村塾の塾生たちの学力は、萩城下で評判になっていた。十何歳の児童が振り仮名のない漢文を、楽々と読みこなす。

安政五年三月、藩校明倫館で漢籍素読の試験をうけた十五人の少年は、皆甲科に合格したので、家中の人士がおどろいたのである。

噂を聞き、入塾してくる者がふえてきた。藩内の須佐から荻野《おぎの》時行《ときゆき》という者が入塾した。須佐は藩老益田弾正の知行所で、郷校育英館が置かれていた。

荻野は松下村塾へ来て、おどろいた。松陰を慕う塾生たちが、勉学に立ち向かう意欲はすさまじい。

「須佐の育英館の連中は、ここの者たちとくらべりゃ、居眠りしながら勉強しよるようなものじゃ」

荻野は、村塾の塾生十三人と富永、久保を須佐に招いた。

皇天后土

萩城下の夏蜜柑《なつみかん》の実が熟する安政五年（一八五八）六月、藩主毛利敬親《たかちか》が江戸から帰ると、藩庁吏僚の任免をおおいにおこなった。

家老益田弾正をはじめ、前田孫右衛門、周布政之助《すふまさのすけ》ら改革派の要人が主流となり、重職についた。

彼らは松陰の意見を、積極的に藩政に生かすようになった。松下村塾の声名は日を追って高まり、入塾を希望する者があいつぎ、遠近の諸藩にもその噂がひろまるようになった。

幕府は諸国へ隠密を派遣し、常に各地の実状を探索させているので、藩では塾生が急増していた松下村塾を、私塾として放置しておけなくなった。

このため、山鹿《やまが》流兵学の高弟たちから藩に、松陰が家学教授をする許しを願い出させた。

安政五年七月十九日付で、山鹿流の高弟妻木弥次郎ら三人が、藩にさしだした松陰の家学教授の許可申請書は、つぎのようにきわめて慎重な内容で、幕府の咎《とが》めをうけないよう配慮している。

「杉百合之助《ゆりのすけ》の子息吉田寅次郎は、大公儀（幕府）のお咎めをうけ、蟄居《ちっきょ》をさせ、他人と面会させないでおります。

その後、私ども相弟子が申しあわせ、流儀がすたれないよう明倫館で講義をお許し下さるよう願い出て、ご許可をいただき、いままで続けてきました。

ところがしばしば疑問点が出て参ります。元来兵学の奥義は、先代より口伝《くでん》で伝えられるので、いちいち寅次郎に対面して質問しなければなりません。

ただいま寅次郎はお咎めをうけている最中で、申しあげにくいことではありますが、格別のお取りはからいによって、兵学の伝授をお許し下さるようお願い申しあげます。騒々《そうぞう》しいふるまいのないよういたしますので、後進を引き立て流儀を伝えるため、よろしくお取りはからい下さい」

藩庁は申請書を受けつけた日の翌日二十日付で、許可書を下付した。

松陰は江戸にいる久坂玄瑞《げんずい》に、書信で松下村塾の塾生のさかんな勉学の様子を知らせている。伊藤利助《りすけ》（のちの博文）は将来政治家になる才能をもっていると記している。

のちに松門の四天王と呼ばれる高杉、久坂、吉田栄太郎はこの前後は江戸、京都に在番していた。

八月一日、萩から二十里離れた周防戸田《へだ》の堅田家知行所の壮士二十六人が、用人河内内記に率いられ、松陰のもとへ練兵をうけるため到着、村塾で毎日操練をおこなった。

十八日には城外の大井浜へ全員が出張し、銃陣、短兵隊による攻撃の演習を実施した。松陰は実際の指導にあたったが、演習には出向かず、門人飯田正伯《しょうはく》が指揮をとった。演習に用いた「異変之節出張覚悟」という書状がある。つぎのような内容である。

「一、甲冑《かっちゅう》一領　重さ二貫六百匁《もんめ》

甲冑は身を守るために効用があるが、重量が問題である。私は甲冑を用いる必要の有無について考えがあるが、いまは旧制に従う。

一、胴服一枚　重さ三百匁。綿布製。

一、下着一枚。

一、陣笠一枚　重さ百四十七匁（雨笠兼用）。
一、蓑《みの》一枚。
一、腰兵粮《ひょうろう》　三度分　重さ三百七十匁。
一、布袋粮米二斗、銭、丸薬等　重さ八貫匁。
一、下帯、股引、脚絆《きゃはん》、草鞋《わらじ》、上帯、陣羽織、刀、脇差、差物など。
一、直槍一本。
これらの装備の全重量は十三貫を下らない。官制に定められた武装の二倍に近い重量である。

体の矮小《わいしょう》な者が、炎天下に険路をこのような武装で移動するのは、なしがたいことである。装備は十三貫の半量とすべきである。（下略）」

萩城下では戸田から遠路到来した堅田家の家士らが、大井浜で演習を実施したことで、切迫した時局に際し、国防を急ぐ声が高まってきた。

その年、幕府はアメリカ総領事ハリスからの強要により、日米通商条約を勅許を得たうえで締結するため、正月に老中堀田正睦《まさよし》を上京させたが、朝議は幕府の奉請を三月二十日、再度衆議のうえで言上せよと却下した。

だが、四月二十三日、辞任した堀田のあとをつぎ、彦根藩主井伊直弼《いいなおすけ》が大老に就任すると、迅速に事態の打開をはかった。直弼は就任二日後の二十五日、大広間席以上の格式をもつ大名を江戸城に総登城させ、日米条約を認めない勅旨を示したうえで、幕府は勅許がないままに日米仮条約を結ばざるをえないという方針を発表した。

ついで六月一日、後嗣のない病弱な将軍家定のあとを継ぐ第十四代将軍に、徳川斉昭《なりあき》の子で一橋家当主の慶喜《よしのぶ》と紀州藩主徳川慶福《よしとみ》のいずれを選ぶか、列藩のあいだで意見がまとまらなかったのを、慶福に内定し、諸大名に告示した。

衰えていた幕府の威権を一気に挽回する果断の措置はなおもつづいた。六月十九日、日米通商仮条約調印を終えたのち、その旨を報告する使者を朝廷に派遣せず、宿次《しゅくつぎ》奉書という、人馬をつぎかえ宿場から宿場へと送る形式で上奏した。

アメリカとの交渉をこのうえ延引できず、今後は諸国の沿岸警備を厳しくして叡《えい》慮《りょ》を安んじる決意をのべたが、徳川幕府創始以来、軍事行政についての権限が征夷大将軍の手中にあるという、本来の原則を朝廷に強調して見せたものであった。

さらに将軍継嗣の措置に反論するため、許可をうけず江戸城に登城した水戸斉昭らに、隠居謹慎の厳罰を科し、尊攘派の反撥に対する弾圧の態勢をととのえるに至った。

松陰はアメリカとの通商条約締結には、反対の態度をあきらかにしていた。彼はこのときすでに「狂夫之言《しん》」という意見書をあらわしていた。

彼は欧米諸国の清国、インドへの侵略の手段を詳細に研究していた。阿片《あへん》戦争、太平天国の乱に悩まされていた清国が、欧米の武力と貿易によりしだいに植民地化してゆく情況を手にとるように知っている。

インドは清国とちがって、西欧と通商条約を締結しなかったので、イギリスに武力で占領され、属国となってしまった。その理由の第一は、国内の諸侯が内戦をくりかえし、疲弊していたこと、第二に海軍が貧弱であったため、沿岸部を奪われ、第三に砲兵が未発達であったので、陸戦にも敗北したこととしている。

日本はインドの場合よりも、清国に対してとった方式で、国体を崩壊させられてゆくと、松陰は予想していた。

「狂夫之言」には、彼の危惧するところが記されている。彼はアメリカがもっとも警戒すべき相手であると見ていた。

アメリカは日本を脅迫、威圧せず、親善をもっぱらとして接近してくるので、扱いにくい相手である。

日本に浮浪者が多いのを見れば、彼らを収容する貧院をつくる。捨て子が多いと見れば孤児院をつくる。病気になっても治療をうけられない貧民は、施療院《せりょういん》をつくって看護してやる。

そうすれば、人心はおのずからアメリカに親しむ。そのうえでひたすら西洋の科学技術を欲している、利を知って義を知らず、書を知って道を知らない知識階級を雇《やと》い、わが手先として用いる。

いま将軍継嗣の問題で国論が分裂し、騒然となっているが、もしアメリカがこの問題にかかわってきて、応援した人を将軍の座につければ、契丹《きったん》の援助をうけ第五代晋帝となった石敬瑭《せきけいとう》が、幽薊《ゆうけい》十六州の地を契丹に与えたような結果となりかねない。

江戸への参勤交代で、毎年莫大《ばくだい》な出費を幕府に強いられている大名たちは、陸路よりも便利で出費のすくない海路の旅をアメリカにすすめられると、よろこんで応じるだろう。

大名たちがアメリカから蒸気船を長期年賦で買い、その担保として一郡一島をさしだすようなことになれば、しだいに彼の勢力が国内にはびこって、いつのまにかアメリカの属国になってしまう。

このような松陰の意見は、ヨーロッパの産業革命によって、世界の後進国となりさがっていた日本にとっては、切実な内容をもっていた。

松陰の示す今後の方策は、先年の和親条約を守り、国力をすみやかに養いつつ、海運をおこし、貿易の実力がそなわったうえで対等の条約を結ぶべきであるというにあった。

安政五年二月、久坂玄瑞は直接政治活動をおこなうため、江戸へむかい出発した。彼はしばらく京都にとどまり、梁川星巌《やながわせいがん》、梅田雲濱《うんぴん》、頼三樹三郎《らいみきさぶろう》と交流し、大原重徳《しげとみ》ら尊攘派の公卿たちと会い、今後の計画を練った。

松陰は江戸へむかっている久坂玄瑞に、二月二十八日付で送った書信のうちに、諸国志士との連絡について指示を与えているが、ほかにも興味をひかれるくだりがある。

「アメリカ人を斬ろうとした三人の義士は、いまなお獄中に健在であろうか。いるならばいささか連絡をしておきたいことがある。伝馬町獄を取締る石出帯刀のところへゆけば、その手続を教えてくれるだろう。

また牢屋同心に田村金太郎という人物がいる。この人は鍵役《かぎやく》である。鍵役は五、六人いるが、金太郎に様子を問うのがよい。ほかに源左衛門という、駕籠《かご》かきの棒《ぼう》頭《がしら》がいる。

彼は獄中の志士たちが取調べのため白洲へ出るときに乗せられる駕籠を担ぐ頭領であるが、これがもっとも度胸のある奇男子で、彼に問えば獄中のことは何でも教えてくれる。

また、ツルと称し獄中で用いる金子《きんす》を彼に託し、書状を牢内に送るのもよい。牢屋同心のうち、当番の者のなかから出獄を頼むのに好箇の人物がいるので、これも源左衛門に問うがよい」

松陰はさきに伝馬町揚屋《あがりや》に拘禁されていたとき、牢内役人のうちに心の通じあう者をつくっていたのである。

また松下村塾の現状もあわせて語る。

「先日より月性《げっしょう》法話につき、塾中の授業を休み、塾生約三十人ほどを皆聴講に出向かせた。昨日法話が終り、今日から詩経会がはじまった。

山根という生徒がきた。なかなか気魄《きはく》がありかわいい少年である。松下村塾増築について、この頃土砂運搬は皆塾生の児童で、雇い人足は一人もいない。おおいに愉快で、いいつくせないほどである」

松陰は入塾してくる門人に、師として教育するよりも、朋友《ほうゆう》、同志として勉学をはげまそうとした。

彼は岡田耕作という十歳の少年が、正月二日に授業をうけにきたのをよろこび、孟子、公孫丑《こうそんちゆう》下篇を講義したのち、耕作に告げた。

「村塾の第一義は、時勢にうといいなかの風習を一洗し、戦場にいるような心構えをするところにある。ところが新年になれば、士気は眼に見えてゆるんでしまう。

正月三カ日のうちに、来塾して年頭の挨拶をする者はいるが、学業を請う者はいなかった。いま、アメリカの使者は江戸に入り、尊攘を唱える義士は獄に下り、天下の大変動の機は迫っている。

新年の祝儀などしているときではない。松下村塾の士がすべてこのように気を弛《ゆる》めていては、なにをもって天下に唱えられよう。耕作がきたのは、たまたま群童の魁《さきがけ》をしたのである。群童の魁となることは、天下に魁となるための最初の行動である。

お前はまだ十歳である。こののち自ら激励して学ぶならば、その前途はどのようになるか知れないのだ」

松陰は岡田耕作を幼童と見ることなく、同志として語りかけている。

十五、六歳の少年であった品川弥二郎にも、つぎの書状を与えた。

「弥二の才能は得がたいものである。年はおさなく学問はまだ初歩ではあるが、私は年長の識者を待つように期待しているのだ。どうして長いあいだ姿をあらわさないのか。

時勢は切迫している。心中になにかためらうものがあるのか。それとも自分の考えがあり、私の論に従えない理由があるのか。

つまらない遊戯に時を過し、学業を荒失させるようなことは、弥二の才にしてなすべきことではない。

自分の意見があれば、こなくてよい。意見がなければ、村塾へくるがいい。三日を過ぎてこないときは、弥二は私の友ではない。去る者は追わない。私の志はすでに決している」

年長の師に、友人として語りかけられた弥二郎が、奮起して村塾に駆けつけざるをえなかったのは当然である。

松陰は門人から死生観を聞かれると、ただちに答えた。

「死生の悟りがひらけぬというのは、まことに愚かの至りである。くわしくいってやろう。十七、八の死が惜しければ、三十の死も惜しかろう。八十、九十、百の齢《よわい》をかさねてもこれで足《た》りたということはない。

草虫、水虫は半年の命であるが、これが短いというものでもない。松柏は数百年の齢をかさねるが、これが長いわけでもない。

天地の悠久とくらべるならば、松柏の寿命も、わずかの間生きる蠅《はえ》のそれと異ならない。

ただ伯夷《はくい》などのような人は、周から漢、唐、宋、明を経て、清に至ってもその名はいまだ滅していない。もし当時太公望《たいこうぼう》の恩に感じて西山に餓死しなかったならば百まで生きても短命であったといえよう。

浦島太郎、武内宿禰《たけのうちすくね》もいまは死人である。人間わずか五十年、人世七十古来稀《まれ》。

なにか腹の癒《い》えるようなことをやって死なねば成仏はできない。

私は今より、当世派の尊攘家へ一言も応答はしないが、古人に対してすこしも恥ずかしいことはない。君たちがもし肝っ玉があれば古人に恥じるだろう。

いまの人はうるさい。この世にいて何を楽しむか。凡夫は浅ましく恥を知らない。『孔子いわく、志士仁人は身を殺して仁をなすあり』、『孟子いわく、生をすてて義を取る者なり』などいって、見台を叩いて大声に喚《わめ》く儒《じゅ》もいる。そのうるささを知らずに一生を送る者もいる。君たちもその仲間である」

藩主は帰城すると翌日ただちに家老益田弾正を召し出し、留守中の政務について聞いた。益田は家中諸生の意見書を提出し、藩主が江戸に参勤しているあいだの萩の事情を報告した。藩主敬親は家士の意見書を見るうち、匿名の論策があるのを眼にとめ、それが松陰の書いたものではないかと益田にたずねた。

三篇の意見書は、松陰が上呈した「狂夫之言」・「愚論」・「私擬対策」であった。いずれもアメリカの圧迫に対する国策と、それにともなって進めねばならない藩政改革を要望する内容で、藩主はそれらを一読すると、実家に蟄居する松陰をあわれみ、益田に命じた。

「寅次郎はこのうえ幽囚をつづけておれば、ほんとうに気が狂うかも知れない。彼の意見をとりいれ、その気を鼓舞し慰めてやり、いわんとするところをことごとくうけいれてやれ。

いうところに時局を誤認し、当を失するところがあっても、採択の可否はそのほうどもが決めればよい。さっそく寅次郎の意見書をうけいれてやれ」

敬親の意向は益田弾正から周布政之助に知らされ、周布は松陰の兄と門下の久保清太郎に伝え、松陰の耳に届いた。

松陰は安政五年六月十九日付の宛先不明の書状に、その喜悦の思いをうちあけている。

「言路一条はおおいにひらけた。囚奴（松陰）の言うところも、直接に君公に達するようになった。しかも家老より上達するとは前代未聞のことである。

ついては遊学の諸君、御建策、風説などを着実に書状でお送り下されば、直接に君公へそれを上達する道があります」

文意から推測して、宛先は京都、江戸で政治活動をおこなっている同志、塾生であろう。藩の政務は、敬親帰国ののち、守旧派に替って進歩派がとることになっていた。

益田弾正、浦靭負《うらゆきえ》両家老のもと、要職についた内藤万里助、前田弥右衛門、周布政之助らが、松陰の献策をうけいれるようになったので、家中の風向きが急に変ってきた。

七月二十七日、京都にいる久坂玄瑞に松陰はつぎの書信を送っている。

「しきりに堀田（備中守・幕府老中）、水野（土佐守・紀州藩家老）を斬ろう斬ろうという人がいるが、僕が思うには積善の家には余慶あり。昔東照宮（家康）が三成《みつなり》を助けられた余慶に、いまも堀田・水野を斬る人がないのであろう。笑うべきである。

天網恢々疎《てんもうかいかいそ》にして漏《も》らさずとはこのことをいうのであろうか。

本藩の事情は、日々改革にむかい、実に私は感激して涙縦横の有様である。日々御前会議がおこなわれ、殿様の威徳が長州全土に満ちあふれるとまではゆかぬが、萩城下には十分に洋溢《よういつ》している。

来月四日に尾寺新之丞《しんのじょう》が出国するので、彼に会ってゆるゆると国元の様子を聞かれたい。尾寺が江戸にゆくことを、入江杉蔵（九一）に伝えればさぞよろこぶことだろう。京都に伊藤伝之輔、杉山松介、岡仙吉、伊藤利助、惣楽悦二郎、山県小輔（のちの有朋）ら六人が遊学を許された。皆、不平を抱いていたが、思いがけない栄えある選抜をうけ、生きかえったような有様である。

時山直八も上京することになったが、これは短期の滞在である。入江杉蔵、吉田栄太郎は、直八に会えばおおいによろこぶだろう。暢夫《ちょうふ》（高杉晋作）もそのうちに到着するだろう。よろしく伝えて下さい。福原清介も上京、山田亦助も召し出された」

明倫館派と呼ばれる守旧派に対して、松下村塾を主宰していた松陰の建白が藩に採用されるようになり、門下の人々が江戸、京都に数多く出て政治活動をおこなう。

藩では洋式軍艦一隻の建造にとりかかることになった。

久坂への書信は、なお藩中の現状を伝える。

「尾寺のほか、剣槍の達者な藩士九人が江戸勤番となった。長崎へも十人ほどが派遣された。これはオランダ人に伝習を受けるためである。来原《くりはら》良蔵は気魄さかんで、事は精密におこなう。

松島（剛蔵）、小田村（伊之助）も至極元気で活動している。家老一統も憤発しているが、なかでも伊勢殿（毛利伊勢）、益殿（益田弾正）、福殿（福原越後）がもっとも君意に先立っておはたらきである。

このような家中上下の言路洞開《げんろどうかい》は、まことに二百年来の奇事である」

松陰は五月から六月にかけ、「対策一道」・「愚論」・「続愚論」の国策意見書を京都の梁川星巌に贈ったところ、星巌は公卿に託しこの三篇を天皇の台覧に供した。

このことを知った松陰は、父、叔父に歓喜の情を伝えた。

「一介の草莽《そうもう》、区々の姓名、聖天子の垂知を蒙る。何の栄か之に加えん。児何ぞ死することのおそきや」

七月十三日、松陰は大老井伊直弼の違勅事件につき、「大義を議す」という意見書を藩主に上呈した。

「アメリカの謀《たくら》みは、かならず日本の患となります。アメリカ総領事の言葉は神州の恥辱であることがあきらかです。そのため天子は宸怒《しんど》なされ、勅を下されアメリカと絶交を命ぜられました。

幕府は勅を奉戴して外交交渉を進めるべきであるのに、そうはせず、傲然と自らの判断によりアメリカにへつらい、天下の至計であるとしました。

国患を思わず、国辱をかえりみず、天勅を奉じないことは、征夷大将軍の罪、天地に容れられないもので、神も人も皆憤るところであります。

これを大義に準じて討滅誅戮《とうめつちゆうりく》して然《しか》るのち可なり。すこしも宥《ゆる》すべからざるものであります（下略）」

このとき松陰ははじめて、違勅をあえてした幕府を討伐せねばならないとの意見を明らかにした。


時勢は急速に変動していた。

朝廷は幕府の違勅による開港条約締結の罪をなじるため、大老または徳川三家のうち一人を上京させよと命じたが、幕府は、井伊大老が国事多端で上洛できない。三家のうち水戸、尾張は幕府から蟄居謹慎を命ぜられている。紀伊の当主は幼若のため、事に応じがたいと奉答した。

結局、老中間部詮勝《まなべあきかつ》が上京し、幕府の立場を上奏することになった。八月八日、将軍家定の喪が発せられた。この日、朝廷では攘夷の志ある公卿《かし》が集合して会議をおこない、水戸藩京都留守居役鵜飼吉左衛門を呼び、密勅を下賜した。

ひきつづき、数日のうちに尾張、越前、加賀、薩摩など十七藩に密勅の勅文と副簡が下された。長州藩には八月二十一日、二十四日に密勅が再度到着したので、藩主以下議論の結果、周布政之助が内奏使として京都へむかった。周布は九月十四日に正親町《おおぎまち》三条、鷹司《たかつかさ》の両卿に会い、外患あるいま、公武一和は欠くべからざるものであるが、長州藩が兵庫警衛にあたっているあいだに、変事がおこったときは、禁裏守護に駆けつけるという上奏をおこない帰藩した。

この密勅が幕府の知るところとなり、大問題がおこった。密勅に公武一和というが、幕府が開港について朝廷と意見が一致しないときは、勅文を下された諸藩は討幕の動きをあらわさないともかぎらない。

幕府はついに尊攘派を徹底的に弾圧する方針をきめた。老中間部詮勝が入京する九月中旬から、危険分子の一斉捕縛にとりかかった。京都では梅田雲濱、鵜飼吉左衛門、同幸吉、小林民部、三国大学、池内大学、頼三樹三郎ら五十数人の志士が捕えられた。江戸では日下部《くさかべ》伊三次、橋本左内らが捕えられた。

松陰門人の久坂玄瑞、中谷正亮《しょうすけ》らは、尊攘論をとなえる激派の公卿大原三位の西下遊説の実現について相談していたが、状勢が緊迫してきたので、九月上旬に江戸へ去った。

松陰は水戸藩への内勅写を持ち帰った岡仙吉、杉山松介の報告をうけると、一気に過激行動に出なければならないと、考えるようになった。

このの ち、周布政之助ら藩の為政者は、松陰らと意見が分れるようになってきた。幕府は衰えの兆しをあらわしてはいるが、長州ほかの勤皇諸藩が束になって戦いをしかけても勝てる見込みはなかった。

討幕の挙に出るには、機が熟していない。このため、過激に過ぎる意見を口にする松陰の存在が、わずらわしくなってきた。

安政五年九月九日、松陰は江戸にいる門人松浦松洞《しょうどう》に、水野土佐守《とさのかみ》暗殺をすすめる書信を送った。

「近頃は元気がないだろうと思うので、要用だけをいう。さて尾張、水戸、越前、一橋がお咎めをこうむったのは、全く奸物の深識妙算より出たことである。

四侯が賢明であれば、黙って処分をうけるべきではない。君は水戸、越前両侯がいっこうに憤懣《ふんまん》の色を見せないのに感心しているが、僕ははなはだ不満である。

天下を代表するこの四侯が、何事も穏便に済ませようとするならば、義気をあらわす名侯がほかにいるだろうか」

　松陰は、紀州藩付家老で新宮五万石の城主、水野土佐守が主君慶福を将軍継嗣とする策に成功したのち、老中堀田正睦と協力して違勅条約調印を強行し、反対した水戸、尾張、越前藩主らを処罰したものだと誤解していた。

　井伊大老は水野にそそのかされ、高姿勢をとっているのだと思っていたのである。

獅子の心

松陰が紀州藩家老の暗殺を門人にすすめるような言動をあらわしたのは、彼の生涯においてこのときが最初であった。

安政五年（一八五八）八月八日、水戸藩ほか十三藩に下された密勅が幕府にとってきわめて危険であったので、安政の大獄がおこったのであるが、松陰は尊攘派弾圧がおこる直前に、はじめて革命の実行をする意志をはっきりとあらわしたのである。

松陰は松洞《しょうどう》への書信の末尾に記している。

「一人の奸猾《かんかつ》さえ倒せば、天下の方針は定まるのだ。僕のめざす奸物は、いっこうに恐れるに足らないものだ。（中略）

入鹿《いるか》を誅《ちゅう》した事実を覚えている人は一人もいないのか。水戸には立派な『大日本史』がある。出して見給え。営中で打ちすてるは上策、一邸を襲うは中策、坐視観望はいうに足らざることである。この一挙を越前侯がおこなわれたならば、このうえもないことである」

水野土佐守《とさのかみ》暗殺は松陰の誤解もあり不発に終ったが、松陰は勤皇公卿として知られた従三位権中将大原重徳《しげとみ》に意見書と書状を、上京する藩士に託し上呈した。

重徳は安政五年三月、日米修好通商条約の勅許問題がおこったとき、中山忠能《ただやす》ら有志諸公八十八卿の列参に加わり、外交措置を幕府に委任するという勅裁案に反対し、関白九条尚忠にその内容訂正を迫った人物である。

塾生久坂玄瑞《げんずい》（十九歳）、中谷正亮《しょうすけ》（二十八歳）は、安政五年六月頃、京都で梁川星巌《やながわせいがん》、梅田雲濱《うんぴん》、頼三樹三郎《らいみきさぶろう》らと交流し、大原卿と時事についての意見を交した。

大原卿はそのとき中谷らに内心を告げた。

「今日朝廷は、諸侯の赤心《せきしん》を聞きたいのだが、諸侯はまったく赤心を披瀝《ひれき》しない。諸藩の家老のうち、私と面会する意を持つ者があれば、私はただちに策を決して出向くことにしよう。毛利の家老はどうだ」

中谷は大原卿の意向を松陰に告げた。

安政の大獄がはじまり世情が騒然となってきて、在京の塾生たちが急変する京都の政情を伝えてくる。

松陰は焦燥の思いに駆られるまま、大原卿に勤皇運動をはたらきかけようと思いたち、九月二十七日に時勢論と書状を送った。書状は届かなかったが、時勢論は大原卿の手に達した。

書状の内容はつぎのようなものであった。

「先頃、弊藩《へいはん》の書生中谷正亮、久坂玄瑞が参殿して、ご高議を伺わせていただき、その委細を伝言して参りました。

御父子さまにはお揃いで御正義御雄論、ただただ感佩《かんぱい》するのみです。伝え聞くところでは、このうえはわが輩が一命をなげうっても、身を奴隷にしても諸侯の領国へ出向き、その家老に会い、一藩の国是を聞きたださねばならない。そのほうの藩の家老は私に会うだろうか。もし会うようであれば、私はただちに西下すると仰せられたそうです。門人たちは書簡、口頭で私の意見をたずねてきました。

意見書があれば早々に大原卿の執事へ申しあげるようすすめます。私はいまだかつてお目通りをしたこともないのに、唐突に天下の大計を申しあげることは恐れ多いと存じますが、久坂、中谷らは皆異体同心の朋友で、ことに二人が一度拝謁したうえは、私も同様のことと考え、申しあげたいことがございます。

私の意見は、別紙時勢論の通りでありますので、主上が後鳥羽、後醍醐両天皇のご苦労をお厭《いと》いなられないのであれば、私の愚策を申しあげるうえで、もっとも願わしいところです。

諸侯はたのむに足らずといえども、公卿衆から親しく国元に下向《げこう》されて時勢を御説破下されば、四、五藩くらいは立ちどころに応ずるでしょう。

いったん義挙がおこれば、雲霞のごとく朝廷になびく者がふえるのは、疑いをいれないところです。他藩のことは詳しく存じませんが、弊藩では当職、当役と称する家老のなかの要職があります。

当職は国事をすべて統轄しているので、国相とも呼ばれます。ただいま、浦靭負《うらゆきえ》という家老が勤めています。

当役は主君の輔佐役で、江戸へ随行しているので行相《こうしょう》と呼ばれ、益田弾正という家老がその任に当たっています。

いずれも尊皇の志ある者ですが、浦は老人で、忠義の家来を多く持っています。益田は二十六、七歳、英気活発の人物で当家家老のうちで第一流の人材です。

彼は私の門人で、私が蟄居《ちっきょ》している間にも志を通じあっていますので、勤王の志においては私と同様であります。

浦の輔佐役前田孫右衛門はよく藩士の意見を聞く公正な人物で、益田の輔佐役周《す》布《ふ》政之助《まさのすけ》はただいま上京しており、三条公へ謁見を許されたようです。三条家の方々が、よく彼の意見をお聞きいれ頂きたいものです。しかしすこぶる慎重な意見の持主です。他の役人も異論をとなえる者はいません。

周布は剛正な性格で、他に比する者がいません。しかしすこぶる慎重な意見の持主です。他の役人も異論をとなえる者はいません。

ことに小吏無役の輩《やから》には志あつい者が多いので、御父子様がご西下の節には私が両家老以下、尊王の志ある者を謁見させるつもりです。私は幕府の罪人で幽囚の身分ですが、いつでも脱走上京は可能です。

しかしいま上京しては、一手も出さないうちに幕府へ召し捕られ、何の益もないことになるので、御父子様がご下向遊ばされたときは、及ばずながら弊藩の力によってお身柄を幕府へ渡すようなことは、断然いたしません。

弊藩にご逗留《とうりゅう》いただくうちに、弊藩有志の者が九州辺りをめぐって、勤王の議をまとめます。もはや現在のような情況になれば、官軍賊兵の立場がたちまち両端に分れますので、有志の士はことごとく弊藩まで駆けつけます。

万一失策を冒したときは、私どもの同志だけを募っても三十人、五十人は集まるので、これを率い、天下に横行して奸賊の首二つ三つも得たうえで戦死しても、天下に勤王の先鞭《せんべん》をつけることになり、私の本望はこれに過ぎることはありません。諸侯がたのむべからざる草莽《そうもう》の志士を募り挙兵しても、大坂陣の二の舞いとなると、ひたすら危険を口にする者もいますが、これは事の本末を考えない論であります。

大坂陣は元来豊臣氏のための義兵ではなく、大野（修理亮）らの奸計に籠絡《ろうらく》された不遇失職の徒の私党であります。

徳川方には智将がこぞって協力し、才幹ある士が家康をよく輔佐したので、大坂陣の豊臣方敗北は当然でした。

いまは事情がちがいます。天下の諸侯をみると、志ある人はすでにすくなく、たまたまそのような人がいても、家老用人などの諸役人が俗論をとなえ、主人の説を阻むので、結局主人は行動に移ることがなくなってしまいます。

この輩は皆家を守り、妻子を守って断然大義を自任することができません。募りに応じる志士は、禍福死生をかえりみず、大義を天下後世にあらわそうとする者どもで、いわゆる一騎当千の者であります。

徳川はすでに衰運に傾いていますので、大坂陣と同じ情況ではありません。かつて元寇《げんこう》ののちは民の怨《うら》みに乗じて北条氏を誅罰《ちゅうばつ》し、いまは志士の論議によって徳川を匡正《きょうせい》するのは、事態が異なり、難易もまたひとしくありません。しかし外夷にかかわることについて、今日までは天下の愚夫愚婦までも切歯《せっし》扼腕《やくわん》してきました。その気風を鼓舞すれば、士論はすなわち民怨の発端となるでしょう。しかしいまのまま日を重ねるうちには、外夷の事について人心が慣れて、切歯扼腕の気も失せてしまいます。民怨とともに士論も崩れてゆくのは必然のことでしょう。何分士論の崩れぬ先に御決策、御下向をお待ち申しあげます（下略）」

松陰は十月八日、肥後藩士某に極秘の書状を送っている。

「阿蘇大宮司へ機密あい通じ候よう御都合願いたく候」という書きだしである。

「小国剛蔵《おぐにごうぞう》が帰着しました。父子様方はいずれもご英烈でおられるとのこと、聞かせられ雀躍しました。どうか大原卿機密のお考えにつき、詳しく喜連《きつれ》公子（長岡護美）へご内達のお手配はできませんか。

老兄のご同志東上は、さっぱりできませんか。なんとかご工夫をお頼みいたします。水戸藩士三十人が脱藩、江戸市中に潜んでいるとのことですが、よく事を成し遂げるでしょうか。

梅田雲濱が入獄したのち、以前私の門下生で、京都に出てから雲濱の門下として塾に寓居していた赤根武人《たけと》という者が、幕府の疑いをこうむったが釈放され当地へ帰着しました。

私は赤根を亡命させ京都へ立ち戻らせ、大和の土民を糾合して、雲濱ら志士の監禁されている伏見の獄舎を打ち毀《こわ》させようと命じました。赤根は才もあれども気力に乏しいところがあるので、成功すればよいがと案じています」

赤根の策は成功しなかった。毛利藩側に秘密が洩れ、事前に押えられてしまった。赤根に身を捨てて実行する決心がついていなかったのかも知れない。

江戸の高杉晋作から、世情にいらだたしさを禁じえない心中を記した書状が届いた。

「さて天下はますます衰微いたすと申すもおろかなる有様です。水戸もいなかの勇士ばかりで論ずるに足りません。

私も大橋（訥庵《とつあん》）塾へ通っていましたが、愚かな無内容の講義に堪えかね、この間から上屋敷西長屋で中谷君と同居しています。昨十月五日、私は酒楼で江戸に遊学している皆と集会しました。

議論は紛々としてはなはだ不愉快でした。私は江戸出府のまえ、来原《くりはら》君より椋梨《むくなし》藤太《とうた》から各藩の形勢を聞いてくるよう、いわれました」

椋梨は長州藩密用方から政務座の要路についた、松陰より二十五歳年上の藩士であった。

晋作は椋梨を低く評価していた。

「しかし椋梨に聞いても今日各藩の形勢は格別のこともなく、天下一統すべて手をちぢめ、足を引いて犬の如く狐の如く、誰か事をおこしたときは、小股をすくい、手柄をなさんとするつもりで、ほかに天下の形勢ということは何もありません。

天下には一人も真の忠義の士、真の英傑はないようだと考えています。犬のように米夷（アメリカ）の蒸気船の檣《ほばしら》の下をくぐり、国民を団結させることを知らぬ面つきの者ばかり。天子さまから仰せつけられたことを打っちゃらかした幕府を拝んでいます。

日本の金は大坂町人などに取られ、実にこれまでの日本とはちがう有様です。昨日の会同の席上で議論したのは、今度水戸藩は下された密勅を塵《ちり》のように無視しているが、またかならず諸侯に勅が降下するにちがいない。

そのときにわが藩はどうするかということです。玄瑞、桂、中谷ら坐上の面々は、もし勅が降りたときは交易をさせ、そのあとで殿様が江戸へ上り、将軍をともない京都へ出向き、朝廷に通商仮条約をしたおことわりを申しあげるのだといいます。

私はそうではない。勅が降ればただちにアメリカの使者に天子の勅命により交易はすこしもできません、と申しいれるのだ。相手が承諾しなければすぐさま戦争をはじめればよい。

いずれにしても天下は戦争がはじまらねば外患は去らないと申しました。

私の意見に賛成するのは杉蔵（入江九一）一人です。先生はいかがでしょうか。

われわれは何事もおこさず空論に日を送り、赤面の至りです」

晋作は萩松本村に幽居する松陰の心中の焦燥を、よく理解していた。

時勢は急速に転回していた。安政五年四月、大老に任じられた井伊直弼《いいなおすけ》は、六月二十日、勅許をまつことなくアメリカとの修好通商条約に調印した。同月二十二日、直弼は堀田備中守、松平伊賀守の老中職を罷免。太田道醇、間部詮勝《まなべあきかつ》、松平和泉守を老中とした。

六月二十五日、紀州藩主徳川慶福《よしとみ》を将軍世子と定めた。

七月五日には、幕府の許可を得ず江戸城に登営、将軍継嗣、条約調印の問題につき、井伊直弼と談判した水戸斉昭《なりあき》、一橋慶喜《よしのぶ》、尾張藩主徳川慶勝《よしかつ》、越前藩主松平慶《よし》永《なが》に隠居慎み、慎み、登営停止などの処分がなされた。

幕府は八月八日に将軍の喪を発したが、同日、密勅が水戸に下った。幕府は八月二十八日、水戸藩に勅書を開示することを禁じた。

幕府の天下兵馬の権を奪うことになりかねない勅書の内容を知った井伊直弼は九月三日に間部詮勝を上京させ、尊攘派勢力を根底から一掃する安政の大獄と呼ばれる大弾圧に着手した。九月中に幕吏に捕えられた尊王志士の数は数十人に及んだ。

十月十八日、飛脚《ひきやく》として江戸から帰藩した入江杉蔵は、ただちに松陰をたずね、江戸、京都の形勢を伝えた。入江は京都で大原重徳に謁《えつ》しており、重徳の揮毫《きごう》した「七生滅賊」の大字と、大原の世子重実の詩三章を松陰への贈り物として預かってきていた。

松陰はおおいによろこび、十月二十一日、大原に礼状をしたためた。

「本月十八日、入江杉蔵帰国。早速囚室で詳しくご父子様のご忠憤を承り、ともに悲涙を流しました。

　以前に伊藤伝之輔という者が上京するとき、拙藩時勢論一篇、書状一通を託し、執事にお渡ししたところ、はからずも少々故障によって、いまだ御前に達していないとのこと、残念のきわみです。

　このたびあらためて同志白井小助という者をつかわしますので、ご一見をご許容下さい。天下の時勢はまことに切迫しておりますが、幕府は北条滅亡の先例をまったく無視し、ただただ日々穏やかに過ぎるのを待ち、志士仁人に指摘される失敗のないように月日を延ばしております。

　そのうちに外夷との交わりは日に堅まるばかりで、何とも手出しのできない有様で、はては神州をそのまま外国へ譲り渡す策かとも考えられます。

　このときにあたり、勤皇諸侯のみをお頼みなされるのも、轍《わだち》のあとに溜った水のなかで死を待つ鮒《ふな》のようなもので、まことにむなしく存じます。

　全国二百六十の大名の有様は、おおかたお聞き及びでしょうが、実に嘆かわしいものです。

私どもは志を決し、一策を立てましたので、何卒小助とご同道なされ、ご父子様ご西下の策をお定め下さるよう願い奉ります。

同志の士は申しあわせ、藩庁へ号哭哀求《ごうこくあいきゅう》つかまつり、家老に謁し、主人に赤心を述べさせるよう取りはからいます。

もし万一、事がととのわないときは、同志の士のみ結集して、義挙はかならず効果あるものといたします」

萩に帰った入江杉蔵は、松陰が世情を実見していないため、政治の現状を把握することなく、幕府の違勅調印ののち、天下の正義を断行しようとして、徒死を望むかのような拙速な行動に出ようとするのを、憂慮した。

杉蔵は京都で謁した大原重徳が、すでにかつての情熱を失っているのを見ていた。井伊直弼の弾圧がはじまって、岩倉具視《いわくらともみ》らの説得をうけ、しばらく情勢を見るため、勤王運動をひそめていたのである。

杉蔵は松陰の自滅を望むかのような激しい考え方に従ってゆけない思いを隠さないわけにはゆかなかった。江戸、京都の現状をそのまま隠さず語れば、松陰は憤激のあまり、同志を奮起させるための自殺をもしかねない。

杉蔵が十月二十三日、萩から江戸の吉田栄太郎へ送った手紙は、国元の様子を伝えたものである。

「赤根武人の策もたちまち藩に漏れてしまった。勤王の藩議も、保守派の坪井久右衛門の主唱によって、流れてしまった。嘆息するばかりである。

幕府は長崎でさかんに夷人との交易をおこなっているようである。幕府は右手で叡慮正議に反抗し、左手を尻へ回して当面の処置をおこなう策をとっている。

松陰先生について、藩庁ははなはだ気遣い苦慮している。幕府に探索を受ければ、大事件がおこりかねないからだ。

来島氏が長崎へいってきたが、愉快なこと、面白い見聞はなにもなかったということである」

杉蔵は、平凡な内容の書状の二信の末尾に、悲鳴のような一語をしるしていた。

「栄太、早々帰れ。先生之もりニこまる人ばかりなり」

松下村塾の主だった門人たちは、世情を憂うるあまり、暴発しようとする松陰を守りなだめることに、懸命だったのである。

十一月六日、松陰は藩政務役周布政之助につぎの書状を送った。

「こんど江戸の様子を伝え聞くと、薩藩が主導で越前藩と申しあわせ、彦根侯を討ち果し、上方でも義挙をくわだてているそうです。尾張、水戸ももちろん同意で、土佐、宇和島は、正論を主張したので隠居するよう幕命をこうむったことでもあり、これまた同意と察しております。

そのほか、かねて正論をとなえていた大小藩は、いずれもこの挙に遅れないでしょう。ついてはご当家も他藩に誘われるまでもなく勤王の志をあきらかにすべきです。

下の者がお願いを申し出るには及ばず、つつしんでご指揮を待っておればいいことですが、私どもは時事を憤慨し、黙止しがたいので、連名の人数が早々に上京して、間部下総守《しもうさのかみ》、内藤豊後守《ぶんごのかみ》を討ち果し、ご当家勤王のさきがけをして、天下の諸藩におくれをとらず、末代まで輝かしたく存じますので、この段御許容下されたく、お願い申しあげます」

藩の実力者である周布政之助を、松陰は同志のように思っていたのである。

同日、松陰は藩当職手元役として、周布と同様の実力者前田孫右衛門に、大砲を貸し与えられたいと願書を出した。常軌を逸した行動である。蟄居の身分をわきまえていないとしか考えられない。

「別紙願い事、近日実行に移るよう同志と追い追い盟約をいたしましたので、左の件について、ご周旋願い奉ります。
一、クーホール三門、百目玉筒五門、三貫目鉄空弾二十、百目鉄玉百、合薬五貫目貸し下げの手段のこと。
一、京師へ伊藤伝之輔、悦之助両人早々乙交《おつか》わし下さい。梅田雲濱一件の手を都合するため、はなはださし急いでいます（下略）」
藩庁では、幕府に楯つく準備などまったくしていない。

周布、前田らは藩主敬親《たかちか》と同様に、松陰の才能を愛していたが、狂ったように妄動をはじめられては、思いがけない災いがふりかかってくるかも知れない。

松陰は自分の策が家中をあげての支援をうけられると、思いこんでいた。彼には周囲の動向を察知する、政治感覚がまったく欠けていたのである。

松陰の書状を受けた周布はおおいにおどろき、松陰の兄梅太郎と入江杉蔵を通じ、松陰の企《くわだ》てを抑えようとした。

「勤王のことについては、政府に成算がある。要は君公の江戸出立を待ってのちに決することである。事は重大で書生の妄動は許すことができない。妄動してやまないというのであれば、獄に投じるよりほかはない」

前田孫右衛門は周布とは違う意見を持っており、松陰の頼みを聞きいれようとしたが、周布にとめられた。

松陰が死に急ぐかのような過激行動を実行しようとしたのは、彼の政治感覚が欠けていたためであると思うのは、後世のわれわれの判断である。

白人によって有色人の諸国があいついで侵略され、植民地となっていた時代、外圧に対抗するために、一刻も早く強力な挙国一致の政治形態をつくりだしたいと願った松陰の焦慮は、的をはずれたものではなかったと考えられる一面がある。歴史の歯車がわずかにくいちがっておれば、日本も植民地になりかねなかったのだ。

維新にさきがけて、時代の警鐘を打ち鳴らしつつ、自ら望んで死を選んだかのような松陰の最後の姿が、多くの後輩の心に焼きついて日本を破滅から救ったのだといえないであろうか。

松陰は血盟の同志十七人をすでに得ていた。そのおおかたは塾生である。彼らは師とともに信じる道を進み、徒死することを辞さなかった。

松陰は佐世八十郎《させやそろう》に小銃弾の調達を命じ、土屋蕭海《しょうかい》に金百両を融通してほしいと頼んだ。彼はわが身の安泰をかえりみることなく、心中を隠すことなく、正々堂々と決起の支度をすすめた。

松陰は周布、前田、佐世、土屋らに間部詮勝要撃をうちあけた十一月六日、父と叔父玉木文之進、兄に対し、訣別の書をしたためた。

「頑児矩方《のりかた》泣血再拝して父上、玉叔父、兄上の膝下に申します。私は生れつき虚弱で、嬰児《えいじ》のときからこのかた、幾度も重病にかかりましたが、不幸にしてついに病に死にませんでした。

性行は狂暴で、弱冠よりこのかた、しばしば法規に触れ、重罪を犯しましたが、不幸にしてついに法によって死ぬことはありませんでした。

二十九年をふりかえれば、死ぬべきときがしばしばありましたが、今に到るも死にません。また父上、兄上は私の罪によって今日まで累《るい》をこうむってこられました。不孝の罪はたとえようもないものです。

しかし今日のことは、皇家の存亡にかかわり、わが公の栄辱にかかわることで、万々やむをえないものです。古人がいった忠孝両全ならずとは、このことです。天下のいきおいは滔々《とうとう》として下降するばかりで、今に至っています。近来の世情を申しあげます。

アメリカの使者が幕府に仮条約をたてまつりました。天子はこれを聞き、勅《みことのり》を下してこれをとどめました。幕府は従わず、仮条約を定め、それを真といたしました。

列侯の議、士民の論はひとつも幕府に容れられず、天子はまた勅を下して条約をとどめられました。幕府は従わず、仮を定めて真といたしました。天子はまた勅を下し、三家、大老を召されました。大老は召しに応ぜず、三家は幕府の譴責《けんせき》をうけました。

幕府は間部侯を上京させましたが、病と称して参内せず、偽りのいいわけをくりかえしました。

推測するところ、水戸藩と当時の老中堀田正睦《まさよし》は、将軍継嗣問題であい通じ、ついに協力して違勅をおこなったので、水戸、堀田を斬らねば夷国との関係は是正されないのです。

いまの将軍は幼く、治政の能力がありません。井伊大老が将軍を操り、間部が井伊を輔佐しなければ、天下の政情はここまで至らなかったのです。二人の罪は、上は天皇の明勅に違い、下は幕府の大義をそこない、内は列侯士民の望みにそむき、外は貪欲《どんよく》な夷人《いじん》の欲を飽かせることになりました。

その罪は天地に容《い》れるところがありません。ところが天下の諸侯、士民は安楽に暮らし幕府の罪を問うために、一砲一艦を動かすものもありません。

神州の正気は、すでに邪気にむしばまれてしまったのです。頑児矩方の一念はここに至って食喉《のど》を下らず、夜は眠ることもできません。ただ早く死にたいばかりです」

松陰の訣別の文言はなおつづき、内心を詳しく語りつづけた。

安政五年（一八五八）十月二十七日、江戸にいた藩直目付《はんじきめつけ》長井雅楽《うた》が萩に帰着した。長井は世子の近侍《きんじ》として藩政にかかわっていた。松陰は嘉永年間（一八四八〜五三）頃は彼と交遊があったが、幕府老中間部詮勝《まなべあきかつ》要撃策を周布政之助《すふまさのすけ》に献言する頃から、疎遠の間柄となった。

長井につづき、かつて松陰の兵学門下生であった山県半蔵が帰藩。松陰はこの頃、宛先を伏せた次の書信を書いた。

「江戸の様子がたいへん気にかかり、赤川又次郎（直次郎か、明倫館助教）より聞いたところでは、尾張、水戸、越前、薩摩の四藩有志が申しあわせ、彦根大老（井伊直弼《いいなおすけ》）を打ち果す企《くわだ》てがあるということだ。

私の兄梅太郎が前田孫右衛門から知らされたところでは、薩藩は大老を討ち、越前は京都へ応援に出向くことになっているらしいのでわが藩が義挙に決して遅れてはならない。天下の先鞭をつけねばならぬところであるが、殿様がこのような危地へ参勤のためおいでになられるのは、いかにも恐れ多いことなので、同志が申しあわせ、上京して義旗を立てる道をひらこうと相談一決した。

各自誓紙血判をしたうえで、まもなく出立する覚悟をきめた。ついては周布政之助はかねて懇《ねんご》ろな仲なので、つぎのような願書一通を差しだしておいた」

願書は、周布を驚愕させる過激な内容であった。

「このたび江戸の様子を伝聞したところ、薩藩が意見をまとめ、越前藩が同意して彦根大老を討ち果し、京都で義挙をおこす企てを進めるようです。

尾張、水戸らはもちろん同意して、土佐、宇和島両藩侯も正論を唱えたため幕府の忌諱《きい》に触れ、ご隠居なされるよう幕命をこうむったのですから、これも同意となることでしょう。そのほかこれまで正論をとなえていた大小藩は、いずれもこの義挙に遅れることはないでしょう。わが藩も他藩から誘われるまでもなく、勤王の御志が固まっていることですから、このたびの義挙には、下からお願いすることはなく、つつしんで御指揮を待つべきでしょう。

しかし私どもは天下の形勢を憤慨し、黙視《もくし》しがたいので、同志がただちに上京し、間部下総守《しもうさのかみ》、内藤豊後守《ぶんごのかみ》（老中）を討ち果します。そうすれば当家は天下諸藩に遅れることなく勤王のさきがけをいたし、義名を末代に輝かすことになるので、許可下さるよう願いあげます」

松陰は兵学門下の中村道太郎に願書を届けさせ、自分の覚悟を伝えさせた。

「この願書はかならずしも御許容下さらなくても結構です。われわれが京都で事を仕損じたときは、他人はともかく私は進み出て幕吏に召し捕られたうえで、今度の一挙は主命を受けてのことでは毛頭なく、ただわれら同志の士が憤激にたえかね、このような企てを実行した旨、隠さず申したて、わが藩にご迷惑を一切おかけいたしません」

だが願書を一読した周布は、松陰が予想しなかった反応をあらわしたと、書信にしるしている。

「しかし政之助は願書を読み下すと、非常に驚いた様子で、中村を説諭した。何としてもこんな暴挙をしては、藩に対し容易ならない大害をもたらすことになるので、思いとどまれという。

道太郎はいった。

『ここまで決心したことを、思いとどまらせるには、よほど格別の論がなければなりません。この一挙を実行したところで、さほどの大害を招くとも思えません』

周布政之助は答えた。

『こうなったからには、隠してもおけないだろう。実は諸藩との申しあわせがあり、遠からず大策がおこなわれる。目処《めど》ははっきりと立っている。家中にこのことが洩《も》れては、大策が暴露するおそれがある。その大策というのは、某藩はこのようなこと、某々藩ではかようである』

政之助は藩内の秘中の秘と称する事柄を道太郎にうちあけた。当藩では他藩の動きを見届けたうえで、江戸に早く参勤すると称し、実は殿様以下一同が、諸藩とともに行動し、京都二条城に乗りこみ、しばらくご滞在される。この計画は年内にも実行されると承っているが、このような壮挙がなされようとしているいま、松陰の小策は不要である。

しかし、せっかく思い立った策を中途でとりやめるわけにもゆくまい。松陰一人で事をおこなうわけではないことでもあるし、と周布はいう。

道太郎は、そんな事情であれば企ての決行を延期しましょう。いろいろ手をつくして、今年中はくいとめます。来年正月六日からは、かならず行動に移りますから、そう心得ておいて下さいといった。また実行を延期するからには、準備をうちあわせる必要があるので、同志の一人を長崎肥後へさしむけ、義挙をともにする志士と連絡をとらせる。一人は京都へ出向かせると告げた。

梅田雲濱《うんぴん》一味の義挙は、年内は待機せよと連絡します。また大砲、弾薬など、藩から借用したいと相談した。道太郎も（以下欠文）」

藩上層部には、松陰の資質を愛する人物が多かった。

毛利家の家老益田弾正もその一人であった。一万二千余石の禄を食《は》む弾正は、嘉永二年（一八四九）十七歳の六月、明倫館で松陰の兵学門下となった。

彼は松陰が時勢について藩庁に過激な意見を上呈しても、その真意をうけいれ、松陰がわが身の破滅をかえりみず、老中間部詮勝襲撃を急ぐときも、ひたすら彼をかばい、同情した。彼は長州藩勤皇運動の中心人物であり、松陰の意見が藩庁に採用されるときは、かならず弾正の支持があった。

松陰の間部要撃の企ては、きわめて危険をはらんでいる。安政の大獄がはじまった時期であるため、周布政之助は、藩の勤王策を説き、松陰の友人中村道太郎、松島瑞益（剛蔵）、赤川淡水《あわみ》、来原良蔵、小田村伊之助らに松陰を説得させようとした。

門下生も松陰のために奔走したが、松陰は周布、長井雅楽がいずれも幕威をはばかり、勤王運動を断行する意志がないことを察知し、周布との連絡を断ってしまった。

周布は松陰が過激な行動によって、藩に禍《わざわい》をもたらすことをおそれ、十一月二十九日、藩主に請い、松陰を自宅に幽囚する命令を発した。

幽囚の理由は、彼の学術は不純で、人心を動揺させるためであるとされた。

松陰幽囚の報を聞き、松下村塾に駆けつけたのは、久保清太郎、佐世八十郎《させやそろう》（前原一誠）、岡部富太郎、福原又四郎、有吉熊次郎、作間忠三郎、入江杉蔵、時山直八、吉田栄太郎、品川弥二郎ら、血気さかんな十人であった。

藩庁でははじめ松陰を野山獄に投獄しようとしていたが、彼の叔父玉木文之進《ぶんのしん》が懇願して自宅の一室に幽囚させることで、納得させたのである。

玉木は長州藩厚狭《あさ》郡吉田の代官をつとめ、家中十六郡のうちで第一の行政官であるといわれていた。

玉木は代官を辞任し、松陰とともに起居して、彼の思考、行動に不純な点があれば是正するという願書を藩庁に提出した。

藩は有能な玉木を辞職させず、松陰を幽囚させることに処分を軽減した。

松下村塾は、富永有隣《ゆうりん》が塾生の教育をおこない、松陰の身のまわりの世話は、当番の塾生二人がおこなうこととなった。

だが十二月五日夜、藩庁から松陰を再入獄させよとの命令が伝えられた。

「杉百合之助《ゆりのすけ》が育てる吉田寅次郎は、先年公儀からおとがめを受け、百合之助にお引渡し仰せつけられ、願いによって入牢をさせた。

その後追い追い処分を軽くしてきたが、このたび、おだやかならない事が聞えたので、以前の通り借牢を願い出るよう仰せつけられた」

父百合之助は病床に就いていたが、この旨を松陰に伝えた。

松陰の当番塾生作間忠三郎、吉田栄太郎はただちに諸方へこの旨を急報した。友人、門下生が続々と集まってくる。

塾生は二人の当番のほか、入江、佐世、岡部、福原、有吉、品川が集まり、周布政之助、井上与四郎ら藩重役の屋敷に松陰の罪名を問うために押しかけた。

「お聞きこみの筋とは、いかなることか。是非ともたしかな罪名を聞きたいのだ」

品川弥二郎は、安政四年（一八五七）十五歳で松下村塾に入塾した、足軽《あしがる》の子である。松陰は弥二郎の資質をおおいに嘱望していた。

「事にのぞんで驚かず、少年中希覯《きこう》の男子なり。われしばしばこれを試む」

と松陰は評した。

品川弥二郎は間部要撃の企てに加盟し、松陰とともに尊王をつらぬくため、命を失う覚悟をきめていた。彼は参政周布の屋敷へ向い、政之助が病中であるとか、取りこみ中で不在であるなどといって会おうとしないでいると、憤然として客座敷に入り、火鉢、灯火を持ってこさせ、「雪中の松柏《しょうはく》、男児死すのみ」と詩を大声で吟じ、家人を驚かせ、近隣の人々に何事かおこるのであろうかと怖れさせた。

翌六日、品川ら門下生は、城下に騒擾《そうじょう》をひきおこそうとした暴徒であるとして、自宅幽囚を命ぜられた。

松陰の父百合之助の病は、神経疫であると医師の診立《みた》てをうけた。症状は激しい嘔吐《おうと》がつづき、食物はすべて喉を通らず、治療にあたった三人の医師は、きわめて重態であるといった。

父百合之助は衰弱の極みにありながら、松陰の入獄をひたすらすすめた。松陰はこのため藩庁に願い出た。

「生死のほども分らない父を残し、入獄するに忍びません。藩に対する抗議はいろいろありますが、すべてとりやめ、父の病を看護し、病状のやや軽快するに至ったのち、入獄いたしますので、よろしくご許可下さい」

藩庁では松陰の願いをいれた。

松陰は父の看病にあたりながら、夜中に人目を忍んでくる門下生たちと会い、今後の方策を説く日を送った。

松陰は幕府にかわる統一国家を出現させなければ、日本侵略を企図する欧米に対抗し、独立国家の形態を保つことが不可能であると前途を見通し、つぎのように語った。

「いまの日本は朽ちかけた大建築物である。いったん大風が吹きおこり、それを転覆させたのち、あたらしい建物を設ければ、日本は安泰になるのだ。

私の諸友はその老い朽ちた建物の寿命を、数カ月でもひきのばそうとする。彼らは私を異端の怪物と見て、爪はじきにしようとする」

この間に、松陰は江戸から帰藩した桂小五郎が持参した江戸にいる五人の同志、高杉晋作、久坂玄瑞《げんずい》、飯田正伯《しょうはく》、尾寺新之丞《しんのじょう》、中谷正亮《しょうすけ》らの血判書をうけとった。

書状の内容は、松陰の自重を求め、時期を待つべきであると、諫《いさ》めるものであった。

「十一月二十四日の貴翰《きかん》は昨日（十二月十日）到着しました。先生のこのたびの正論、赫々《かつかく》のご苦心のほどは、まことに感激に堪《た》えません。

しかし今日に至って天下の形勢もおおいに変り、諸藩が鋭鋒をひそめ傍観するようになったのは、はなはだ歎息するばかりの状況です。

将軍宣下《せんげ》も終り、世間の人気《じんき》がやや静まって参りましたので、義挙をおこすには実に容易ならない時勢であります。下手をすれば、藩に災いをもたらすのは必然と考えられます。しかし幕吏は猛威をふるい、有志の諸侯を隠居させ、あるいは交易がはじまれば、かならず傍観できないいきおいになるでしょう。

このときにあたり、私どもは実に国のために身を投げだして国事に尽瘁《じんすい》しなければなりません。

それまでは胸中の志を抑え、わが藩に害を及ぼさないよう、国のため万々祈るばかりです。急いでしたためたので、詳しく申し述べることはできませんが、下手な文章ながら同志熱血の思いをこめましたので、よろしくご熟察下さい」

松陰は国元の同志たちの妄動《もうどう》をおさえるために帰藩した小五郎と、胸の思いをうちあけて語りあうこともなかった。

松陰は十二月十九日、桂小五郎と、彼とともに江戸から戻った大検使役来島又兵衛に、つぎの書状を送っている。

「この岡仙吉という者は入江杉蔵の親友で、近頃僕のところへもきて時勢を語りあう仲です。お逢い下さって、当方近頃の様子をお聞きとりいただきたいものです。

両君ご帰着は、藩のためにも大賀の至りです。僕もふたたび入獄の命を受けましたが、はからずも父が大病なのでまだ自家にとどまっています。

しかしこのところ病状がいささかおさまりかけてきて、あと四、五日も順調であれば、大分目処《めど》が立つだろうと考えています。

そうなれば父の病は医者にまかせ、国事は両君に期待します。野山獄の旧囚奴である僕は、学問などいたします。僕らは学問が未熟で、みだりに天下の大計を論じるのはおかしいことです。

しかし世間には君子に似ない小人はあり、小人に似ない君子はないので、どうかご用心下さるよう祈り奉ります。

両君とは七年間久しくお会いしていないので、一度お目にかかりたいとも思いますが、僕は世の笑いものであれば、わざわざおたずねなされることは、かならずご無用にお願い申しあげます」

書状の行間には、それとなく桂たちと一線を画する、ひややかな思いがひそんでいるようである。

十二月二十六日、松陰は父の病が快方にむかう見込みがついたので、入獄することにきめた。

別れを告げにきた者は、兄と弟、久保、富永、玉木彦介、倉橋直之助、塾中第一流の少年として松陰に愛された馬島甫仙《まじまほせん》、国司仙吉《くにし》、妻木寿之進《つまきひさのしん》、藤野荒次郎、安田孫太郎、岡田耕作、増野徳民《ましのとくみん》、僧提山《ていざん》ら二十余人であった。彼らは別盃を交し、意気さかんに語りあった。

松陰が父百合之助に別れを告げると、父は笑みをたたえていった。

「一時の屈は、万世の伸である。どうして心をいためようか」

夜に入って降りつづく雪はやまず、別離の宴に集まった人々は松陰の乗る駕籠《かご》に従い、野山獄まで見送った。

途中、藩より謹慎を命じられている吉田栄太郎、品川弥二郎、入江杉蔵、岡部兄弟、佐世父子の家の扉を叩き、別れを告げた。

松陰と門下生たちは、頽廃《たいはい》しきった世運《せうん》を挽回するのは、松下村塾の学徒であり、かならず皇国を守護するとの誓いを交しあっていたのである。


松陰が入獄した翌日、入江杉蔵から藩中間《ちゆうげん》伊藤伝之輔と杉蔵の弟野村和作《わさく》帰藩の知らせがもたらされた。伊藤は京都藩邸に中間として詰めており、松陰の密旨をうけ、勤王派公卿の大原三位（重徳《しげとみ》）を長州藩に迎え、藩論を勤王に統一する策を成功させようとする野村に尽力していた。

ところが松陰の命をうけ、二人に協力して京都ではたらいていた藩の軽輩田原荘四郎という者が裏切って藩邸留守居役に密告した。このため伊藤、野村は国元に追いしりぞけられ、帰藩ののちは家に禁錮されることになったのである。

田原は大原三位が十二月十六日に萩へむかう手筈が定まったとき、突然変心した。このような過激の行動をとれば、獄囚となるか流罪となるか分らないと怯《おび》えたため、卑劣な行動をとってしまった。

　この事情を獄中で知った松陰は、十二月二十九日、入江杉蔵、小田村伊之助に書状を送った。

「大原西下の策をもって、殿様のご参勤をとどめ、勤王をするのが大眼目である。大策が実現するまで爪を隠し恥を忍ぶつもりである。

　京都の失敗は嘆くべきではあるが、この事が成功するまでは、こんな失敗は幾度もあるだろう。何の頓着があるだろうか。伝之輔、和作の活動ぶりはどちらも感心すべきものである。

　荘四郎の裏切りは笑い捨てよ。いずれ血祭にしよう。つぎの御参勤までには大分日数もあるので、ゆっくりと計画を練ればいい。もっとも藩庁では追風をくらい、はやばやと登ることになるかも知れない。事ここに至れば、志士亡命の時がきたとご判断なされたい」

　松陰は安政六年（一八五九）正月十一日、宛先を伏せた書状を送っている。

「今日は亡友金子重輔（重之助）の命日である。僕は獄舎でまだ生きており、泉下の金子に恥ずかしく思う。

いまはもはや国家が一大変事に遭遇している。（中略）藩庁の奸吏放逐のあと、立派なことができないとは、さてもさてもたくさんなご家来がおられるのに残念だ。わが輩だけが忠臣ではない。わが輩が皆にさきがけて死んでみせたら、感動して決起してくれる者がいるかも知れない。

それがなければ、どれだけ時を待っても好機はこない。いまの藩内の情勢変革の逆焔《ぎゃくえん》は、誰が立てたか。わが輩ではないか。わが輩がなければ、この逆焔は千年たってもおこらない。（中略）忠義というものは、鬼の留守の間に茶にして呑むようなものではない。

わが輩が息をひそめれば、逆焔も勢いを弱めるだろうが、わが輩がふたたび勃興すれば逆焔もまた勃興する。桂は僕の無二の親友同志であるが、先夜このことを話しあえず、いまだに残念に思っている。

江戸にいる久坂、中谷、高杉なども、皆僕と考えかたが違う。その違うところは、僕は忠義をするつもり、諸友は功業をなすつもりであるところだ。

しかし、彼らにはそれぞれ長所がある。諸友の考えを不可とするのではない。もっとも功業をなしとげるつもりの人は、天下すべてに溢れている。忠義をするつもりは、ただわが輩と同志数人のみである（下略）」

功業という言葉は、桂小五郎に伝えてほしいと、岡部富太郎に托《たく》した正月十六日付の書状にも見られる。

「日本は昔より柔弱国である。大は兵戦すくなく、小は殺伐を嫌うことで分る。中国ももっとも柔弱といわれる。

日本は二百年太平柔弱の極に達し、有志の士は時を待てとか、徒党を組んではならぬとか、犬死《いぬじに》はしないとか、いろいろといいわけをかさね、侍を臆病にすることは、猿に木登りを教えるほど手がこんでいる。

わが藩ではながいあいだ諫死《かんし》をした人がいない。いまどきの人にいわせれば、諫死は皆犬死である。

功業、功業と眼をつける人は、決して諫死はしない。（中略）時がくれば忠臣義士でなくても功業をたてるものである。わが輩は無理にその時を待ちはしない。

漢土で王朝創業のときを見るがいい。功臣はすべて敵国から降伏してきた不忠不義の者である。（中略）太平の世に姦賊《かんぞく》がなければ、その国は柔弱であると思うがいい。その理由は、太平の世に生きる士は、皆不忠不義をする者である。

不忠不義をそれなりに見過す士は柔弱ではないのか。不忠不義を指弾すれば、不忠不義の人はおおいに怒り、忠義の人を罪におとすものである。ここにおいてはじめて姦賊の名があるのだ。

中谷、高杉、久坂らより形勢を観望せよといってきた。皆僕の良友であるが、こんなことをいう。ことに高杉は思慮ある男であるが、まったく納得できない。皆は濡れ手で粟をつかむつもりか」

好機到来をまたず、死を決して主張をつらぬこうとする、激しい意志力をあらわす松陰の生い立ちは、どのようであったのか。

松陰の妹児玉千代が、明治四十一年九月、七十七歳のとき、東京原宿の自宅で松宮丹畝という人物に、兄について語ったことが、筆記されている。内容は松陰の生い立ちからはじまる。

「兄松陰は幼時から、遊びということは知らなかったようでした。おなじ年頃の朋《ほう》輩《ばい》と、凧《たこ》をあげたり、独楽《こま》をまわしたりする遊戯にふけることはまったくなく、常に机にむかい青表紙（漢書）を読み、筆をとって書写をするほかに、何もしません。

運動とか散歩をするようなことも、きわめて稀《ま》れで、記憶に残るほどのことはありませんでした。寺子屋とか手習場に通ったこともなく、実家の父と叔父玉木文之進について学ぶだけでした。

一時は昼夜ともに叔父のもとで教えをうけました。玉木の家は、わずか数百歩離れているのみで、三度の食事には帰宅するのが常でありました。

兄梅太郎と松陰は、見る者がすべてうらやましがったほどに仲がようございました。家を出るときも、帰宅するときもいっしょで、ひとつのお膳で食事をして、ひとつの布団で寝ていました。

たまにお膳を別々にすると、ひとつのお膳に取りなおしました。

松陰は影の形にそうように兄に従い、そのいいつけを聞きいれないことはなかったのです。

梅太郎は松陰より二歳年上、私は二歳年下でした。年齢の差がすくないので、家族のうちでも三人はとりわけ睦《むつま》じかったのです。松陰も三人がたがいに語りあい勉強に励んだ少年の頃のことを、のちにしばしば書きのこしています。

松陰は別に酒も飲まず、煙草も喫《す》わず、至って謹直な性格でした。松下村塾をひらいていた頃、門下生のうちに終日喫煙する者がいたのをいましめ、煙管を持っている者はそれを自分の前に出させ、こよりで全部を結びつないで、天井につるしておきました。

酒はまったく口にしなかったので、甘いもの、餅などを好んだかも知れませんが、とりわけて嗜好というものはなく、大食することを自戒していました。

それで現代の人々のように食後の運動などには気をつかわなかったのですが、胃腸を害したことはありませんでした。

三十年の生涯は短いといえましょうが、妻を迎え、一家をなすべき歳月です。しかし松陰はようやく青年となってのちは諸方へ遊歴し、国元にいるときはお咎《とが》めの身の上で蟄居《ちっきょ》を仰せつけられていたので、妻帯の相談などはどこからもくるわけがなかったのです。

なかにはお咎めの身であるから、表立って妻を迎えるわけにもゆかないだろうが、せめて世話をする婦人を近づかせてはどうかとすすめてくれる親戚もあったようですが、それは松陰の心を知らない人の親切で、誰もそれを松陰に告げませんでした。松陰は生涯婦人に関係したことはなかったのです。

松陰の性格が外柔内剛《がいじゅうないごう》であることは、ひろく知られていますが、年少の頃、父、叔父のもとで書を学ぶとき、きわめて厳格な躾《しつけ》をうけ、幼年の児童に対するものとは思えなかったことも、しばしばであったそうです。

母はさすがに女心にこのような情景を見るに忍びず、早く座を立てばこんな憂き目にあわないのに、なぜ寅次郎は我慢しているのかと、はがゆく思ったこともありました。

このように、松陰はきわめて柔順で、師の教えに従わないことのみ恐れていました。しかし外柔の松陰は、内はなかなかに剛の者でした。少年の頃から心が腕白《わんぱく》であったので、天下の法を恐れない大胆《だいたん》の事を企てたのであろうと、肉親たちが語りあったものでした」

松陰の俤《おもかげ》が彷彿《ほうふつ》とする談話である。

死ぬべきとき

松陰は野山獄に再入獄してのち、つぎの歌を詠じた。

「大丈夫《ますらお》の　死ぬべきときに　死にもせで
猶蒼天《なおそうてん》に　何と対《こた》えん」

野山獄の司獄は前回入獄のときと変らず、福川犀之助《さいのすけ》であった。藩庁から、松陰に対して取扱いにつき恩命があり、入獄の苦痛は少なかった。前回よりなじみの旧同囚四名と、ほかに詩友が一、二いた。

福川の弟高橋貫助（藤之進）と、あらたに同囚となった安富惣輔《そうすけ》はおおいによろこび、正月二十日夜から『春秋左氏伝』の会読をはじめた。

正月十三日、松陰は叔父玉木文之進《ぶんのしん》にあてた書状に、つぎのように記している。

「獄中は閑暇《かんか》の地ですが、かえって多忙に苦しむ状態です。先日、擬明史列伝・清人王鈍翁の著書を読みました。明国人の激烈豪壮な心情は、実に感に堪《た》えません。近頃の因循で思いきりのわるい大和武士とは大ちがいです。昔であればこんなことはなかったであろうと、嘆くばかりです。

私が下獄したからには、私も暴徒といわれるふるまいをした門人の八人も、このまま屈伏いたしません。

このまま懲《こ》らしめられてしまうようなら、はじめから手出しをしないのがいい。勤王のきの字を口にしたときから、私は一死を覚悟しています。しかるに小さな挫折をしただけで恐れていては、藩庁の諸大官と何の変るところがあるでしょうか。

このたびの臆病論は佐翁（佐世八十郎《させやそろう》の父彦七）より出て、小田村以下の諸同志が皆雷同したのです。（下略）」

この頃は、桂小五郎が松陰にこのうえ過激の策を用いさせ自滅への道を進ませないため、松陰の友人、門下生に面会をさせないようはかっていた。

それで松陰の手許にとどく同志らの書状は、暴発を諫《いさ》めるものばかりで、松陰は孤立感をふかめ、高杉、久坂、松浦、来原《くりはら》（良蔵）、桂、佐世と絶交したと記している。

「これまでの知友はたいてい皆そうだ。私が絶交するのではない。彼らに尊攘心がなく、絶交せざるをえなくするのである」

正月二十三日、松陰は入江杉蔵に書状を送った。

「足下《そっか》も諸友と絶交せよ。同志の士を峻拒《しゅんきょ》せよ。そのうえで罪を免ぜられるまで表戸を閉して勉強せよ。孫助（野山獄卒）もいなかにいって、手紙を運ぶのが不便になった。

桂（小五郎）さえ心変りしている。同志はともに協議するに足らない者どもである。藩役人はなおさらである。

日本もよくもよくも衰えたものだ。実に堂々たる大国でありながら、大義に死ぬ者は子遠（杉蔵）一人とは何という情ないことだ（下略）」

松陰入獄ののち、水戸藩の密使矢野長九郎、関鉄之助が幕吏の眼をのがれ萩に忍び入り、かつて水戸藩校明倫館に遊学していた明倫館助教赤川淡水《あわみ》に会った。

矢野たちの要務は、老公斉昭《なりあき》の密旨を長州藩重役に伝えることであった。彼らは密勅返上事件に反対する藩論を、北陸、山陽、山陰の諸藩に知らせ、協力を求める遊説の旅の途中であった。

藩庁では周布《すふ》、井上らが上京して留守であったので、適切な応対のできる人物がいないまま、水戸藩との提携を望まない旨を答え、矢野、関はなすところもなく引き揚げていった。

　松陰は安政六年（一八五九）正月六日、妹婿の小田村伊之助につぎの書状を送った。

「弓削《ゆげ》、三好（矢野、関の変名）にご面会されましたか。なにかとお力添えをお願いいいたします。両人ともたしかな人物で、わが党の内情をうちあけてもよいと思っています（下略）」

　矢野たちは正月七日に萩を去っていた。松陰は、勤王の大機会を取りにがしたと落胆した。

　その八日後、正月十五日に、尊攘志士大高又次郎、平島武次郎が萩にきて、藩重役に願いの筋があるといい、面談を求めた。

　大高は播磨《はりま》林田藩士。幼時に京都に出て梅田雲濱《うんぴん》の門下生となった。武田流兵法を学び、革甲の製法をこころえている。

　平島も梅田の門下生である。二人は京都で入江兄弟ら長州藩士と交流して、藩内の事情をくわしく知っていた。小田村、入江、野村らは懸命に藩庁にはたらきかけ、大高らを重役にひきあわせようとした。

大高は赤穂《あこう》四十七士のうち大高源五の後裔《こうえい》として知られていたが、平島とともに梅田雲濱門下であり、そのような人物とかかわっては幕府の嫌疑をうけかねないので藩庁は二人を近づけなかった。

大高らは正月二十三日、萩を立ち去るとき、野村和作《わさく》に書状を渡した。

「このような結果になったうえは、三月になっても毛利藩主が参勤の途中を待ちうけ、ただちに要請するほかはない」

大高らは同志三十余名とともに、三条・大原のほか、勤王派の公卿を擁し、伏見で毛利敬親《たかちか》を説いて、京都で討幕派の指揮者に推そうという計画をたてていた。

大原重徳《しげとみ》は前年末、田原荘四郎を通じて松陰に伝言していた。

「少将公（敬親）東勤あらば、伏見にて直対《じきたい》の上、一論すべし。近臣等壅蔽《ようへい》するとも、是非に一死をもって志を達するなり」

松陰は藩主父子の江戸参勤は危険であると、以前から考えていた。

藩地を離れては、公武合体の周旋を実行するには、危険がつきまとう。同様に伏見で藩主を待ちうけるのも、不慮の椿事《ちんじ》がおこりかねないのである。

正月十八日、松陰は入江杉蔵に書状で指示した。

「杉蔵たちが伏見へゆくのはまことによろしい。しかし殿がいったんお国を離れられたのちは、何事も思うに任せぬことになる。それゆえ大高・平島二氏を早々に帰らぬようにひきとめ、なるだけは殿の御意をくわしく承り、次第によっては、京都の同志三十人、三条・大原その他有志の公卿をも萩に招かねばならぬ。

そのうえで萩で方針を確立し、その結果を叡聞《えいぶん》に達し、勅意を頂いたならば安心である。殿の御上京、江戸御参府もいいだろう。

この議が国元で決しないようであれば、伏見で申しあげてもなおさら議論は決しないであろう。伏見まで亡命できる同志の数は限られてくるが、萩城下であればすべての同志が結集できるではないか」

松陰は二十一日に在藩同志に書状で協力を頼んだ。

「大高ら二人の客は、わが藩をめざしてきたもので、わが藩のほまれというべきことである。それをにべもなく断るのは、相手に恥をかかせることになる。

いま藩庁が応対しなければ、伏見で三十人の勤王志士が公卿を連れだし、殿様の駕籠《かご》をとりかこみ、談判するだろう。そのときになって狼狽《ろうばい》すれば、大恥を天下にさらす。

それよりは二客の論じるところを藩庁において問いただし、不可能であると判断するならば、断ればよい。それで伏見の難儀を未然に封じることができる。万々一にも大高らの謀《はかりごと》が、わが藩より幕府へ洩《も》れるようなことがあると、三十人の同志はどんなに憤怒《ふんぬ》するだろう。

そのときは萩から江戸まで三百里の参勤の長い旅程のあいだに、いかなる暴挙をおこされるか分らない。殿には断然、二人に謁見を許されることがよいのだ。大高らも暴れ者ではない。公武合体の計画をたてたいと願っているのみである。わが藩の害になるようなことは、決しておすすめしない。

国老浦靭負《うらゆきえ》殿と殿様が直接に二人の意見をお聞きになれば、多分、事は成就《じょうじゅ》するのである」

大高、平島の訪問を逸すべからざる好機と見た松陰は、獄中から門下生を必死にはげましたが、二士はむなしく追い返されてしまった。

松陰は、門人たちの腑甲斐《ふがい》なさに絶望した。彼らはかつて国のために死に、禍《わざわい》を避けないといい、幕府を仇敵のように罵《ののし》った。いまは幕府の厳しい取締りをおそれ、鼠《ねずみ》か犬のように逃げかくれる。

大地の下にひそんでいる水を灌漑《かんがい》に用いるためには、地面を掘り下げねばならない。最初に地下水を導きだす人は、鍬《くわ》を打ちこむとき、その石のかけらに頭を砕《くだ》かれ、命を落すこともある。

それをあえて実行する者が先覚者、先導者である。松下村塾で利害成敗を考量することなく、先覚者の道を歩むことを教えた門人たちは、松陰の精魂こめた教育の成果をあらわしてはくれなかった。

正月二十四日、松陰はつぎの文章を記した。

「私の尊王攘夷《じょうい》は死生をかえりみないもので、天地に対し恥じるところがない。ところがはじめは小人俗吏がこれをはばかり、ついで正義を重んじる人々までがこれを厭《いと》うようになった。

ついには、平生から師友として、もっとも尊敬し信頼していた者が、あいついで私を置き去りにし、私の行動を抑制しようとするようになった。彼らは尊攘をおこなわないわけではない。私の尊攘行動を非とするものである。

自ら尊攘を志しているのに、私の尊攘を非とするのは、これまでの私の努力が水泡に帰したことになる。それならばどうするか。誠を積むことによってやりなおすか。私の尊攘には誠がないので人が動かないのだ。

そのため、無用の言葉をいわないことを第一の戒めとし、天皇の叡慮と藩主の思慮はいかがであるか。皇室と毛利家累代の恩徳に答える道はいかがであるか。祖先の忠義のほまれを落さず、父母の名をはずかしめない孝が、すべてを合一する道でなくてはならないので、その道のかかわりあいについてふかく考え直そうと思う。

それのため今日の午後から絶食する。誓っていう。今よりのち、ひとつのよろこぶべき快報があれば、一度飲食をしよう。私が獄に投ぜられてのち、怪しい事を耳にするようになった。

水戸からきた二士を逐《お》いはらい、ついで播磨、備中の二士をも逐った。門人たちには禁錮、禁足されている者がいる。藩庁は殿様の参勤を急ぐ。世情がここに至って、見過せようか。私には堪えられないことだ。

いまでは小田村、久保との親交は絶えたようだ。私にまったく書信をよこさない。桂小五郎には書状を送ったが、返事はこない。絶交している同志は君子人である。君子が私と絶交するのは、私の行いが道に背《そむ》いているからで、そのときは斃死《へいし》すべきである。もし私が道に背いていないならば、天祖天神先公先祖が感応して、一喜快事があらわれてくるはずである」

松陰は翌日同囚の安富惣輔に伝えた。

「私は入獄以来、国家がまさに転覆し、大道がまさに潰滅《かいめつ》するような怪事を聞いてきた。そのため昨日の昼食ののち、飲食を絶つこととした。誓っていう。今後快事を聞かねば飲まず食わず、斃《たお》れてのちやむのみ」

安富は松陰が絶食して死を思いたったことを、ただちにその父母に知らせた。

杉家には親戚、知人、塾生が集まり、それぞれ書状を野山獄へ送り、松陰の短慮を思いとどまらせようとした。

父杉百合之助《ゆりのすけ》はただちに松陰に書状を送り、断食をやめさせようとした。

父百合之助は、つぎのように松陰をなだめた。

「私は病気が全快し、一昨日藩庁に快気届を出し、各役所に廻礼をすませ、昨日は休息して今日は早朝からまた廻礼に出かけ、日暮れまえに帰宅した。そこで同囚の安富氏からの知らせがきているのを知った。

夕食後に、塾へ小田村、佐世、岡部らが集まり、ことのほか嘆き、いろいろ心配していた。私は梅太郎を野山獄へつかわし、食事をすすめさせ、現場を見届けさせない。

安心したいので、梅太郎を呼びに下男をつかわしたが、外出しており、行先が分らない。

　そのまま手をつかねておられないので、増野《ましの》徳民《とくみん》にこの手紙を持っていかせることにした。どうか父母、叔父らの意見を聞きいれ、母より送る食べものを口に入れるよう、祈っている。

　何分にもこのたび思い立った絶食は、はなはだよくないことだ。短慮の至りである。くわしいことは玉木文之進そのほかの者から書面で届くだろうから、号泣して彼らの意見に従い、我意を捨て、同志の人に従うよう祈るばかりである」

　母の瀧《たき》は松陰の断食を聞き、心配のあまり書状にいろいろの食べものをそえて野山獄へ届けた。

「昨日からは、お食事をお断ちとか耳に入り、おどろきいっています。……たとえ野山屋敷にとらわれていても、ご無事にさえいてくれたなら、私の心の支えになるのですから、短慮はおやめになり、生きながらえてほしいと祈りつつ、この品々をととのえ送りますのでどうか食べてくれるよう、くれぐれもお頼みいたします」

叔父玉木文之進も、なんとかして松陰の決意をひるがえさせようと、書状を送った。

「松陰よ、そのほうは一両日絶食しているとか、まったくおどろかされた。このような見識違いのことは、まさかしでかすまいと思っていたが、もし餓死するようなことになれば、短慮とも狂気とも、世間の物笑いの種になり、くやしいというも余りあることだ。

そんなことをして、勤王の志をつらぬくために何の益があるか。平生から気が短く、そのうえ道理につき見当違いもあることは知っていたが、とかく義をもって恩をかえりみないこともあるのだと考え、きびしく意見もしなかった。

だが近頃は自分の見解を固執する傾向が一段と募《つの》ってきたように見えていた。だが恩愛の情にひかれ、看過して歳月を送るうちに、かような大間違いに至った。

大恩のある父母を嘆かせる大罪人になると諭《さと》せば、そのほうは例の私見を逞《たくま》しくして、大義には親を滅す。父母の嘆きぐらいは何でもないというだろう。

しかし、獄中で餓死することが、大義において何の益があるか。（中略）とにかくそれらの道理は後日追い追いに書中で弁論することとして、今晩より食事をとり、父母よりうけた体の養生が肝要である。

せっかくこの間から獄中無病で過すため、焼酎薬をのむなど心配りをしていたのに、絶食餓死とは何としても合点がゆかないことだ」

松陰にとって、肉親の情愛は身に沁《し》みたにちがいない。

朋友《ほうゆう》、門人らの書状も続々と届く。松陰はその夜のうちに、父百合之助に返書を送った。

「父上のお便りを拝見しました。

私の内心はすべてをお話しできないのですが、お便りのおすすめもあり、福原氏からいろいろ親切に申し聞かされ、水一椀、釣柿《つるしがき》一つ食べましたので、まずはご安心願い奉ります」

その日、藩庁の配慮であろう、松陰入獄のとき不穏の行動をあらわし、自宅に謹慎を命ぜられていた、八人の門人のうち入江、野村、品川、伊藤が罪をゆるされた。

二十六日にそのことを知った松陰は、おおいによろこび、絶食をやめることにした。

松陰は二月三日、小田村伊之助に送った書状に、わが心境を記している。

「僕は投獄されてから、外からは毎日怪事を聞き、内では古人の激烈悲壮な文を読み、内外あいまってついに絶食して死のうと思いたった。

このときは、父母、師の訓諭は耳に入らず、朋友の諫言も心にとどかなかった。ますます怒りは増し、心中の激情は高まるばかりであった。

だが杉蔵以下四人が一時に釈放されたと聞き、歓喜の思いがほとばしり出て、これまでの憤怒がやや納まった。それで李卓吾《りたくご》の書を読んでみると、『逆則相反、順則相成』の八字を得て、くりかえし読み、ますます喜悦がたかまった。

ああ僕は過っていた。過っていた。餓死しようとした考えは、ひとつとして逆にして反しないものはなく、ひとつとして順にして成をなすものはなかったのだ」

松陰は、藩庁が彼を野山獄に投じたのも、朋友、門人が連絡を断ったのも、彼の身を庇《かば》うためであったと気づいた。

かたくなな彼が、兄や友人に護られていたのが、真実の状況であったのだと理解したのである。

李卓吾は、明朝末期の嘉靖《かせい》六年（一五二七）に、福建省泉州府に生れた思想家である。科挙に合格し官吏となり、しだいに出世して、万暦五年（一五七七）五十一歳のとき、雲南省姚安府《ようあんふ》の知府（知事）に栄転した。

五十四歳のとき、さらに重任に就くようすすめられるが、官途を辞し、学者の生活に入った。万暦十六年（一五八八）妻黄氏を失い、子は四男三女のうち、一女が生きているだけであった。この頃、彼は俗縁を断ち出家した。彼の研究は証道、学道といわれるものであったが、人間とは何か、人生とは何かという、生死の本質を追究するところにあった。

彼は儒教、道教、仏教のいずれにも反撥し、きわめて危険な思想を宿す『蔵書』『焚書』『卓吾大徳』などの大著をあらわした。

このため万暦三十年（一六〇二）七十六歳のとき、逮捕投獄され、本籍地に送置されることになったが、同年三月十五日、侍者に剃髪の剃刀《かみそり》を借り、それで首を切り自殺した。

松陰が李卓吾の『焚書』をはじめて手にしたのは、野山獄に入獄して間もない安政六年正月であった。

奇人としかいいようのない李卓吾の著書の文言が、なぜか松陰の肺腑に沁みわたったのである。

長州藩主毛利敬親の江戸参勤の発駕は、三月五日と定まっていた。獄中の松陰は、大原卿ら勤王公卿をいただく大高、平島ら尊攘志士の一群が、敬親を伏見で待ちうけ、京都へ導き、討幕の義挙をあげる積りでいるかも知れないと推測していた。

松陰は藩庁に意見を述べる手段もないままに入江杉蔵に命じ、二月四日、城外の目安箱《めやすばこ》に自分の意見書を投げいれさせた。

書中には、伏見で事件がおこれば藩の体面をおとしめる結果になりかねない。このため君側《くんそく》の奸《かん》を更迭しなければならないとの進言がしるされている。

前田孫右衛門、来島又兵衛、桂小五郎、来原良蔵、玉木文之進、周布政之助らを重用すべきであるという松陰の意見は、黙殺された。

松陰はやむをえず、大原三位、大高、平島に面識のある塾生をひそかに伏見へ先行させ、大高らと連絡をとらせようとした。だが塾生たちは動こうとしなかった。藩論を首導する人物がいないので、伏見要駕策は無益であるというのである。

二月になって、江戸から帰藩していた中谷正亮《しょうすけ》、久坂玄瑞《げんずい》、松浦松洞《しょうどう》も、この策を無益であるとした。いたずらに妄動を強行しても、損害をうけるだけで、藩に迷惑をかける結果に終るという。

中谷は嘉永四年（一八五一）松陰とともに江戸に遊学してのち親交をむすび、松下村塾において松陰に師事するうちに、高杉、久坂らの逸材を村塾に誘ったほどの、ふかい間柄であったが、松陰の策に応じなかった。

松陰は二月上旬、入江杉蔵に書信で無念の胸中を伝えた。

「中谷はわが輩を嘲笑していった。いま烈しい火焔のなかに身をなげうつような行為は、いたずらに義名を高めるだけで、何の実益もないと。なんと憎らしいいい分ではないか。（中略）奸物が国の方針を誤るのであれば、なぜ一度か二度の御前会議を願い出ないのか。

奸物がどんなに威勢を張ろうとしても、益田弾正が一言殿様に要請すれば、殿様はどうしてお聞きとどけなさらないであろうか。家老方がひとたび腹中の真心を吐露すれば、奸人はたちまち辟易《へきえき》するのだ。妙策が出ないときは、私の所論などを用いると、説得の道もあるのだ」

松陰は獄中から焦慮《しょうりょ》の言葉を吐《は》く。

「藩に頼もしい人材があれば、伏見要駕策などはいらない。人材がいないまま、殿様を江戸へおもむかせることなく、伏見で押しとどめねばならないのだ」

おそらくは決死の覚悟がなければできない策の実行をおこなうことを松陰に申し出たのは、入江杉蔵であった。彼はすでに上京の旅費十五両を支度《したく》していた。松陰は佐世八十郎と松浦松洞が杉蔵と同行すると、京都の大原卿に通報したが、佐世たちは上京しないことになった。

杉蔵の父嘉伝次は長州藩足軽であったが、安政三年（一八五六）七月に病死しており、母満智《まち》は五十五歳、杉蔵は二十三歳、嘉伝次の実家を継いだ野村和作は十八歳、妹寿美は十一歳であった。

当時の入江家の情況を、のちに子爵、内務大臣、逓信大臣、枢密顧問官となった野村靖《やすし》（和作）は、『追懐録』につぎのように語っている。

殿様参勤の行列が出発する日が迫ってきたが、同志たちは誰一人として伏見要駕に身を挺する者があらわれなかった。兄上（杉蔵）は奮いたって自ら義におもむこうとされた。

しかし母上はすでに老い、家計はますます乏しく、私と寿美は年少であるので、兄上の顔には後事を心配する煩悶《はんもん》の思いがあふれていた。

伏見へゆけば、生還の望みはないといわれていた。そのため同志は動かないのである。私は兄上の様子を見て、気の毒で黙っておられなくなり、ついに二月二十三日、兄上にかわり伏見へゆこうと告げた。

(和作は前年十月に京都で大原卿を萩へ迎える画策をしていたが、田原荘四郎の変心により計画が発覚し、帰国させられたので、勤王の志ある公卿、武士に面識があった)

兄上は私の言葉を聞くと両眼から涙をほとばしらせ、返事ができないため、筆をとって、和作に上京の任務を譲り、こののちは誓って母上の心をなぐさめ、孝道をつくすので、心配するなと記した。

私がもし、母上に上京を告げたときは、おどろいて許してくれないのではないかとたずねると、兄上は答えた。

「このたびのことは、実に大義やむをえざるためである。母上は賢いお人であるから、上京を告げればかならず許して下さる」

兄上は母上にすべてをうちあけ、くわしく事情を説き、誓った。

「たとえ和作が罪を得ても私がいますから、ご心配なさらないで下され。私はこれまでのような狂妄のふるまいをやめ、謹直に藩庁に仕え、孝養をつくします。和作の行動は君国のためにすることで、天道はこれを棄て給いはなされませぬ」

母上はわれわれの願いをうけいれてくれた。

「忠義の行いは、とめることができぬ。ただ何事も念を入れて考えてのちに、実行してくれるのを祈るばかりぞえ」

私は母上の許可を得たので、翌二十四日先祖の墓に詣で、帰途に桂小五郎の屋敷に立ち寄り、二十両を受け取り、旅の費用として懐中に納めた。

この金は、かねて兄上が今度の計画にそなえ、母上に頼んで家禄のうちいくらかを売却して、その代金を桂に預けていたのである。

私は二十三日の夜、松陰先生の獄をたずね、司獄のはからいで先生に訣《わか》れを告げていた。萩城下を離れたのは、二十四日の午後であった。

松陰は獄中で酒肉を断ち、菜蔬《さいそ》を減じ、言笑をつつしみ、和作からの朗報を待った。

野村和作《わさく》が萩城下を出立して三日後の二月二十七日、藩役人が入江家にきて、杉蔵を岩倉獄に投獄するとの藩命を伝えた。

野村和作脱走の秘事は、本人が同志の佐世八十郎《させやそろう》に洩《も》らし、同志らは相談のうえ、小田村伊之助が藩庁に届け出たのである。

杉蔵投獄を伝える藩吏が入江家にきたとき、友人の山県小輔（のちの有朋）がたずねてきていた。杉蔵が激怒し、母は驚きのあまり全身痙攣《けいれん》の発作を発した。山県はそのさまを見て、ただちに政務役前田孫右衛門をたずね、寛大の措置を願った。

「杉蔵の母君は宿痾《しゅくあ》に苦しみ、妹寿美はいまだ幼少でござりますれば、靖《やすし》が脱藩いたせしうえは、杉蔵が入獄すれば、一家は暮らしてはゆけませぬ。なにとぞ杉蔵の牢入りだけはお許し下されませ。杉蔵、和作はともに何らの私心なく、忠義の心あつきあまりの行いにござりますれば、ご寛恕《かんじょ》あってしかるべきではござりませぬか。母君の看病をさせてやって下されませ」

山県は懸命に嘆願したが、前田はついに確答しなかった。

山県は入江家に戻り、急を聞き駆けつけてきた杉蔵の友人岡仙吉、親戚の三戸甚之助らとともに杉蔵の母を慰めた。

杉蔵と母は彼らの今後の尽力を誓う言葉に力づけられたが、杉蔵はその夜一睡もできなかった。

――和作は死地に赴いたんじゃが。もう戻ってこれぬかも知れん。母上はさぞ嘆いて寿命を縮めなさるじゃろう。わが家になんでこれほどの難儀がふりかかってきよるんじゃ。俺と和作がこれだけ忠孝にはげんでおっても、神は照覧下さらぬか――


翌朝、杉蔵は藩庁に上呈する嘆願書をしたため、くりかえし一家困窮の実状を述べ、母の病を看護のため、投獄の時期をしばらく延期してほしいと乞い、小田村伊之助にそれを託し、周旋を依頼した。

杉蔵が藩庁の恩命を待ち、食物も喉を通らぬ心痛のうちに陽が暮れかけた。そのとき藩庁の命令がとどき、嘆願はうけいれられず、小田村からの返答もまた届かなかった。夜五つ（午後八時）過ぎ、藩庁の捕吏三人がきた。

見送る者は三戸甚之助、岡仙吉、吉田栄太郎（のちの稔麿《としまろ》）の三人であった。杉蔵は母に詫びた。

「われら兄弟の不孝をお許し下さい。さきに兄弟が忠孝を分担し、母上のご介抱をするつもりであったのが、かような事になり、遺恨は限りありません。しかし私はかならず立ち帰り、母上のお心を安んずることを誓っておりまする」

母は答えた。

「その言葉を力として、またともに暮らせる日を待っています。吉田先生さえ獄中におられる。そなたがかような目にあうのは怪しむに足らないことです」

母は門口に出て杉蔵を見送ったが、そのあと三日間は床に臥《ふ》したままであった。

藩庁では二十七日、野村和作追捕のため、大原西下策を失敗に至らせた変節漢田原荘四郎に追手を命じ、出発させた。

野山獄の松陰は、杉蔵入獄の通報をうけ、深刻な衝撃をうけた。松下村塾生は、これまで結束をかため、同志の行動の秘密を外部に洩らしたことはなかったが、今度は門下生の間から藩庁に秘事が密告されたのである。

佐世、小田村らは、藩主に勤王の志なしとする風評があったため、いまさら勤王を強要しても何の効果もないと判断し、要駕策の実行を阻害した。

　松陰は二月二十九日、岩倉獄につながれた入江杉蔵に、つぎのような書信を送った。

「あなたが投獄された。どうして悲しまずにいられようか。しかし私はあなたの逆境にいることを久しく悲しんできた。いまはなぜかよろこぶ気持ちがおこってきた。あなたは不朽の大事を弟にうけつがせた。弟はよろこんでそれを受けた。しかも天はあなたを不朽ならしめようとしている。あなたもそれをよろこんで受けるのみである。

　ただ慈母の情は憐むばかりである。しかし二子が朽ちることとなければ、母もまた朽ちないのだ。

　人生はたちまちに過ぎる。百年は夢幻である。ただ人は天地に同化するところが、動植物とは異る。不朽のほかに方法はない。私は李卓吾の文を抄記して送ろう。くりかえし熟読玩味せよ。

　あなたはすこぶる天道を理解する素質があるので、かならず悟りをひらくにちがいない。藩庁では和作を捕えようとしているようだが、和作は決して捕えられないだろう。しかし万一捕えられたときは、私が首謀者であると自首しよう。あなたたち兄弟と私と一笑して地に入ろう。また最後の一大快事である」

松陰は伏見要駕策にそむいた同志を国賊、あるいは藩の方針に追従する狗子《くし》と罵倒する。公にそむき私に従うようなことは、一万回死んでもできないことである。かつての同志たちは、藩庁に媚《こ》びへつらい、従うことだけを知って、君公の明旨を奉ずるを知らない。彼らは藩の奴隷であると指弾した。

萩城下を去り、京都へむかった野村和作は、途中で播州龍野に至り、大高、平島両士と会おうとした。かねて密約を交していたためである。

大高たちはすでに上京していたので、和作もただちにあとを追い、両士に会い、大原卿に謁して伏見要駕の策をはかろうとしたが、大原卿はすでに岩倉具視《ともみ》の説得により、幕府の猛烈な弾圧のもとでの積極行動を自重し、形勢観望する方針に心変りしていたので応じない。大高、平島の二士も卿の意に同調していた。

事態の急変に、十八歳の少年は動転した。『追懐録』に、当時の事情が述べられている。

「私は進退きわまり、大坂へ去り、国学者萩原広道翁の塾に潜伏した。だがまもなく京都藩邸から役人の福井忠次郎が、留守居役の命によりたずねてきて告げた。

『捕吏が迫っていて、逃れることができないので、こちらからすみやかに出て捕縛されるよりほかに、道はない』

私は少年でとっさに考えをめぐらすこともできず、福井のすすめに従い捕縛され、護送されて三月二十六日夜、萩に着き、岩倉獄の第二室に監禁された。

周囲は暗黒で、何の物音もせず、人声もなく静まりかえっている。たまたま隣室から低い声で私の名を呼ぶ者がいる。

その声を聞けば、兄であることがすぐに分り、悲哀の思いが噴きあげてきた。兄も嗚咽《おえつ》の声をあげた。

しばらくして、兄は語った。

『お前が出立してのち、三日めに俺は投獄の命をうけた。母上のため入獄の日を延期してくれるよう切に願ったが、どうにもならなかった。

いまお前が帰ってきたので、俺の釈放はかならず近いだろう。俺は誓って母君の意を安んじよう。お前は何も気遣うことはない』

その後、われらは毎日杉蔵赦免の恩命を待ったが、藩庁から何の通報もなく、杉蔵を他房に移し、兄弟が語りあうことができないようにした。

このためわれらはしばしば陳情の書を藩庁に上呈、母のために恩命を乞うたが、何の返答もなかった」

入江兄弟は、獄中で食事を与えられなかった。自弁しなければならないからである。

母は幼妹寿美を養い、惨憺《さんたん》たる月日を送った。杉蔵は母が貧困のうちから毎日弁当を届けてくれる苦労を免れさせるため、藩庁へ陳情書を送ったが、藩庁は兄弟に衣食を支給しなかった。

牢獄は汚穢《おわい》に満ち、塵垢《じんこう》が充満していた。母はときどき岩倉獄をたずね、兄弟の衣類をとりかえ、家に帰り包みをひらくと、臭気は鼻をつき、蚤虱《のみしらみ》があたりに散らばる。

母はそれを見て獄舎の苦労を想像し、泣きむせびつつ洗濯した。家計はますます貧困となり、日常の生活費にもこと欠くようになったが、親戚知己はまったく助力しなかった。このため母は持病の痙攣、頭痛を耐え忍びつつ、紡車《ぼうしゃ》を動かし機織《はたお》りの賃仕事をして、いくばくかの銭を得て窮乏をおぎなった。

兄もまた、獄中でひそかに書写（筆耕）をして獄費を補った。獄中では茶一瓶でさえ三文の費用をとった。

弟和作はそのような事情を知らず、獄卒に菜肉のいくらか高価なものを買ってこいと命じた。杉蔵はこれを聞いて、家計が逼迫《ひっぱく》しているなかでの母の苦労を告げ、自分も書写によって毎日の獄費を捻出している実情を知らせた。

和作はこのときはじめて母と兄が、少年の彼をあわれみ、母子苦労の状態を隠していたことを知った。こののち和作も書写を獄中の日課とした。

杉蔵は一日十枚以上も書写したが、和作は一日五枚に達しない日も多かった。

入江兄弟がこのように獄中の苦労に堪えてなお、松陰の志を重んじそむかなかったのは、師の教えを信じて疑わなかったためである。これほど門人たちを心服させた松陰は、どんな人柄であったのか。

松陰の妹千代は、つぎのように語っている。

「松陰は頬《ほお》に痘痕《あばた》があった。お世辞をいうことはめったになく、一見はなはだ無愛想に見えたが、一度、二度と話しあう者は、長幼の別なく松陰を慕い、なつかない者はなかった。

松陰も相手の資質に応じて話しあった。彼は客をもてなすのを好み、食事どきにはかならず御飯を出し、客が空腹をしのんで談話をつづけるようなことは、決してさせなかった。珍味佳肴《ちんみかこう》はなくても、御飯をすすめることをさしひかえるようなことはなかった。

ありあわせの物を出し、こころよく客とともに箸を持つことを楽しんだ。たまたま客を招くときも、珍味をすこし用意するよりも、粗末なものでもたくさん出すことを好んだ」

松陰は岩倉獄の杉蔵兄弟に、三月二十六、七日付の書状で、伏見要駕策に失敗した落胆の思いを隠さず記している。

まず野村和作にいう。

「足下《そっか》は京都藩邸の役人福井（忠次郎）に会わず、ただちに十津川あたりへ身を隠せばよかったのだ。萩に戻ったのは、惜しむべきことである。

現在の情勢では、諸侯はもちろん公卿、草莽《そうもう》の志士にも力はない。天下を渡り歩き、百姓一揆《いっき》がおこったところへつけこみ奇策をおこなうか。何を考えても成功はおぼつかない。

足下は四、五年間は牢を出られないだろうから、勤王も今日かぎりと思い切るほうがいい。同志の中にも然るべき人物が一人もいないので、藩の将来ももはや致しかたないだろう。このうえ生きているのは、うるさいばかりである」

杉蔵にも、遣り場のない憤りを洩らした。

「僕は一昨日以来、食っては寝て食っては寝て、書物を一枚も読んでいない」

入江杉蔵は下獄以来およそ一カ月を経て、弟和作が獄に投ぜられた安政六年三月二十六日、小田村伊之助あてに書状を送り、免獄の周旋を頼んだ。

「私は同志諸君の尽力を望んで、その旨を松陰先生に申しあげると、先生に叱られました。身命をなげうち事を謀ったところ、かつての同志と疎遠になったことをいまになって嘆くとは何事かと申され、まことにはずかしく思いました。

しかし私も去年十一月頃なら実に親も棄てる決心でした。これは私の勇気ではなく、ただ今上《きんじょう》（天皇）と君公の御鼓舞につとめたのです。

今春頃から時勢が一変してのちは、たちまち元の痴怯匹夫《ちきょうひっぷ》、尊攘じゃの忠義じゃのはまるでいわぬつもりになりました。ただ一人の母へ去年以来気をもませたが、残念です。どうか安心させたいと思いたったところを今度の投獄で、実に愁死するほど悩んでいます。

朋友は議論しあい愚痴をこぼしあいつつ、たがいにとるべき方途へ導きあうのですが、私はそのような友がいないので当惑の苦しさに、愚痴がいよいよはなはだしく、誰にも腹が立ってなりません。第一の旧友であった岡（仙吉）にまで腹が立ったので、憤言を吐いて怒らせたくらいで、何も深く考えてのことではありません。

何分書物の読みようが足りぬと思いますので、読書に精を出すつもりです。追い追いに書物をたくさん貸して下さい。私はやはり書物が薬です。しかし、明け暮れ母のことが気になってなりません」

松陰は小田村、岡部ら門下生に、複雑な心境を吐露《とろ》している。

長州藩で勤王が実行できないことは、以前から承知していた。実行できないから十数人の怒猪のごとき同志とともに勤王に挺身し、禄を奪われ投獄されたなら、天下後世にいささか面目が立つと思った。

だが投獄されたのは御家人を召放された吉田寅次郎と匹夫の伊藤伝之輔、杉蔵、和作の四人のみである。

岡部富太郎は、いまも喋々《ちょうちょう》と伏見策の是非を弁じているが、憎むべき奴だ。杉蔵は母のことをしきりに案じているが、これもまた忍びがたいことであろう。彼が早く放免されたら、僕は自分の罪状を逐一白状しよう。

このような言葉を口にする松陰は、自らの死によって同志を発奮させようと考えていた。

門人たちも、それぞれに悩んでいた。彼らは勤王運動の口火を切るために、実現の可能性がない過激な行為により破滅して、永生せよという松陰の命令に従わなかったが、心中では師弟ともに玉砕することを望んでいる。三月二十五日、江戸藩邸にいる高杉晋作は、萩にいる久坂玄瑞《げんずい》に送る書状のうちに、煩悶《はんもん》を語っている。

「杉蔵が入獄のことを聞き、憂い、かつ恥じている。実に嘆賞すべき奴だ。その弟とやらも上京の一件、歳が十九とやらいうが、これまたたのもしい者だ。

私は実に諸君に申しわけもない。獄にも入らず国にも帰れず、漫然と書生の日送りをしているのは、諸君に対し恥ずべきの至り、赤面して一言半句もない。

しかし僕が口に憤慨しても、おこなうことは一つもできない。姦物《かんぶつ》とか狡猾《こうかつ》者とか馬鹿とか思われても、僕が行動できない事実をまず申しあげる。

僕は愚かな父を持ち、父は日夜僕を呼びつけ、俗論を申し聞かせる。僕も俗論とは思うが、父のことだからどうにも仕方がないと憂いつつこれまで諸君と交際してきた。

またこのあいだ死んだ祖父も、いつも僕を呼び寄せ、どうか大騒動をおこしてくれるな、父の役にもかかわるからと申しつける。

松下村塾へゆくときも、隠していったくらいである。実に恥ずべきことだが、これに背けば不孝となるので、背く心にはなりかねる。

しかし、天下の事は急迫しているので議論せずにはおられぬ。おおいに悩み、そのため尊公方よりも議論ばかりして、何事も実行できないといわれても、一言半句もない。どうか愚鈍《ぐどん》な僕の心中をご推察下さい。

このうえ、致しかたもないので、殿様が江戸に到着なされたら、関東一帯を修行したいと申したてようと考えている。そうすれば佐久間象山《しょうざん》、加藤有隣《ゆうりん》をたずねることもできよう。

藩邸で読書していても、何の役にもたたない。父も来年中には僕を帰藩させるつもりのようで、それでまず遊歴をしつつ帰藩し、諸君方と共に一塾をひらき、読書するとともに松陰先生出獄の議論をしたいと思っている。

僕は学問ができないので、遊歴などをして、天下諸侯の制度、兵制などを調べて帰るつもりでいる」

後年、幕長戦争に奇兵隊を率い大活躍をする高杉も、安政大獄の緊迫した情勢のもとでは、眠り猫のように動かなかったことが分る。彼は家禄百五十石の高杉小忠太の長男で、当時は昌平黌《しょうへいこう》に入っていた。文久三年（一八六三）夏、入江九一（杉蔵改名）らと奇兵隊を結成するが、杉蔵入獄の時期には上士と足軽の身分の差は歴然としていた。

杉蔵は和作入獄ののち、松陰に母を思う真情をうちあけた。

「恥をかくことも、そしられることもかえりみず、人が怯惰臆病《きょうだおくびょう》であるといえば怯懦でよい。人があいつは狼狽《ろうばい》しているといえば、そういうがいい。ただただ母の憂悶《ゆうもん》をなぐさめることができれば、どのように批判されてもいいのだ」

松陰は杉蔵につぎのように説く。

「どうした、どうした。僕はすでに狂人である。孔孟流儀の忠孝仁義をもっていちいち責められては一句もなく、ただ時事に切歯流涕、何事もほかは暗闇である。

あなたの書を見て、はじめて人間母子の情あることは、ようやく思い出したが、いまの世の人に対し、子遠（杉蔵）はこのようなことをいっているということができない。だからあなたの手紙と僕の返書とをあわせて久保に送って涙せよ。久保も心ある者ならば、ひとしずくの涙をこぼすだろう。その涙を誰にむけて流すのか（下略）」

三月二十六日頃、松陰は来島又兵衛、小田村伊之助、桂小五郎、久保清太郎につぎの書状を送った。

「国家天下のことは腹立たしく鬱々《うつうつ》として不平の思いを禁じがたく、一日もこの世にいたくはない。早々に死を命ぜられるよう、ご周旋下さい。

心中をいちいち申さないでもお察し下さい。入江杉蔵はしきりに母子の情をいいます。僕はすこぶる不満ですが、彼が母を思うのは、僕が国を思うのとおなじことであれば、叱ることもできない。

杉蔵の一事さえ議論が遅延するほどであれば、藩庁は何ができるだろうか。弁当のこと、免獄のことなど、いちいちできるかできないかを、早々に決議してもらいたいものです。杉蔵が母に孝養をつくすことを藩庁が許さなければ、杉蔵もまた男児であるからには、あまり未練はいわないであろう。

杉蔵が覚悟をきめれば、私は幽囚にあっても精神は衰えていない。武士の一覚悟をきっとご覧に入れます」

松陰の考えはさまざまに変化し、食を絶ち、藩庁に過激の論を述べて死罪を求め、獄中での縊死《いし》をも考える。

そのあげくに、無駄な死を遂げることはないという考えにゆきつく。

「私と和作が獄舎で死ねば、一時は涙を流してくれる者もいるだろう。しかしどう考えてもわが眼中には、わが輩ほどに志をあつくし、時勢を洞察した者はいない。

それならば、うぬぼれながら私は神州のために自愛すべきである」

四月二十二日、松陰は自然のいきおいに身を任す、自然説を杉蔵に説いた。

「あまり怒りよると、とうとう腹もなんにも立たぬようになる。われは腹はもう立てぬ。しかしまた立てたら、それも自然であるとゆるしてくれ。

子遠（杉蔵）よ憤慨することはやめよ。義卿（松陰）は命が惜しいか腹がきまらぬか、学問が進んだか忠孝の心が薄くなったか。他人の評はなんともあれ、自然ときめた。

死を求めもせず死を辞しもせず、獄にあっては獄でできる事をする。獄を出ては出てできる事をする。時はいわず、勢はいわず、できる事をして行きあたればまた獄になりと首の座になりと行くところに行く。

わが君にただちに尊攘をなされよというは無理なり。尊攘のできるようなことをこしらえてさしあげるがいい」

長州藩の尊王運動が遅々として進まないのを松陰が獄中で嘆くうち、安政の大獄はしだいに波紋をひろげてきていた。幕府大老井伊直弼《いいなおすけ》は、密勅の水戸降下事件に尽力した、在京の諸藩の志士、脱藩者を捕縛、きびしく訊問《じんもん》して、さらに多数の連累者を摘発する方針をとっている。

衰えかけた幕府の威信を回復するため、大老の命をうけ京都に滞在し、反幕勢力の弾圧にあたっていた老中間部詮勝《まなべあきかつ》が、三月十五日に江戸へ戻った。

幕府は捕えた志士たちを江戸へ送り、勤王派の内情を把握するため、きびしい訊問をはじめた。訊問が進むにつれ、あらたな容疑者が江戸小伝馬町《こでんまちよう》の牢獄に檻送《かんそう》されてゆく。井伊直弼の激しい勤王派切り崩しの行動により、諸藩はひたすら萎縮するばかりであった。諸国大名のうち、幕府に対立しうる実力をそなえた者はいない。

野山獄の松陰に、江戸送りの幕命が下ったと伝えられたのは、安政六年五月十四日の午後であった。兄杉梅太郎が予期しなかった知らせをもたらしたのである。

幕府は四月十九日、長州藩主毛利敬親《たかちか》へ松陰江戸送りの内命を伝えた。重役長井雅楽《うた》が急遽帰国、五月十三日に萩に戻り、翌日松陰の父に会い事情を告げた。松陰が江戸で取調べをうける際、長州藩の内情を幕吏に洩らさないよう、頼んだのである。

五月十四日、松陰は三人の妹に別れの挨拶状を送った。

「今度江戸表へ曳《ひ》かれることとなった。いかなる事情か分らないが、五年、十年先に帰国するか、ふたたび帰らないかも知れない。

私はたとえ一命を捨てても国家のためになれば本望だ。両親様へ大不孝となるが、私のかわりに孝行をしてほしい」

翌日には父杉百合之助《ゆりのすけ》をはじめ、旧塾生らに手紙を送った。杉蔵、和作兄弟と交換した書状には、万感溢れるものがある。

二十四日夜、藩庁は、松陰をただちに護送役に引渡し、そのまま東送するよう命じてきたが、司獄福川犀之助《さいのすけ》は独断で松陰を帰宅させた。

父兄親戚、門人一同が座を埋め、最後の一夜を過ごした。母の瀧《たき》は、半年ぶりに帰った松陰をまず風呂に入れた。瀧は瘦《や》せた松陰の背中を流しつつ聞いた。

「大さん、もう一度江戸から帰って機嫌のいい顔を見せてくれるかい」

松陰は答えた。

「母上、心安くお思い下さい。悪事をはたらいた覚えはないので、きっと帰ってきてお目にかかります」

松陰の妹児玉千代は、のちにその日のことを語っている。

「父は申すまでもなく、母も気丈な人でしたから、心には定めし不安もあったのでございましょうが、涙一滴こぼしもせず、私どもにいたしましても、たとえいかなる事があるとも、かかる場合には涙をこぼすと申すことは、武士の家に生れた身としてこのうえもない恥ずかしい女々《めめ》しいことと考えておりますから、胸は裂けるほどに思いましても、誰も泣きはいたしませんでした」

「それは、萩のずっとはずれに松の木が一本ございます。昔は江戸へゆくということは、今の外国へゆくよりもモット大層なことに考えまして、家族は水杯《みずさかずき》をして別れたと申すくらいでございますから、誰でもこの松の木の所まで参りますと、アァこれがモウ自分の国のはずれである、これからは他国の土を踏むのだと思って、ホロリと致すそうで、それでこの松を昔から涙松ととなえています。

兄もそこまで参りますと、

かへらじと　思ひ定めし　旅なれば
　ひとしおぬるる　涙松かな

と詠《よ》んだというのでも分ります」
涙松のあった場所は、いまも緑深い森である。

評定所

松陰は生涯女性を近づけたことがなかったが、ひそかに心を通《かよ》いあわせた女性がいた。野山獄の同囚高須久子であることは、まえにも記した。

松陰より十二歳年上の久子は、松陰がはじめて入獄した安政元年（一八五四）十月、三十七歳であった。獄中でおこなわれた俳諧《はいかい》の催しによって、たがいの心の交流ははじまった。

手を触れる機会のないままに、慕《した》わしい思いをこめた俳句、和歌がつづられてゆく。松陰ののこした『詩文拾遺』に、つぎの歌が記載されている。

高須未亡人に数々のいさし（仔細）をものがたりし跡にて
　清らかな　夏木のかげに　やすらへど
　　人ぞいふらん　花に迷うと　矩方《のりかた》（松陰）

未亡人の贈られし発句の脇とて

懸香《かけこう》の　か（香）をはらひたき　我れもかな
　とはれてはじる　軒の風蘭

同じく
　一筋に　風の中行く　蛍かな
　ほのかに薫る　池の荷《はす》の葉

懸香とは、婦人が懐中に納める匂い袋である。三首の歌はいずれも繊細で深い余韻の尾をひく、みずみずしい恋情を語りかけている相聞歌《そうもんか》である。
松陰が安政六年（一八五九）五月二十五日、江戸へ檻送《かんそう》されるとき、久子はつぎの別離の句を贈った。

　手のとわぬ　雲に樗《おうち》の　咲く日かな

樗とはせんだんの木の古名である。花は小形で白またはうす紫で、円錐形にむらがって咲く。手のとわぬとは、手のとどかぬという意である。

松陰は江戸へ送られるまえ、久子の万感をこめた句にこたえ、つぎの歌と句を詠んだ。

高須うし（大人）のせんべつとありて汗ふきを送られければ

箱根山　越すとき汗の　出でやせん

君を思ひて　ふき清めてん　矩方

高須うしに申上るとて

一声を　いかで忘れん　郭公《ほととぎす》　松陰

いずれも久子への思いを隠すことなくあらわしている。松陰は日頃から郭公の冴《さ》えわたる啼声を好んでいた。

五月二十五日の朝、五月雨《さみだれ》が降りつづいていた。松陰はいったん杉家から野山獄に帰り、錠前付網掛りの駕籠《かご》に腰縄をつけられて乗せられ、護送役、番人ら二十数人に囲まれて出発したとされている。幕府から松陰護送の処置につき、護送役河野尚人以下につぎの伝達をしている。

「右杉百合之助《ゆりのすけ》　育《はぐくみ》　吉田寅次郎事、公儀において御吟味筋これあり候あいだ、道中取り逃がさざるよう、早々江戸表に連れ出し仰せつけられ候につき、道中差し添候條、よくとりはからい候條、仰せつけられ候事」

河野尚人

河野が指揮するのは、中間頭《ちゆうげんがしら》一人、徒士目付《かちめつけ》一人、徒士三十人という多数である。このほかの下役人を加えると、たいそうな人数になる。

松陰護送についての長州藩の指令も、すべて幕府の命に従っていた。

だが、大正十一年十月十九日、松陰の護送役をつとめたという、八十三歳の老翁河村八郎氏は、つぎのように語った。

一、吉田松陰氏を江戸に護送するときは、護送役は四人であった。上野に住んでいる某がその頭《かしら》で、下に三人いた。私は当時二十歳で、友弘貞吉と称していた。友弘は私の実家で、熊毛郡塩田村で、杉民治氏（松陰の兄梅太郎）の妻の実家と同村で、民治氏は私を知っていた。

私が護送者の一人となったのは、杉氏から藩庁へ依頼してのことである。

一、五月二十五日朝、一行は杉家から出発した。その日、われわれは杉家へ出向き、網乗物を仕立て外にひかえていたので、家内の様子は分らなかったが、内輪に暇《いとま》乞《ご》いの盃《さかずき》を取りかわしている様子は、聞えていた。

やがて皆が式台まで送り出てきて、吉田氏はいった。

「これが御暇乞いでござんす。どなたも御用心なされませ」

玉木叔父にもいう。

「叔父さま御用心なされませ」

耳の聞えない弟の手をとって、

「お前は物がいえないが、決してぐちをおこさぬようにいたせ。万事堪忍が第一」

といった。弟は耳が聞えなくても、兄の口の動き、身ぶりで意が通じる。

私らには、「皆お世話じゃ、頼みますぜ」といって乗物に入られ、いまの午前九時頃に出発した。門人の見送りは禁じられ、一人もいなかった。
一、網乗物は駕籠に網をかけたものであった。網は細引でつくったものである。四人が二人ずつ、前後に分れて担ぐのである（護送者は駕籠を担ぐ人足だけではないはずだが、河村氏は四人だけであったという）。

乗物のなかでは、ゆるく手を縛り、食事ができるようにした。書物二冊をなかに入れた。

大屋の坂道を涙松のところまでゆくと、

「これが萩の見納めだから、ちょっと見せてくれ」といわれたので、乗物の戸をひらいて見せた。

松陰は雨の降りしきる萩城下の遠景をひとしきり眺め、歌を詠じたあと、

「コレコレかたじけない。これで大安心」といった。

この日は朝から夕方まで雨が降っていた。

一、萩から江戸までの道中、昼飯は乗物に坐《すわ》らせたまま出した。夜はかならず宿屋に泊り、吉田氏のために一室を借り、われわれが二人ずつ交替で傍《かたわら》につき添った。就寝のときは手錠をつけて寝かせた。

一、吉田氏が一人で一室を占めるので、宿賃は天保銭三枚（一枚は百文）を要した。藩庁の申しつけでは、吉田氏には粗末な食事を与えよとのことであったが、生きて帰郷できるか分らない人に、そんなことをしては後生《ごしょう》がわるいと思ったので、われわれとおなじものにした。

ただし、酒は与えなかった。

一、箱根の関所では、長門《ながと》の御用聞きの宿に泊った。吉田氏は、「今夜はどうかくつろいで寝かせてくれぬか」と切望するので、手錠をはずし就寝させた。

その翌日は戸塚に泊り、また翌日は江戸に着き、麻布の御屋敷内の板囲いの一室に入れ、私が護衛した。

一、吉田氏が麻布邸におられた間に、幕府から召し出されたのはただ一回であった。在邸のあいだ、吉田氏の要求により、毎日半紙五枚を差しいれた。

吉田氏はそれに何か書いて、われわれにも呉れたが、罪人の書ということですべて捨ててしまった。

一、吉田氏はわれわれに毎度挨拶をしてくれた。

「今日もまた、ご苦労でござんすのう」というのである。道中ではしばしば入浴を求めた。

「逃げはせぬ。お前方のしくじりになることはいたさぬから」

といい、また月代《さかやき》を剃りたいといったが、これは皆が許さなかった。

道中もっとも心配したのは大小便のことであった。そのときはやむをえず、乗物から出し、用を足させた。宿屋では二人ずつ看視して便所へついていった。

一、吉田氏は顔面が長いほうで、色は赤く、元気よく健康であるように見えた。髪は総髪ではなく、月代を剃っていた。身長はふつうで、口早に語った。

一、吉田氏が出発のとき、彼の母が特に別れを惜しみ嘆いた。

一、着替えの衣服は、多く持参していた。

河村八郎氏の談話は、記憶違いのところが幾カ所かあるが、松陰最後の東送の旅を推測するよすがとなるものである。

江戸にむかった松陰は、ついに萩へ戻ることがなかった。松下村塾で松陰の教えをうけた門下生の回顧談で、彼の生きていた姿勢を探ってみる。

渡辺蒿蔵《こうぞう》という門人は、大正五年七月、七十四歳のときつぎのように語った。

「吉田松陰先生は、言語がはなはだていねいで、村塾の門人のうち年長者に対しては、たいてい『あなた』といわれ、私のような年少には、『おまえ』といわれた。

先生の講義は、あまり流暢《りゅうちょう》ではなかった。常に脇差を手から離さず、それを膝に横たえて端坐し、両手でその両端をおさえて講義をした。

元来痩《や》せた人であるので、脇差をおさえ肩をそびやかす姿が特に目立った。

松陰先生は罪人であるとして、子弟が村塾へ通うことを嫌う父兄が多かった。読書の稽古であればいいが、政事についての議論などをすれば、ただではすまさぬといましめるほどであった。

先生は教授のほか、自己の読書作文などをすべて塾でされていた。日々の行事は時を定めておこなうものではなく、その間に運動をするといって、一同が外に出て草をとり、米を搗《つ》く。門人は弁当を持って出席していたが、なかには弁当を持たない者が食事のため帰宅しようとすると、中途で学習をやめさせず、かならずなしとげさせる。

飯は塾で食わせるといい、杉家の台所で小飯櫃《めしびつ》に飯を入れてこさせ、師弟ともに食った。菜は沢庵漬ぐらいであるが、松陰先生の母上は常にこのようなことの支度をしていた」

松陰の教育は、藩校明倫館でおこなわれるような、規則正しい時間割りによって進めるものではなかった。

門人たちは松陰の躍動変転する個性に直接に触れ、彼の口唇から発する思想、感性を、植物の種子を地に植えるように心に植えつけられた。

松陰は自分の心の断片を門人たちに惜しみなく分け与え、彼らの心のなかで共生しようとしたすばらしい教育者であった。

「先生の坐るところは定っていない。諸生のところにきて、そこで教授をした」

と渡辺はいう。

松陰は門人の勉強する教室のなかをあちらこちらと移動し、さまざまの問答をして、門人の長所を引きだすために教え諭《さと》した。彼の比喩、暗示によって、精神の暗部に光を照射された門人たちは、松陰の思想を生涯忘れなかったであろう。

松陰が詩文をつくるのは、きわめて迅速であったという。

「はじめて先生に会い、教えを乞うものに対しては、先生はまずかならず聞いた。

『何のために学問をするのか』

その問いに、おおかたの者はつぎのように答えた。

『どうも書物がうまく読めないので、稽古してよく読めるようになりたいのです』

先生は彼に対し、教えていった。

『学者になってはいかん。人は実行が第一じゃ。書物などは心がけしだいで、実務に服するあいだに、自然に読めるようになるものだ』

この実行という言葉は、先生が常に口にされるものであった」

渡辺は幼時から、松陰の火のような革命の精神を、脳中に打ちこまれたのである。

「玉木文之進《ぶんのしん》（松陰の叔父）は、ときどき村塾にこられたが、松陰先生が西洋銃陣を主張されることには、不同意であった。

先生は諸生を率い、塾の傍あるいは河原などに整列させ、竹棒を銃のかわりにして操銃法を習わせた。

このときは先生がみずから号令をおこなった」

渡辺は短かった村塾の勉学のときをなつかしむように、いくつかの思い出を語っている。

「先生は己の罪を隠していわないような人ではなかった。己の罪をあきらかにいって、門人を訓戒した。また決して激語することがなく、滑稽なことをいう人でもなかった。おとなしい人であった。

いま、塾の柱に刀痕《とうこん》がある。世人は先生が江戸の獄へおもむかれるときに、憤激した門人のひとりが、一刀をふるい柱に斬りつけたものだといっている。

私の知らないことであったので、先年野村子爵が萩にこられた際、この事実を存知しているかと尋ねると、子爵ははなはだおどろいていった。

『さような狂暴のおこないは、先生の平生禁ずるところであったから、決してあるはずがない。もしおこなった者があれば、先生は決してお許しにならなかったはずだ。そんな虚事《そらごと》をいい伝えてもらっては、村塾の面目にかかわる』

塾生のうち、吉田稔麿《としまろ》は賢い人であった。久坂と高杉の差は、久坂には誰もついてゆきたいが、高杉にはどうにもならんというほどに、高杉は乱暴のため人望がすくなく久坂のほうに人望が多かった。

佐世八十郎《させやそろう》（前原一誠）は村塾でもあまり読書はせず、彼の父彦七もときどき塾にきた。彦七は剛気の人であった。八十郎らが先生の罪名を問おうとして要路の人々の家を訪問して、議論して帰ったとき、彦七はいった。

『周布《すふ》、井上らの首を取ってくるかと思うたが、それもできずに空しく帰ってきたか』

坂道輔《さかみちすけ》は幼い頃、習字を久保五郎左衛門に学び、読書を松陰に学んだ。

毎日習字の稽古を終えると、松下村塾へゆく。久保家の裏門から村塾まではきわめて近い。至って幼い道輔が裏門を出ると、松陰が手招きしているのが見えた。村塾に着くと松陰は道輔の書物挟みの紐を肩からはずしてくれた。道輔は老年に及んでも松陰の優しい仕種を思いだし、覚えず瞼《まぶた》を濡《ぬ》らした。

渡辺蒿蔵は長命して、昭和六年四月、八十九歳のとき松陰についての談話第二を遺した。

一、松陰の写真と称するものの鑑定を頼まれた。全然別人であった。

二、自分は安政四年（一八五七）末から安政五年まで塾にいた。安政六年には十七歳であった。

三、先生から何の為に学問するかと問われたことを記憶している。先生曰《いわ》く、学者になるのはつまらない。学者になるには本を読みさえすればできる。学問するには立志ということが大切であると。

四、東坡策《とうば》は松陰先生の入獄前に書いて見てもらっていたのだが、入獄のとき先生が獄中に携帯して評をつけて返してくれたものだ。

五、先生は塾生が読書や抄録をしていると、「ちょっと貸せ、書いてやろう」といわれ、評やら注意やらを書いてくれ、きわめて手軽に指導された。
六、塾には飛耳長目録というものがあった。今日の新聞のような内容の読物で、主に交友や京都からやってくる商人の談話を集めたものであった。

安政六年（一八五九）六月二十四日、長州藩桜田屋敷に入った松陰は、藩吏から「心当りの事柄御尋ね」の訊問《じんもん》をうけた。松陰が幕府役人の取調べをうけた際に、藩内から連累者を出さないよう、答弁の仕方をあらかじめ打ちあわせたのである。

七月九日、松陰ははじめて幕府評定所《ひょうじょうしょ》から呼び出しをうけた。寺社奉行松平伯耆守《ほうきのかみ》、大目付久貝因幡守《いなばのかみ》、勘定奉行兼町奉行池田播磨守《はりまのかみ》、町奉行石谷因幡守らが列座のうえで、訊問がはじまった。

訊問の内容は二カ条である。

一条は梅田源次郎（雲濱《うんぴん》）が安政三年（一八五六）十二月から四年一月まで長門に下向《げこう》したとき、いかなる密議をしたか。二条は、御所のうちに落し文《ぶみ》があった。その筆跡がそのほうに似ていると、源次郎そのほか申したてる者がいる。覚えがあるか、という問いかけである。

松陰は源次郎と面会したのは、時事を語りあったのではなく、禅を学べなどと源次郎がいい、学問の話をしただけであると答えた。

奉行はたずねた。

「赤根武人《たけと》は知っておるか」

「よく存じております。少年の頃、僕の家に住みこんでいたことがあります」

赤根は周防大島郡の医師の子で、幼時から僧月性《げっしょう》に学び、安政三年（一八五六）八月頃は松陰門下であったが、そののち京都に出て、梅田雲濱の教えをうけた。

安政五年（一八五八）九月、雲濱が捕縛されると、赤根は秘密書簡をすべて焼きすて証拠を湮滅《いんめつ》し、いったんは捕えられたが幕府の疑いが解けて、萩に帰ってきた。

松陰はいう。

「そのとき、僕をたずねてきたので、半日ほど話しあい、赤根はすぐさま亡命上京いたしました」

奉行は語気するどく詰問する。

「赤根武人は何故《なにゆえ》上京いたせしか」

松陰は平然と答えた。

「その師が縛につき、弟子が亡命上京した志は問わずとも分るでしょう」

赤根が亡命上京したのは、松陰から伏見の獄舎を破壊する策を授けられたためであったが、成功しなかった。

奉行はそのような事情を知らなかったが、松陰が源次郎と何らかの関係があると見ていた。松陰は慨然《がいぜん》としていった。

「源次もまた奇士であります。僕はあい知ること浅からず。然れども源次はみだりに自ら尊大で、人を小児のように見下します。僕の心ははなはだ平らかではないので、源次と協力することを望みません」

二条の落し文について、奉行が数行を読みあげると、松陰は反論した。

「それは僕の書いたものではありません。僕の書いたものは、藍色の縦横の毛板に楷書《かいしょ》で記しています。くだんの落し文は、いかなる紙ですか」

「竪の継立紙である」

奉行はいった。

「それは違います。僕の性は公明正大なことを好み、落し文などの曖昧《あいまい》なことはいたしません」

「そのほう上京はいたさぬか」

「僕は一室に閉居し、隣家へいったこともありません。これは萩城下の万人の耳目が知っております」

「憂国の同志をして、落し文をさせたのではないか」

「僕はさようなことをする気はなく、天下の事をなすときは、自らおこないます」

訊問にあたった奉行は、松陰を睨《にら》みすえたが、言葉に窮した。

幕府の松陰に対する嫌疑は、すべて氷解した。このまま引きさがれば、松陰はふたたび萩へ帰ることができる。

だが松陰の身中で、安政元年（一八五四）以来、六年間の幽囚の明け暮れのうちにつみかさなっていた憂国の熱情が、突然はじけ、炎を噴いた。

松陰はペリー来航以来の政情につき、詳細に批判を述べ、日本のとるべき方策につき意見を語りはじめた。その内容は、幕府重職が耳にしてもおどろくほど、海外の事情を網羅《もうら》していた。

萩城下で幽囚の生活を送っていた松陰の、ただごとではない国政批判を聞いた奉行は、懸河《けんが》の弁《べん》に耳を傾けることにした。

「これは訊問の対象にはならない内容であるが、そのほう一個の赤心をそのほうのために聞こう。どれほど細かく陳述してもかまわぬ」

奉行は松陰が政治上の重大な告白をするかも知れないと、獲物を狙う鷹のような眼をむけた。

松陰は感謝再拝して、堀田正睦《まさよし》とペリーとの応接書をそらんじ、その内容を逐一批判した。

奉行は顔色を変えて問う。

「そのほう蟄居《ちっきょ》の身でありながら、国事をつまびらかに知っているのは、怪しむべきじゃ」

松陰は答えた。

「僕の親戚には、読書をなす愛国者が幾人もおり、常に僕の志に感じ、僕のために百方探索して、内外の知識を与えてくれます。それで僕は国事を知っているのです」

松陰はここで口をつぐむべきであった。だが幕府要人に時勢を論じ、よるべき国策を開眼させるべきであると思いきめた。

「僕は死に値《あたい》する二つの罪を犯しているので、自首いたします」

「それはいかなることか」

松陰は大原三位西下策と老中間部《まなべ》詮勝《あきかつ》要諫策をくわだてた事実をうちあけた。

松陰はこれらの事態は幕府がすでに偵知しているであろうから、明白に申し立てるほうがかえってよかろうと思い、逐一陳述をはじめた途中で、奉行たちの顔つきが変ったのに気づいた。

――幕府は、この企《くわだ》てをまったく知らなかったようだ。それならば洗いざらいうちあけることはない。多人数の味方が捕縛《ほばく》されるようなことになれば、毛を吹いて疵《きず》を求めることになる――

このため間部要撃策は、要諫といいかえ、連判の同志の姓名はすべて伏せることにした。あとにつづき決起する人材をそこなわないためであった。

松陰の自白を聞いた奉行たちは、いったんひきさがり、ふたたび出座する。奉行はいった。

「そのほうの心は、まことに国のためをはかっている。しかし間部は大官である。そのほうは間部を斬ろうとしたのである。大胆《だいたん》はなはだし、覚悟しろ。吟味中、揚《あがり》屋《や》入りを申しつける」

松陰は奉行たちが彼の意見を聞きとり、天下の大計、当今の急務を知り、一、二の措置をすれば、自分は死んでもいいと考えていた。

この日、松陰の訊問判決の光景を見聞した人がいた。伊勢の志士、世古格太郎である。

世古は安政大獄に連坐し、江戸評定所で訊問をうけた人物である。その著書『唱義聞見録』に、吉田寅次郎についてのつぎの記録がある。

「同年（安政六年）七月九日、予が二度目に評定所へ出向いたとき、同所門前で殊のほかに立派な黒腰の駕籠で、長州藩士が大勢警固してくるのに出会った。駕籠に乗っているのは吉田寅次郎であると聞いた。この日は寅次郎がはじめての吟味で、予はこれを洩《も》れ聞いていた。

吟味がはじまったようだが、はじめは何事ともたしかに聞えなかったが、文通のことについての訊問のようで、寅次郎がいうには、『菊池にも往復いたし候』と答えている。

それより三奉行とたがいに大声で、ことのほか荒々しい争論がはじまったが、池田播磨守の声で『容易ならざる儀』という声が聞えた。寅次郎が大声で罵《ののし》った。『容易ならざる儀とは、私より存ずるなり。はじめ水戸、尾張、越前を倒しなされたる、是《これ》がまことに容易ならざる儀に候』

池田が大声で叱りつけた。

『何を申す』

吉田もまた何か叫んだが、すぐさま『揚屋申しつける』という大騒動で、白洲へ引き落し、与力、同心が諸所へ走り出て、縄をたずさえてゆき、縛りあげたようであった」

松陰と三奉行の緊迫した応酬を、世古は聞きとっていたのである。

露の命

吉田松陰は、李卓吾《りたくご》の著作についての抄録を多く残している。そのなかに、彼の死生観を鮮明にあらわしたものが多く、つぎのような文章が納められている。

「人間が興味をもつのは、たかだか数十代の子孫に至るまでだろう。万代、億代ののちのことはどうでもいいのだ。功名富貴は、たかだか百歳までのことだ。子孫のために基を築くといっても、数十代までだ。

賢者として不朽の名をたてるのは、やはり名声をむさぼりたいのである。天地の無窮《むきゆう》とくらべてみよ。いつかはなくなってしまう。真の達人は、それをさえ愚かなこととするのだ」

松陰は幕府評定所の奉行が、顔色を変えるほど、当時の幕藩体制を超越した、国家観念を陳述した。萩の獄舎に幽閉されながら、はるかな遠方をのぞむ達人の識見をそなえていたのである。

彼は革命を実行する政治的手腕、常に他者に優先しようという権力志向の術策において、あまたの維新の元勲といわれる人々より劣っていたであろうが、民族の進路を見定める指針として、もっとも精彩を放つ存在であった。

松陰がかりに明治時代まで生きていたとしても、国政をつかさどる廟堂《びょうどう》の大官として活躍していたであろうとは考えられない。権力志向のまったくない松陰は、政府にとってきわめて扱いにくい存在であったにちがいない。

松陰は七月九日の評定所判決によって、ただちに伝馬町西奥揚屋《あがりや》に投ぜられた。

彼は入牢の際、牢役人、古参囚人たちに渡すツルと称する賄賂《わいろ》を一文も身につけていなかったので、入牢するなりキメ板という厚板でしたたか背中を殴打されるものと覚悟していたが、牢名主《ろうなぬし》が松陰の名を知っていた。

彼は元奥州福島藩士で沼崎吉五郎という。五年前に殺人の嫌疑で入獄したが、嘉永五年十一月十五日の大火で牢屋が全焼し、罪人は自由に避難させられた。吉五郎は定められた日時に牢屋へ戻ってきたので、罪二等を減ぜられることになった。

彼はあくまで無罪を主張したが、奉行から説得され、五月に三宅島への遠島処分がきまり、十月には出帆する予定であった。

松陰は牢内で過酷な取扱いをうけるものと覚悟していたが、吉五郎のおかげで入牢するなり上座《かみざ》の隠居としての扱いをうけ、予想もしていなかった安楽な生活を送れることとなった。

揚屋は新築であるが、書物が一冊もなく、吉五郎に所望されるまま、『孫子』、『孟子』など暗記していた書を筆記し、講習をおこなった。

松陰は萩の父母親戚に書状を送ると、万一露顕したときは迷惑をかけるので、門人の久保清太郎、久坂玄瑞《げんずい》に獄中の様子をしたためた書状を送って、家族へ間接に知らせるようにした。

獄卒のうちに、金六という者がいた。彼は松陰が安政元年（一八五四）に投獄されたとき、伝馬町牢屋に勤めていた者で、信用できるので、牢への金銭、書物の差し入れ、書状の持ち出しなど内密の用を足してくれた。

松陰は獄中から高杉晋作に金策を頼んだ。金六に何事を頼むにも、相応の手数料が必要であった。

「小生も以前に在牢したことがあり、いきなり上座につかせてもらい、日常のことはさほどお案じ下さるようなことはありません。

しかし金に窮しています。いまは一両が五十両にもあたる値打ちがあるので、あいなるべくは二、三両でもお送り下さればありがたいのです。金六は用心深い男なので、彼の指示に従って下さい」

松陰が牢内から金六に托し、国元へ送った、久保、久坂あての八月十三日付の書状には、牢内の様子が詳しく述べられている。

「東奥揚屋の名主は、越後の僧宥長《ゆうちょう》で十四年在牢している。東口揚屋の名主はオランダ通詞堀達之助である。

堀は小生が安政元年に下田踏海の厄《やく》にあったときも、出役していた通詞中の才物であった。彼の罪科は下田在勤中に、ドイツ、フランスなどの船に寄寓していたことである。

国元から交易願を幕府へ提出したが却下されたので、やむをえず外国船に寄寓していたのが露顕し、五年間も投獄されているのだ。実にふしぎなことである。

宥長は佐久間象山《しょうざん》以来、日下部《くさかべ》伊三次、僧信海、藤森弘菴ら碩学《せきがく》名僧が入獄すると、ことのほかに手厚く待遇する人物である。このため、小生はどの揚屋に入ってもいじめられる心配はない。

在獄して愉快なことは、天下の情勢がよく分ることである。六年前は長期の囚人がすくなかったが、いまはたいそう多くなった。これは幕威が衰えているためである」

揚屋にはさまざまの人々がいた。

水戸の志士太宰清右衛門は、幕吏三十人が捕縛にむかったが行方をくらまし、その妾せいが女牢に入れられていた。下僕の頼助は牢死、せいの姉婿奥州信夫郡保原の在の八郎は、西大牢にいた。

小普請組《こぶしんぐみ》阿部十次郎の家来勝野豊作が諸方を遊歴し、そのうち行方知れずになったので、人質として嫡子杜之助、弟保三郎が揚屋入りになった。いずれも入牢するいわれのない人々である。

日下部伊三次は清節《せいせつ》の薩摩藩士で罪を得たため長く水戸に流寓《りゅうぐう》していた。藩主斉《なり》昭《あき》はその人となりを愛し、召抱えようとしたが固辞して受けなかったので、薩摩藩に復籍させた。

日下部は安政五年（一八五八）京都で公卿三条実萬《さねつむ》と親しみ、水戸藩への密勅降下に尽力して、同年八月鵜飼《うがい》幸吉とともに勅書を奉じ、江戸の水戸藩邸に届けた。

この事情が幕府の知るところとなり、捕えられて伝馬町獄につながれ、拷問にも屈せず、幕府の非を唱えてやまなかったが、同年十二月、獄死した。享年四十五であった。

松陰は日下部と面識がなかったが、同囚から彼の逸事を聞き、感動した。

彼は久坂らへの書中に記している。

「獄中には牢症という一種の疫癘気《えきれいき》がある。はじめて入獄する者は、往々これを免れず、このため獄死者が毎年多く出る」

松陰は久坂らに、内心を語っている。

「小生が出国のときは、故郷へ書状などとても出せないだろうと思っていたが、奉行らの訊問も急に埒《らち》があきそうにない。先日の取調べから一カ月がたったが、いっこうに召出しがない。罪状はいちいち明白なのであるが、小生の口供書《くきょうしょ》を認めれば、おおいに幕府当局の忌諱《きき》に触れることになる。といって不明白な判決を下されたら、小生は得心《とくしん》できない。

とにかく在牢は長引くだろう。京都間部《まなべ》の一件については、三奉行もどう取扱えばよいか悩んでいるようだ。

三奉行が憤激して再度訊問することになれば、いちばん好都合だ。そうなれば一切合財天下の正気をふるって述べたてるつもりでいる。事がまだここに至らないあいだは、ゆったりと牢屋に安坐し、天命を楽しむことにしよう。

江戸では飯田、尾寺、高杉が僕のために周旋してくれている。しかし高杉が真によく僕を知り、またよく僕を愛してくれている。君たちは今後書を送ってくれるなら、高杉へ極秘のうちに托してくれ。飯田、尾寺に托してはならない。獄中へ書を出すのは重大な禁制を冒すことだ。まことに秘密を要し、藩邸などで、わきまえのない俗吏の耳に入ってはたいへんなことになる。

書状を送ってくれるときは、獄卒へ渡す入賃《いれちん》二朱ずつつけなければ、高杉が困窮することになる。江戸ではこの三人のはからいで七両を入手した」

文中の飯田というのは、長州藩医飯田正伯《しょうはく》である。松陰の兵学門下となったのは、安政五年（一八五八）八月、三十四歳のときで、九月末に江戸へ遊学したので、松陰と深いつながりがあったわけではない。

松陰が江戸伝馬町の獄へつながれたとき、高杉晋作、尾寺新之丞《しんのじょう》とともに、おおいに周旋した。松陰刑死ののちは尾寺らとともに遺骸の受取り埋葬に尽力した。

飯田はふつうの藩医師とはちがい、慷慨《こうがい》の志士であったようである。松陰刑死の翌年、万延元年（一八六〇）七月に浦賀の富豪を襲撃し、軍用金を調達しようとして捕縛され、文久二年（一八六二）獄中で病没した。

尾寺は長州藩士尾寺新之丞である。明倫館に学び、嘉永六年（一八五三）松陰の山鹿《やまが》流軍学の講義をうけたが、ごく短期間であった。安政四年（一八五七）の後半以来、松下村塾で一年ほど学んだ。

松陰は彼をつぎのように評した。

「尾寺は毅然たる武士にして、またよく書を読む。しかれどもあえて記誦、詞章の学をなさず。性朴魯の如くして、しかも遠きをおもんぱかり、気ふるう」

尾寺は獄中の松陰のために力をつくし、刑死後、飯田、桂、伊藤らと遺骸埋葬にはたらいた。彼は飯田とちがう道を歩んだ。

万延元年幕府海軍所に入り蒸汽科を専攻し、帰藩ののちは唐船方《からふねがた》となり、のちに慶応元年奇兵隊士として国事に奔走した。維新後には伊勢神宮に奉仕し、さらに内務省官僚となった。

飯田と尾寺は、松陰と縁の浅い門人であったが、その経歴を見れば、師の影響を受けていたことが分る。

松陰は獄中で堀江克之助《よしのすけ》という水戸藩の郷士と親交をかさね、往復文書がもっとも多かった。

堀江は水戸で藤田東湖《とうこ》、武田耕雲斎《こううんさい》に師事していたが、嘉永六年（一八五三）水戸を出奔し、攘夷《じょうい》浪士として諸方に奔走した。

安政四年（一八五七）米国総領事ハリスが江戸城で将軍に謁見すると聞き、同志蓮田東蔵、信田《しのだ》仁十郎と謀って、これを要撃しようとした。

水戸藩では堀江らの行動を探知し追跡、捕縛した。三人はのちに幕府に自首、同年十二月に伝馬町揚屋につながれた。

蓮田、信田は翌年正月と五月に牢症で獄死し、堀江だけが生き残り、東口揚屋にいて、松陰と文通したのである。松陰は直情径行、事にのぞんで命を捨ててかえりみない、克之助の性格が気にいったのである。克之助は無名の革命家としての生涯を送った。

松陰が処刑されてのち、克之助は赦免《しやめん》されて江戸にいたが、文久元年（一八六一）高輪東禅寺襲撃に加わり、ふたたび伝馬町獄に投ぜられ、維新に際し特赦の恩命によって水戸に戻り、明治四年二月に没《ぼつ》した。享年六十二であった。

安政六年九月六日、伝馬町獄西奥揚屋の松陰は、東口揚屋の克之助に長文の書状を送っている。

「幕府の処置は、これでまずひと静めして天下の動静を観察するのであろうか。水戸老公を国元へ遠ざけたのちは手をゆるめるのであろうか。至って緊要の場合と見られるので、ご意見を伺いたい。

昨日、評定所には三条家の森寺因幡守《いなばのかみ》、仙台の吉見長左衛門、信州の郷士何某のほか、小生、八郎、せいが呼び出されました。

他の人々はいかなる吟味をされているのか、まったく分らなかったのですが、小生の吟味は至っておだやかな内容に終始しました。

小生の罪科は、蟄居《ちつきよ》中門弟などを集め、京都そのほかへ書翰《しよかん》を差しだし、また同志連判上京して間部侯を諫めようとした、強訴《ごうそ》に近いやりかたで、まだ判決には至っていませんが、おおかた決っているようです。

はじめて召し出されたときは、安政三年（一八五六）梅田源次郎が萩にきたとき密会したが、何の謀議をしたかとの訊問であった。

梅田と謀議したことはなかったので、その旨陳述した。つぎに御所《ごしょ》内に落し文があったが、その筆跡が貴様に似ている。覚えはないかと聞かれ、これも否定した。

奉行が訊ねた二件の疑いは晴れたが、小生よりさらに二件の行動につき陳述した。大原三位卿を国元へお招きして、天下の大義を殿様にお説きいただくつもりであったことは、前回の取調べのときにこちらから申したてたのだが、昨日はこれについきまったく訊問がなかったのです。

実はこの件については、大原卿のもとへ同志の者がたびたび往復し、卿もすでに旅装をととのえられ、明後日は萩へ下向《げこう》されると決ったとき、京都藩邸の俗吏が留守居役に内通し、企てが露顕して、同志の者が急に国元へ追い下され、いま国元揚屋に投じられています。

小生はこの件につき、くわしく陳述せず、ただ大原卿へかような志を申しあげましたが、卿は確答を避けられ、おおかた実際のご決心はなさらなかったのであろうと存じているとのみ語っただけであったのですが、昨日は大原卿についてなぜかまったく訊問されませんでした。

間部諫争のことについては、実は諫争ではなく、彼を打ち果すつもりでしたが、未遂に終ったのでそこまで喋ればかえって恥辱であると思い、うちあけなかったのですが、初回の取調べのとき、『侯もし聞かざるときは刃傷《にんじょう》にも及ぶべきつもりであったのであろう。大胆不敵、覚悟しろ』といわれたのです。

ところが、昨日はその件についてもこまかい訊問はなく、ただ一死を決して諫争するつもりと申しただけでした。小生が命を惜しんだようで、後味が悪かったのですが、奉行はきわめておだやかな態度でした。

小生も実は命が随分惜しいのですが、大義のためには惜しむに足らず。ただ小生が大罪厳罰にあえば、同志たちがきびしく吟味され、淵中の魚をすべて失うことになりかねません。

それでくわしく陳述しなかったのですが、小生の刑はどのようになるか、国元でふたたび蟄居となるか、他家預けとなるか、どうなっても志は一向に挫《くじ》けません。

国元には親類、朋友《ほうゆう》、門人ともに頼もしい人物があります。また上方、中国にも幕府の威勢の及ばないところがあり、日本もいまだ滅亡はいたさないでしょう。

今年の正月、水戸藩士二人が萩にこられたが、国元の様子をご存知なかったので空しく帰られ、まことに残念に思いました。

もし今後にも萩に来遊され、事を謀るつもりの人があれば、弊藩の様子をくわしく述べておきたいと思います。だいたい弊藩の官吏たちは才略に乏しく、天下の謀《はかりごと》はできかねます。しかし、要路の人々は書生を多く養っています。

書生論は、藩の要路によく採用されており、他国に比類ないほどです。天下の謀をたてるとき、人材が必要です。われわれも出牢した暁には、たがいに連絡をとりあい難局に当らねばなりません」

この書状では、松陰が安政六年九月二日、幕府評定所での二度めの取調べに出座したときの、奉行たちの訊問の態度につき、どことなく取りつくろわれたような、不自然なよそよそしさがあらわれるのに気づき、内心の不安な感触を堀江に語り、幕府の今後の方針についての情報を得たいとしている事情が読みとれる。松陰の危《き》惧《ぐ》が的中していたことが、まもなく分ってくる。

松陰は九月十一日付の、堀江克之助にあてた書状のなかに、ふしぎなことを記している。

「こちらでは旦那（牢名主沼崎吉五郎）と毎日相談している。嶋地《しまち》へ引っ越したときは、寺子屋、医療、針術、売卜《ばいぼく》などで生計をたてようということに一決した。江戸表の動静を知らせてくれる役は、君に依頼したい。嶋地では雑草をも食わねばならぬというが、ほんとうだろうか。

嶋地では米の売買はないのだろうか。下駄、傘など持参しなければ手に入らないというが、ほんとうだろうか。お答え下さい」

沼崎吉五郎が三宅島へ遠島になるのは決っていたが、松陰も遠島処分をうけるという情報を、どこからか伝え聞いていた様子である。

松陰は九月十二日、高杉晋作への書状の末尾に、つぎのように記した。

「六日に十四年在牢の僧宥長出牢。愛宕下《あたごした》、円福寺へ預けにあいなり候。獄中の御様子御承知なりたくば、この僧をたずね給え。よきものがたりする人なり」

牢名主宥長が出獄したのである。

つづいて九月十五日、松陰はふたたび高杉に急ぎの書を送った。内容は水戸藩内の変動、獄中にある梅田源次郎、頼三樹三郎《らいみきさぶろう》のほか、勤王派の公卿侍が、どのような審判を受けたかという問いあわせである。

宥長についても記している。

「またひとつのお願いは、どうか愛宕下の円福寺へ出向き、宥長老に面会してほしいことです」

松陰の耳に届かなかった獄中の噂を、宥長から聞こうというのである。

幕閣では、京都、水戸に関係する囚人は糾問《きゅうもん》することなく、大赦をおこなったほうがよいという意見がつよくなっていた。板倉周防守《すおうのかみ》は八月にその建議をして、井《い》伊《い》大老から奉行御役御免をこうむったが、板倉の考えに同調する他の奉行たちも多い。

高杉と宥長の連絡がうまくとれなかったのか、九月二十九日、松陰は宥長に直接書状を送った。

「秋も今日一日で尽き、しだいに寒冷にむかっております。二十六日に旦那（牢名主）へ書状をお送りしましたが、ご病気とか御自愛をお祈りいたします。

獄中はなにも変ったことはなく、おもしろい新入りの囚人もありませんが、小林氏の歌道指南で日々楽しんでいます。

遠島出帆もまだ様子分らず、どうであろうかと案じています。旦那が一条、久我氏へご相談下さったとのこと、これはまことに安心いたしております。幸便に任せ、ちょっと御見舞い申しあげました」

松陰は自分が遠島処分になるか否かを、宥長に聞きたいようであるが、はっきりといいだせないでいる。

松陰の体調は十月五日の評定所での二度目の取調べのあと、湿瘡《しっそう》と悪寒のほかに、悪いところはなかった。

彼は十月六日、飯田正伯に牢内へ「ツル」に用いる金を届けてくれたことを感謝する書状を送った。

「昨五日付けの書状と今日二両の金子をともにうけとった。これで高杉が送ってくれた金六両とあわせ八両となるが、これはことごとく老兄のご心配下さったものと存じます。

ひとかたならぬご厚情を感謝します。老兄にもさぞお困りのことと拝察し、なるべく早く国元より届けば、返済したく思っております。（中略）

昨五日、小生評定所へ召し出されました。口供書はできあがらなかったが、いよいよお慈悲ある訊問の内容であった。大原卿、梁川星巌《やながわせいがん》翁へ書信を通じたことも、京都と萩を往来してはたらいた人々の姓名もいっこうに問わないままに終った。ただ『人をもって』『人をもって』とのみいっただけで済んだのである。伊藤伝之輔、入江杉蔵兄弟らが連累者となるおそれはなくなった。間部下総侯要駕の策も、ただ一命を捨て諫争ということですみ、連判の人名などはいっこう取調べなく、この状況寛猛の扱いについてはよほど事情のあることと存じます。

昨日、小生と同舎の讃岐侯家来長谷川速水、東口揚屋より勝野森之助が評定所へ呼び出されました。

大竹義兵衛、筧《かけい》章蔵ら七人は、いまだ判決書はできていませんが、獄を出てお預けになる模様です。

鷹司《たかつかさ》家の小林は同舎で、はなはだ仲がよく、あい楽しんでいたのですが、遠からず遠島になる模様で、惜しむべきことです。水戸の鮎沢伊太夫（高橋多一郎の弟）は、東口揚屋にいて、詩作など数々見せてくれましたが、彼も遠島となるようです。

（中略）

いろいろと申しあげたいこともありますが、まずこれにて筆をおきます。

小生の判決がどう出るか分りませんが、死罪は免れ、遠島でもなく、追放はもっとも望むところですが、おそらくは違うでしょう。

重ければ他家預け、軽ければ萩で謹慎というところでしょうか。今年のうちにいずれかにかたがつくでしょう。もし帰邸できたなら、老兄と一度お目にかかり、ぜひいろいろお話ししたいものです」

松陰はこの本文に別紙をつけている。

「飯田君へ別に申しあげます。

小生の罪科はまず遠島と見たところで、布団がもう一枚ないと、この冬の極寒は凌《しの》ぎがたいところです。先日宿願をさしだすとき、紋付の下に着る小袖を願い忘れ、評定所へ出向くとき下着を獄内で借着して出ました。これらは昨日宿願としてさしだしたので、遠からずくることと思っています。

僕は投獄以来、獄中で同囚の人におおいに世話になり、厚く世話をしてもらいました。それで宿願の品が差しいれられるついでに、食物の届け物もしてもらいたく思っています。

藩の役人衆は、届け物のしかたが不案内でしょうか。手数がかかるほどのこともなく、衣類を届けるのも同様で、一応評定所へ改めをうけ獄へ送るだけでよい。何の嫌疑もうけることはない。

まえに投獄されたときは、下田で捕われ無宿同様の身のうえであったが、このたびは萩より多勢の警衛につきそわれ入獄したので、すこしは立派にふるまわねば面目が立たない。もっともと思《おぼ》し召されたなら、周布《すふ》、兼重《かねしげ》ら藩要路に相談して下さい。（中略）

越前の橋本左内《さない》などは、当月二日に入獄し、七日に死罪となったが、五日間はひきつづき藩留守居役より届け物をいたしたようである。僕はいうに足らぬこととは思うが、わが藩の厚薄にかかわることなので、あえて嘆願する」

松陰は獄への届け物として、沢庵漬一桶、四斗樽、醬油一樽、干魚五百枚など、明細を記している。

十月七日、高杉晋作が急に帰国することになったので、松陰は書状を送った。

「君のご厚情は幾久しく感銘つかまつった。帰国は残念だが当方の様子を父兄朋友に伝えてもらえれば、望外の大幸だ」

松陰は鷹司家諸大夫、小林民部の書状を、京都の知己に渡してやってほしいと晋作に頼む。民部は五十二歳、すでに遠島処分が決っていたが、揚屋で重病の床に伏していた。

松陰は松下村塾での門人同志たちの思い出が胸中を去来し、忘れがたいと記す。「栄太（吉田栄太郎）と天野（清三郎）は同志中でも別ものである。老兄が深く面倒を見てやってくれ。天野はすこし才をたのみ勉強しない癖がある。栄太の心中はまことに憐むべきである。彼はいった。『また慈母の涙眼を見るに忍びず』と。その言葉ははなはだ悲しかった。

彼の才智は傑出していた。ただ小生に一度逢って志をうちあけてもらいたかった。この間に多少血涙の談もあった。小生は栄太を愛すること昔日の如く、栄太は小生に従えば禍《わざわ》いを招くと思い、小生から離れようとした。

小生は深く栄太の気持ちを知っていたが、ついに師弟の縁を切るに忍びなかった。去年十二月二十四日夜、茶を一杯呑んで栄太と別れたのは、永訣《えいけつ》かも知れない」

松陰の胸中を去来していた愛弟子吉田栄太郎は、松下村塾の門人たちとの交遊を絶ち、志を捨てたかのように見られたが、松陰の遺命を胸にかたく宿していた。元治元年（一八六四）六月五日、京都池田屋騒動の際、新選組と奮戦し、重傷をうけつつ藩邸にたどりつき、二十四歳を一期《いちご》として世を去ったのである。

志士の魂

安政六年（一八五九）十月七日、獄中の橋本左内《さない》、頼三樹三郎《らいみきさぶろう》、飯泉喜内《いいいずみきない》の三士が斬罪となった。
それを知った松陰は、弔魂《ちょうこん》の歌を詠じた。

晴れつづく小春の今日ぞ時雨《しぐ》るるは
　打たれし人を嘆く涙か
ついにゆく死出の旅路に出で立つは
　かからんことぞ世の鏡なる
国のため打たれし人の名は永く
　後の世までも談《かた》り伝えん

冷気深まる秋も末の時雨《しぐれ》が軒端《のきば》を叩いてはやむ沈鬱《ちんうつ》な牢内で、ただごとならない凶報を聞いた松陰は、わが身にいかなる処断が下るかも知れないと覚悟した。

松陰は、まもなく江戸を去る高杉晋作に、十月八日付の書状でつぎのように知らせた。

「橋本と頼を幕（府）が憚《はばか》って斬ったのはもっともだと思うが、飯泉喜内のような重要な存在でもない志士を斬るぐらいでは、僕も斬られないまでも遠島は免れないと覚悟した。まだ判決は下らないが、蟄居《ちっきょ》中に謹慎しなければならないところを、書状を他国の志士ととりかわし、書物を著して大政を議し、間部《まなべ》老中に強訴を企《くわだ》てたが、未遂に終った。

これらの行為は公儀を恐れない行いと見られるであろうから、死罪一等を減じられるとしても、遠島は免れないだろう。

遠島もまたいい経験になるだろう。同志に一人の連累者も出なかったことは、長州藩のために大幸である。間部を討ち果すたくらみを、強訴と見てくれたのは、三奉行の慈悲である。

遠島になるのは、来年四月頃である。小林、鮎沢も同時に出帆することになるだろうから、おなじ島へゆくことを願う手段がある。それで小林と島内での同居を約束した。

島での流人の生活について、いろいろ難題があるだろうが、三人が策をめぐらせば、なんとかなるだろう。小林らとともに同じ島へ渡れば、自宅に帰ったようなものである」

十月十七日、松陰は江戸にいる門人尾寺新之丞《しんのじょう》につぎの書状を送った。

「前日評定所へ呼び出され、口上書（陳述書）に書判《かきはん》（花押）をした。幕府の処罰は予想をうらぎるものであったが、いまさら気の迷うこともなく、いよいよ覚悟をきめることとなった。

思えば七月九日入牢した日の取調べでは、老中間部侯が在京の際、同志多数と連判して強訴に及ぼうとした企ては、未遂ではあるが訴えが聞きいれられないときは、老中へ刃傷《にんじょう》に及ぶつもりであったのであろう。覚悟しろといわれ、縁から突き落された。

ところがその後、九月五日に呼び出されたとき、奉行から再度訊問をうけた。

『先日の取調べでは、必死の覚悟で上京したということであったが、必死というところをいま一度くわしく申し出よ』ということで、私は答えた。

『あのとき申しひらきをしようと思ったのですが、白洲へ引き落されたので、再度の吟味を受けるときに申すつもりでいました。

必死の覚悟と申しあげたのは、蟄居の身分でこのような計画をしたうえは、万一露顕したときは、一死国に報いるほかはないと思ったからで、刃傷に及ぶつもりはまったくありませんでした』

奉行は私の申立てを、おだやかに聞きとってくれた。

その後、十月五日の三度目の吟味のときも、同様のお尋ねをうけ、私の陳述をうけいれてくれたようであった。

だが、昨十六日の口上書を読み聞かされると、内容がまったく違っていた。

『間部侯へ訴えに及び、お聞き届けのないときは、刺し違えをする。警衛の士が防ごうとすれば斬り払うつもりで御輿《みこし》へ近づいた』と記されていたので、私は反論した。

『刺し違えようなどとは思いも及ばず、斬り払うなどということも考えていなかったのです。私が申しあげないことを、なぜ書いておられるのですか』

とおおいに論争をした。

奉行はいった。

『口上書の表現は違っていると認めてもよいが、それだからといって罪科の軽重にはかかわらない。ほかに何か異議はないか』

私は口上書を二度読み聞かせられ、答えた。

『志にないこと、口にしないことは何としても一字も受けられませんが、おっしゃられたことは拒みません』

口上書に書判をしたが、文末に、『公儀に対し不敬の至り』『御吟味を受け、誤ちが分りました』という文章があった。これを見て、とても生きる道はないと覚悟をきめた。

七月九日と昨日は、三奉行が出座した。九月五日と十月五日は吟味役が出座した。吟味役が寛容な取調べをおこなったのは、まったく私をだましたにすぎない。

石谷、池田ら三奉行が、最初に見込みをつけたところは、首を取るつもりに相違なかったのだ。『刺し違え』と『斬り払い』との四字を、骨を折って抜いたが、末文を変えないところを見れば、やはり首を取るにちがいない。

不敬の二字は、あまり見馴れない文字であるが、不届きというよりはよほど手重い感じがする。
鵜飼《うがい》や頼、橋本などの名士と同様に死罪になれば、小生は本望である。昨日のいいあらそいについては、ずいぶん不服もあるが、これをいちいちいうのもおもしろくない。天下後世の賢者にわが志を知ってもらいたいものだ」

十月二十日、松陰はなつかしい父、叔父、兄に永訣《えいけつ》の書状を送った。
「平生の学問が浅薄で、至誠天地を感格することができず、非常の変に立ち至りました。さぞさぞお嘆き遊ばされるであろうと拝察いたします。
　親思うこころにまさる親ごころ
　　けふの音づれ何ときくらん
さりながら、去年十一月六日差しあげておいた書状をとくとご覧下されば、さほどお嘆きにも及ぶまいと存じます。また本年五月、出立のとき心中をいちいち申しあげておきましたので、いまさら何も思い残すことはございません。
このたび漢文でしたためた諸友へ語った書をもご転覧下さい。幕府は正論をまったく用いようとせず、夷狄《いてき》は縦横自在に御府内を横行していますが、神国はいまだ地に墜ちず、上に聖天子あり、下に忠魂義魄充ち充ちております。天下の事もあまりお力落しないよう願い奉ります。

随分御気分御大切に遊ばされ、御長寿をお保ち下さい。

両北堂（実母、養母）様には、随分お気持、お体をいためないようにして下さい。私は誅《ちゅう》されても、首を葬《ほうむ》ってくれる人があり、まだ天下の人に棄《す》てられてはおらぬと、ご一笑願いあげます。

児玉、小田村、久坂の三妹には、五月に申し置いたことを忘れぬようお申し聞かせ下さい。くれぐれも兄の死を悲しむより、みずから勤めることが大切です。

私の首は江戸に葬り、家祭には私が平生用いた硯《すずり》と、去年十一月六日呈上した書状を神主として下さい。硯は己酉《つちのととり》（嘉永二年）の七月か、赤間関廻浦の節買ってから十余年、著述を助けた功臣です」

故郷の肉親が自分の死をどれほど嘆き悲しむかと、わが最期の迫るのも忘れ、気遣う松陰の優しい心情が、行間に満ち溢れている。

松陰はこの日、尾寺と江戸にいる門人飯田正伯《しょうはく》に自分の首を葬る始末をしてくれる水戸郷士堀江克之助《よしのすけ》、元長崎通詞堀達之助、牢名主沼崎吉五郎らに贈る代金を知らせる書状を送った。

「一、首を葬る事は、沼崎と堀江に頼みました。代金は三両ほどかかるということで、お支払い下さい。

一、周布《すふ》（政之助）に頼み、金十両ほど融通してもらい、首の償料のほかに、沼崎に三両、堀に一両、堀江に一両ほども、小生生前の恩恵を忘れない志としてお贈り下さい」

またこの日、萩の岩倉獄にいる愛弟子入江杉蔵に、つぎの書状を送った。京都に尊攘堂という大学校を設立する遺志を、入江に継がせるためであった。

「かねて相談していた尊攘堂建設について、僕はいよいよ断念しなければならなくなってしまった。このうえは、君たち兄弟のうち一人がぜひ僕の志を成就してくれることと、たのもしく思っている。

春以来の獄舎の生活で読書もでき、思慮も精熟して人物が一変したであろうと、ことにたのもしく、日夜西方を眺め父母を拝するほか、まず第一に足下《そっか》兄弟のことを思いだしている。

尊攘堂のことはなかなかの大業で、急いではかえって大成できない。また出牢のうえは、亡命などして出国すれば、いろいろ不都合もあるだろう。それで君たちはまず慈母の心をなぐさめ、兄弟で遊学するときも、藩の指図に従うのがよい。小田村その他の諸友も随分尽力することだろう。

さて僕も江戸にきて、天下の形勢を眺め、よほど見聞をひろめた。神州はいまだ地に墜ちない。人物も随分多くいることを知った。詳しく話したいが、どうにもならない。

ただただ何事も心強く、屈しないよう心がけることが第一である。尊攘堂建設についても一策がある。耳にしているかも知れないが、堀江克之助という水戸の郷士がいる。

この人は安政四年（一八五七）アメリカ総領事ハリスが江戸城で将軍に謁することを知り、同志蓮田東蔵、信田《しのだ》仁十郎と謀って、これを要撃しようとした。彼らは藩府に探知され捕縛されて、同年十二月伝馬町獄につながれた。蓮田、信田はまもなく獄死し、堀江はいま東口揚屋にいる。

この人はことのほか神道を尊び、天朝を尊ぶ人である。いつもいっておられるのは、神道を明白に人々の腹に入るような書物をあらわし、天朝より開版《かいはん》して天下に分ち与えられたいとの念願である。

僕が思うには、教書だけを天下に配布しても、天下の人心一定というようにはゆかないので、京都に大学校を設け、上は天子、親王、公卿より、下は武家士民まで入寮寄宿などできるようにしたい。

そこで天朝の御学風を天下の人々に知らせ、天下の奇材英能を天朝の学校に集めるようにすれば、天下の人心が一定するにちがいない。しかし、急に京都に大学校をおこすといっても、いまの時勢ではとてもできないと誰でも思うだろう。

だが、策はある。小林民部（鷹司家諸大夫、水戸密勅降下の件で伝馬町獄につながれ、重病の床にあった）から聞いたが、いまの学習院は学職方《かた》は公家《くげ》で、儒官は清原家と民間の学者がいりまじって勤めている。日を定めて講義をしているが、町人百姓までが勝手に受講できるという。

もちろん堂上方も出座される。このような先例によってなおいっそう興隆すれば、どのようにもできる。さて、教えるべき学問をいかなるものにするかが、まことに肝要である。朱子学とか陽明学とか、通り一遍のことでは役に立たず、尊皇攘夷の四字を眼目《がんもく》として、誰の書物でも誰の学問でも、その長所をとるようにしなければならない。

本居《もとおり》学と水戸学とは、内容においてすこぶる違うが、尊攘の二字はいずれもおなじである。平田はまだ本居とも違い、癖が多いが、『出定《しゅつじょう》 笑語』『玉襷《たまだすき》』などは好書である。

関東の学者道春（林）以来、新井（白石）、室《むろ》（鳩巣《きゅうそう》）、徂徠《そらい》（荻生《おぎゅう》）、春台《しゅんだい》（太宰）等、皆幕府にへつらっているが、そのうちに一、二カ所の取るべきところはある。

伊藤仁斎は尊王の功はないが、人に益のある学問で害はない。林子平も尊王の功はないが攘夷の功はある。かねて話していた高山（彦九郎）蒲生《がもう》（君平）、対馬《つしま》の雨森伯陽、魚屋の八兵衛らは実に大功の人である。おのおの神牌をもうけよ。このように諸家の書をあつめ、長所を抜粋し、格別に功ある人物の神牌を設けるなどをするには、天下の人物を集めなければならない。

人物が集まらねば、京都から諸国へ人を派し、豪傑の議論を聞き集めればよい。そうすることで天下の正論がおおいにおこるのだ。（下略）」

松陰は松下村塾の門人であった人々の名を数多くあげ、彼らが志を失うことなく進歩していってほしいと、くりかえし杉蔵に述べている。

彼は門人たちの魂のなかに、自分の分身をとどまらせたかったのであろう。

十月二十五日、松陰は自分の処刑申渡しが近づいたと伝え聞き、薄葉半紙四つ折十九面を用い、門人たちにこれまでの経過と自らの心情を伝え、今後の心得を諭《さと》す『留魂録』という長文の遺書を書き綴った。筆をおいたのは二十六日の夕刻であった。

冒頭に一首の歌を記している。

身はたとひ武蔵の野辺に朽ちぬとも
留め置かまし大和魂
十月念五日　二十一回猛士

十五の項目にわけた文中に、松陰の死生観を記したくだりがある。

「今日死を決して心がやすらかであるのは、四時の循環において得るところがあったためである。よく稔った稲穂の収穫を見ると、春に種を播き、夏に苗が伸び、秋に刈り、冬に貯蔵する。

秋冬になれば人々はその年の成果をよろこび、酒、甘酒をつくり、村々に歓声があがる。いまだかつて一年の成果を悲しむ者を見たことがない。

私は行年《ぎょうねん》三十一事を成しとげることなく死ぬことは、稲穂がまだ稔らないようなものであるから、惜しむべきことのようである。

しかしわが身にとっては、これまた実の熟したときで、かならずしも悲しむべきことではない。なんとなれば人の寿命は定まったものではない。稲穂のかならず定まった四季を経るのとはちがう。

十歳で死ぬ者は、その歳月のうちにおのずから四季がある。二十歳で死ぬ者、三十歳で死ぬ者は、おのずからそれぞれの四季がある。五十、百もまたおのずから四季がある。

十歳の人生を短いという者は、夏蟬の命を霊椿《れいちん》のそれと比較するようなものである。百歳をもって長命とするのは、霊椿の命をもって夏蟬のそれと比較するようなものである。

私は三十歳で、すでに四季を経験した。その結実が中身のない秕《しいな》であろうと粟であろうと私の知るところではない。

同志の士が私のささやかな志をあわれみ、継承してくれるならば、あとにつづく種子はいまだ絶えないわけだ。稔った稲穂に恥じるところはない。同志の者よ、是を考えてくれ」

松陰は二十六日のたそがれどき、留魂録の末尾につぎの五首の歌を記した。

心なることの種々《くさぐさ》かき置きぬ
　思ひ残せることなかりけり

呼だしの声まつ外《ほか》に今の世に
　待つべき事の無かりける哉《かな》

討たれたる吾をあわれと見ん人は
　君を崇めて夷《えびす》払へよ

愚かなる吾をも友とめづ人は
　わがとも友とめでよ人々

七たびも生《いき》かえりつつ夷をぞ
　攘《はら》わんこころ吾れ忘れめや

十月二十七日、松陰は評定所で死罪を申しつけられた。長州藩江戸留守居役小幡彦七は、藩代表者として死罪申渡しの席に立ちあった。小幡は維新後、政府少議官、小倉県令など公務を歴任したのち、百十国立銀行頭取をつとめ、明治三十九年九十歳で没したが、松陰の最後の様子をつぎのように語っていた。

「奉行ら幕府役人は正面の上段に列座し、私は下段右脇に横向きに坐った。

しばらくして松陰はくぐり戸から獄卒に導かれて入り、定められた席につき、会釈をして列座の人々を見まわした。鬚《ひげ》も髪ものびるにまかせ、眼光炯々《けいけい》として別人のように一種の凄みがあった。

ただちに死罪申渡しの断罪書を読み聞かせられた。

そのあと『立ちませ』とうながされた松陰は起立し、私のほうへ微笑をふくんで一礼し、ふたたびくぐり戸を出ていった」

その直後、朗々と詩を吟誦《ぎんしょう》する声が、はっきりと聞えた。

『われ今国のために死す、死して君親にそむかず。悠々たり天地の事、鑑照《かんしょう》、明神《めいしん》にあり』

私はいま国のために死ぬ。死んでも主君や親の意にそむいたとは思わぬ。天地は悠々としてはてしなくつづく。私の赤心は神がすべて知っておられる、という意である。

幕府役人たちは座を立たず、粛然として吟誦を聞いていた。小幡は肺肝をえぐられるような思いに耐えた。

獄卒たちは松陰につきそいながら、制止するのを忘れたかのように立ちつくし、朗誦が終るとわれにかえったかのようにうろたえて駕籠《かご》に入らせたという。

正午に近い時刻、駕籠は伝馬町の獄舎についた。松陰は着物を着替え、獄中の刑場へむかうことになった。

彼は獄中の人々に訣別のため、「身はたとい」の歌と、評定所で吟じた辞世の詩を、よく通る声で吟じた。獄舎の人々はその声に聞きいり、もはや生死の境を超越している松陰の、澄みきった心境を感じとった。

松陰は首斬り場に着くと、服装をととのえ、はなをかんだあと、首斬り役人山田浅右衛門にむかい、「ご苦労さま」と声をかけ、立ちあいの役人たちに会釈したのち、端座し首をさしのべた。

松陰の首を斬った山田は大正末に近い頃まで生き、四谷に住んでいたが、松陰の最期の様子は落ちつきはらい、堂々としたものであったと語っていたという。

　松陰が斬刑に処されたとき、故郷萩の実家にいる両親の夢枕に立ったことが、妹児玉千代のつぎの述懐により世に知られている。

「当時、私の実家はたとえようもない悲惨な有様でした。寅次郎（松陰）は遠く江戸に送られ、これだけでも憂きことの限りでしたが、長兄と末子敏三郎が枕をならべ病床についていました。

　母は片時も末子の側を離れず、父も身心ともに疲れはてつつ看護をしていました。さいわい二人の病状がすこし緩んだので、疲労しきった両親が病床の傍《かたわら》でしばらくまどろみましたが、じきにめざめました。

　母は父に語りました。

『いま妙な夢を見ました。寅次郎が九州を旅して帰ったときよりも元気よく、たいそういい顔色で帰って参りました。

　あら嬉しや、めずらしやと声をかけようとすると、忽然《こつぜん》と寅次郎の姿は消え、それとともにめざめましたが、夢でございました』

　父もまた、母に語りました。

『私も奇妙な夢を見た。どういうわけか分らないが、私が首を切り落されたのだが、まことに心地よかった。首を切られるのは、こんなに愉快なものかと感心したのだよ』

両親はたがいに奇妙な夢を見たものだと語りあい、もしや松陰の身に異変があったのではなかろうかと気遣ったのですが、まさか処刑されたとは思い到りませんでした。

それから二十日余りを経て、松陰はついに刑場の露と消えたと、江戸から便りが届きました。両親は先の日の夢を思いだし、指折りかぞえてみると、日も時も松陰の最期と寸分違いませんでした。

母は過ぎし日のことを思いだして申しました。

『寅次郎が野山の獄から江戸に護送されるので、忘れもせぬ五月二十四日、一日の許しを得て家に帰ったことがあった。そのときはたずねてくる人もすくなかった。私は寅次郎が湯をつかう風呂場にゆき、その様子を見ながら二人で心のうちを語りあった。

そのとき私が、もう一度江戸から帰って、機嫌のいい顔を見せてほしいというと、寅次郎は答えた。
《母上よ、それはいともたやすいことでございます。かならず健康でふたたびお顔を拝みましょう》
それで、そのときの約束を果せないので、私に夢で会いにきて、すこやかな元気のいい顔を見せてくれたのであろう。孝心のふかい寅次郎のことであるから、そうしたのにちがいない』
父もその日の夢を見たわけが、わかったといっておりました。
『俺が首を斬られながら心地よく感じたのは、まさしく寅次郎が刑場の露となるとき、何ら心に煩《わずらい》のなかったことを告げようとしたのだろう』
兄松陰は常に私どもを戒《いまし》めるとき、心が清ければいい。貧しいのに富裕であるように見せ、失敗したことを隠してことさらになしとげたように示そうとするのは悪い。女性はよくよく心得ておかねばならないと申しました。兄の言葉はいまもなお耳の底にひびいているように思います」
千代刀自《とじ》は明治九年十一月、政府の方針を糺《ただ》すべく萩の乱をおこした前原一誠(佐世八十郎《させやそろう》)に協力した、叔父玉木文之進《ぶんのしん》の最期も見ている。

事志と違い、同志の多くが倒れたのち、玉木氏は自決のため後山へ登った。刀自は従った。萩城下の惨澹《さんたん》たる光景は一望のもとにひろがっていた。刀自は叔父の自刃をとめず、後顧の憂いなくいさぎよい死をえらび、責任をとるようにすすめた。一日はようやく暮れがたで、雨は篠つくように降りしきっていたという。松陰の一族には、自らの信じるところに従い、命を捨ててかえりみない大和魂が宿っていたのである。

松陰は安政六年七月中旬、伝馬町獄中から高杉晋作にあてた書状に、死についての意見をしたためている。

「去年の冬以降、僕は死の一字についておおいに考えをあらためるところがあった。李氏『焚書』を読んだ結果である。

その説ははなはだ長いが、約していえばつぎの通りである。

『死は好むべきではない。また憎むべきものでもない。道が尽き、安心してはたらきをやめられるところが死所である』

『世のなかに身が生きているが、心の死んでいる者がいる。反対に、身は亡びたが魂の存在しつづける者がいる。

心が死ねば、生きていても益がない。魂が存在すれば、身が亡びても損はないのだ。

死んで不朽の見込みがあればいつでも死んでよい。生きて大業の見込みがあればいつでも生きるべきである』

僕の所見では、生死を度外視してただいうべきことをいえばいいのだ」

李氏とは明末の儒者李贄《りし》、号は卓吾である。

松陰は獄中に差しいれられた李卓吾の主著『焚書』を読み、感動のあまり泣いてそれを抄訳した。

蘭学の師佐久間象山《しようざん》のような政治力の欠けているわが資質を認めている松陰が李卓吾を心の通じあう仲間であると思ったのは、人生に対する理解がまったく一致していたからであろう。

松陰は回天の大業に参画できなかったが、彼の志は、久坂、高杉、入江ら門人の身内に生きつづけ、時勢の変化を先導しつづけたのであった。

参考文献

『吉田松陰全集』第一巻～第十巻　山口県教育会編纂　岩波書店
『吉田松陰』徳富蘇峰著　教育社
『吉田松陰　変転する人物像』田中彰著　中公新書
『中国の人と思想10　李卓吾』溝口雄三著　集英社
『松陰読本』萩市教育委員会編集　山口県教育会
『六韜』林富士馬訳・解説　教育社

解説

菊池 仁

本書、『松風の人 吉田松陰とその門下』は、二〇〇八年に潮出版社から刊行された単行本を文庫化したものである。幕末ものが好きな読者や吉田松陰ファン、最近、急増している歴女にとっては、実にタイミングの良い刊行といえる。まずはその理由から述べていこう。

第一は、主人公である吉田松陰が、今年で生誕一八〇年を迎えることだ。松陰は一八三〇年（天保元年）の生まれで、没したのは一八五九年（安政六年）、三〇歳という若さであった。つまり、二〇〇九年が没後一五〇年で、二〇一〇年が生誕一八〇年ということになる。二年続きで節目の年を迎えることもあって、松陰への関心が高まる気運にあったわけである。

その象徴ともいえる動きが、没後一五〇年を記念して古川薫の『野山獄相聞抄』(改題『吉田松陰の恋』)を原作とする映画『獄《ひとや》に咲く花』の制作である。『吉田松陰の恋』は、松陰が〝野山獄〟に収監されていた時期に体験した女囚高須久(本書では久子)との交情を、久の視点から描いた作品で、松陰を描いたものとしては傑作に値する。今年四月に封切りされた。

第二は、NHK大河ドラマ「龍馬伝」との関連である。「龍馬伝」は坂本龍馬を女性に絶大な人気を誇る福山雅治が演じ、脚本を「HERO」「救命病棟24時」「ガリレオ」等でヒットを飛ばした福田靖が手がけ、演出を「ハゲタカ」で暗い色調の画面と、手持ちカメラによる顔のアップを多用し、金融と市場経済に侵食された現代の日本の姿を独特の緊迫感溢《あふ》れる映像で表現し、視聴者を釘付けにした大友啓史が担当。

この三人の力量が相乗効果を発揮し、高い視聴率を維持している。そのため本屋の店頭では龍馬関連書を中心に、ちょっとした幕末ブームの様相を呈している。

なかでも注目されたのが第六回放送「松陰はどこだ?」で登場した松陰である。

黒船来襲でカルチャーショックに見舞われ、思い悩む龍馬が、教えを乞うために松陰を捜し歩くというのが、この回のあらすじである。

日本中に異国を排斥すべきという攘夷運動が巻き起こる中、松陰は独自の思いからペリーの船に乗り込もうとしていた。海の向こうに何があるのか自分の目で確かめたいという松陰は、龍馬に、「思い悩んでいる暇があったらできることを今すぐに始めろ」と説教する。この場面が「龍馬伝」における龍馬が〝日本〟に目を向けるスタートとなる。それだけにインパクトの強い場面となっており、松陰への関心がいやがうえにも高まったわけである。タイミングが良いと表現したのはこのためだ。

そこで気になるのが〝人物伝記もの〟を得意とする作者が吉田松陰をどう料理したかである。そのためにまず、知っておかねばならないのは作者が〝人物伝記もの〟を手がける場合のスタンスである。『勝海舟　私に帰せず』（全二巻幻冬舎文庫）でも引用したが、作者の小説作法を知る上で重要なコメントなので再度紹介することにする。『過ぎてきた日々』（角川文庫）という自伝的小説のなかで語ったものである。

《いまは、歴史に残る人物の足跡をたどり、その真に近い姿を見きわめる作業をもっぱらやっている。

西郷隆盛、坂本龍馬、勝海舟、親鸞《しんらん》、いずれも謎の多い人物で、史料を読めばその声音を聞くような思いになることもある。

私は小説をおもしろくつくる作業をする気はないが、好奇心につられ、謎のなかへはいりこんでゆくとき、小説を書く作業のおもしろみが、よく分かるような気になることがある。

人間とはなにか、どこからやってきてどこへ去ってゆくのかという、おそらく原初以来の人間が考えたであろうことを、私も考えつづけている。

決して答えは出ないが、過去の歴史を歩んだ人々の足跡を文学で辿《たど》ってゆくうち、ときどき霧がはれるように、人間の運命が見通せるような気になることがある。

それは、そんな気になるだけで、宇宙は沈黙しつづけている。》

これを読むと作者が好んで〝人物伝記もの〟を書く理由と、作者が人間の運命や生き方に対し、限りない好奇心を抱いていることがよくわかる。

といっても作者が幕末の動乱期を駆け抜けた人物に本格的に取り組んだのは、一九九四年に単行本が上梓された『椿と花水木』（全二巻幻冬舎文庫）からで、それ以後、『勝海舟　私に帰せず』、『龍馬』（全五巻角川文庫）、『巨眼の男　西郷隆盛』（全三巻新潮文庫）、『小説渋沢栄一』（全二巻幻冬舎文庫）と続き、『松風の人　吉田松陰とその門下』に至る。

このラインナップをたどるとひとつの道筋が見えてくる。いずれも幕末から明治維新にかけて偉業を成し遂げた意志的な人物が採り上げられている。なかでも『龍馬』（二〇〇五年）と西郷隆盛を描いた『巨眼の男』（二〇〇四年）には時間と紙片を費やしている。おそらく、この作業を通して越えねばならぬ巨峰としてそびえていたのが吉田松陰であろう。

あらためて言うまでもなく、約二七〇年の太平を築いた徳川幕府の終焉は、一八五三年の黒船襲来から始まる。変革への大きな役割は、長州、薩摩、土佐などの雄藩と呼ばれる地方勢力が担った。なかでも長州からは、伊藤博文、山県有朋、木戸孝允、品川弥次郎ら維新政府の指導者を数多く輩出した。尊王攘夷の気運を盛り上げた高杉晋作、久坂玄瑞も長州藩士である。

なぜ、一時期にこれだけ多数の優秀な人材が長州藩から生まれたのか。その答えは、一人の男の存在を抜きにしては考えられない。その男の名が本書の主人公、吉田松陰である。私塾「松下村塾」を開き、多くの才能を見出し育んだ稀代の思想家、教育者であった。

つまり、この松陰を描くことなくして、作者は幕末から維新にかけての〝人物伝記もの〟に、幕を下ろせないという強い思いがあったと推測しうる。それは松陰へのアプローチに表れている。

ここで注目したいのが、前述の引用文である。作者はこの中で、《真に近い姿を見きわめる作業》と、《史料を読めばその声音を聞くような思いになることもある》と記している。確かに、『龍馬』と『巨眼の男』は、旧《ふる》い史料と新しい史料の森にわけ入り、肉声に耳を傾け、実像に迫るという手法をとっている。これが最近の津本流〝人物伝記〟の小説作法だが、本書では真に近い姿を見きわめるために、さらに一歩踏み込んだ書き方をとっている。

これは二つの理由からだと思われる。第一は、松陰は謎の多い人物ではない。松陰自体、自らの思考や行動を記した著述や、手紙を多数残しているし、研究も進んでいる。そのため史料を読み込みながら想像力を張りめぐらし、生涯の空白を埋めるという作業は必要ない。むしろ、重要なのは深遠な思考を理解し、行動力を再構築する筆力となる。

第二は、巻末に附された参考文献の中に田中彰著『吉田松陰　変転する人物像』(中公新書)があることに注目する必要がある。もともとこの著書は『日本の名著31吉田松陰』(中央公論社)に収められた「吉田松陰像の変遷」を二〇年間かけて発展させたものである。

『吉田松陰　変転する人物像』の問題意識は、

《とすれば、歴史上の人物像が、それぞれの時代思潮との関わりで、どのように移り変わっていくのかを具体的に分析することは、歴史と現代との関わりを実感することにもナル。さらにいえば、いまをいかに生きるか、というときの、ひとつの手がかりになるにちがいない。》

というところにある。田中彰はこのような問題意識をもつきっかけとなったこととして次のようなことを「まえがき」で述べている。

《本文で詳しくふれるが、吉田松陰は、戦時中、「大東亜戦争」における「忠君愛国」の理想的人間像として鼓吹された。とりわけ学校教育のなかでは、児童・生徒に対して「少松陰たれ」と、イデオロギー教育がなされた。とくに松陰の出身地山口県ではそうであった。そこに生み出された「少松陰」たる軍事少年（少女）たちが、天皇や国に尽くす最短距離の道は、松陰にならって「尊皇」の精神に徹し、戦場に赴くことだった。松陰像は、軍国主義教育にフルに活用されたのである。

しかし、一九四五年八月一五日の敗戦によって、価値観が一変した。あれほど熱狂的に松陰像を描き、松陰を担ぎあげた人々は沈黙した。松陰に関する伝説は姿を消した。》

もうひとつ注目したい箇所がある。

《しかし、反面、戦後、歴史研究を始め、幕末維新を研究の対象とする以上、吉田松陰は避けて通れない人物であった。それでも私は松陰を真正面にすえた伝記の執筆には気が進まず、さきに本書の課題として述べてきたような、松陰像を時代との関わりでみる視座に立とうとした。》

筆者の勝手な憶測だが、作者はこれらの引用箇所に触発されるものがあったのだろう。その証拠に作者は、時代状況や時代思潮を超えた松陰の人物像の構築をめざすため、あえて正攻法をとった。つまり、真正面にすえた伝記を意図したのである。松陰の著述や手紙を作者自らが現代語訳して、多用しているのを見ればそれはわかる。一歩踏み込んだと表現したのはそのためだ。〝人物伝記もの〟に新境地を拓いたものといえる。

それだけに本書は、どのページを開いても松陰の肉声が聞こえてくるような緊迫感と魅力に溢れている。

——文芸評論家

この作品は二〇〇八年一月潮出版社より刊行されたものです。

松風《まつかぜ》の人《ひと》

吉田松陰《よしだしょういん》とその門下《もんか》

津本陽《つもとよう》

平成22年6月10日　初版発行
平成27年1月30日　2版発行

発行人――石原正康
編集人――永島賞二
発行所――株式会社幻冬舎
〒151-0051東京都渋谷区千駄ヶ谷4-9-7
電話　03(5411)6222(営業)
　　　03(5411)6211(編集)
振替00120-8-767643

印刷・製本―中央精版印刷株式会社
装丁者――高橋雅之

幻冬舎時代小説文庫

ISBN978-4-344-41493-8　C0193　つ-2-22

幻冬舎ホームページアドレス　http://www.gentosha.co.jp/
この本に関するご意見・ご感想をメールでお寄せいただく場合は、
comment@gentosha.co.jpまで。